Os desvalidos

Francisco J. C. Dantas

Os desvalidos

3ª edição

Editora Objetiva Ltda.
Rua Cosme Velho, 103
Rio de Janeiro — RJ — Cep: 22241-090
Tel.: (21) 2199-7824 — Fax: (21) 2199-7825
www.objetiva.com.br

Capa
Sabine Dowek

Revisão
Tamara Sender
Cristiane Marinho

Editoração eletrônica
Abreu's System Ltda.

CIP-BRASIL. CATALOGAÇÃO-NA-FONTE
SINDICATO NACIONAL DOS EDITORES DE LIVROS, RJ

D212d

Dantas, Francisco J. C.
Os desvalidos / Francisco J. C. Dantas. - Rio de Janeiro : Objetiva, 2012.

250p. ISBN 978-85-7962-137-6

1. Romance brasileiro. I. Título.

12-2189. CDD: 869.93
CDU: 821.134.3(81)-3

Os desvalidos

a José Paulo Paes
e Luciana Dantas Lopes

Sumário

Primeira Parte
O Cordel de Coriolano

1

— Lampiããããão morreeeu!...

Apanhado de susto, no papoco da notícia que acaba de atroar, Coriolano estremece de coração em rebates pegando a boca do peito. Freme-lhe o couro, esbarra a costura da chinela e apura as ouças de faro aguçado, espichando o pescoço pra fora da cacunda. Será, meu Pai do Céu, que o Herodes, enfim, desencarnou? Não, não pode ser! Na certa isto é capricho da idade! É o tal zumbido que se arranchou nos miolos, fazendo desta cabeça uma casa de mangangá, a ponto de me rodar o juízo desmareado, que bem carece umas cunhas pra não ficar assim tão bambeadeiro. Ou vá ver que é algum moleque me fazendo caçoada! Da mão imóvel e suspensa, pende e oscila a linha-de-pau dependurada no fundo da agulha, regulando ser uma cobra se retorcendo aumentada na sombra do candeeiro. Sequer os olhinhos se mexem, tal um cachorro sutil de focinho pegando o vento. Furando a escuridão lá de fora, relampeia aqui dentro a mesma voz: *morreu o peste cego!* Ouvira bem? Trafega-lhe no corpo um arrepio. Fora mesmo esse fio de mel que escorrera da zoada pra lhe adoçar as entranhas? Tomara, santo Deus, tomara! E sem ter mão de si, desgovernado numa vertigem sem qualquer ação, Coriolano larga a linha pra uma banda, e pula do banquinho a rosnar vitoriado:

— Toma lá, satana dos infernos!

Sim senhor: Lampião morreu! Apregoa, aos quatro ventos de matraca na mão, o fiscal da intendência, em nome da maior autoridade, responsável pela paz do município. Vem com um rabo de cortejo que ganha a rua da Praça, ruidoso que nem as tardes de circo puxadas por um palhaço, atrepado nos dois degraus de tristeza feitos de pernas de pau, dando remédio de graça para os vagidos do mundo. E pouco a pouco o pessoal se ajunta mais animado num cardume de gente que desemboca de dentro das esquinas e se encaminha ao coreto, contagiado pela voz fraterna que se esparrama da torre da igreja, compartilhando o mesmo sentimento pelo badalo do sino, que se alvoroça a tanger, não o choroso dobre de finados para o descanso das almas, mas o menineiro entusiasmo concernido ao romper das aleluias, como se, lavada a sangue dessa festiva degola, a vida em Rio-das-Paridas agora ressuscitasse, voltando a seu natural, enfim desobrigada do zarolho rei enfuriado que cobrava suas justiças acima da lei dos homens, e também da lei de Deus. O povo já pega a comemorar, que o governo é quem paga, e do céu não vem castigo, visto que o padre Zé Riachão, filho mais velho do outro, Manuel Fonseca, e do mesmo modo temido por pragas e maldições, conta boi só de cabeça e toca sino, encastelado nas ameias lá em cima, de alma se rindo apaziguada... É pena que não enxergue, pelo oco da janela, a gadama remoendo debaixo da escuridão! Ai, como é bom o agradinho do vento que traz para estas alturas a seiva da capineira, pedaço da pastaria, o amornado cheiroso de sua boiada inteira, com cada bitelão gordo capaz de assanhar a fome de um rebanho de cangaceiros que, pela graça de Deus — já tem as armas caladas.

A notícia chegou indagorinha trazida de Boquim, onde o trenzinho, de ordinário a chocalhar atrasado, cochilando o ano inteiro pelos trilhos, rompeu hoje estabanado na frente do horário, resfolegando fuligem, estalido e fumaçada, pra espalhar mais cedo a morte daquele que ainda trasantontem era gabado por ter o corpo fechado! Descontraído, de farda resumida no boné arrebitado, dando um toque de alívio na feição aligeirada, o maquinista falou pelos cotovelos, se lambuzando na miudeza cruel da chacina assucedida, como se assim barulhento, transbordante, dono da linha de ferro e repentina coragem, enfim se desonerasse da atocaiada ameaça que tanto o perseguia a lhe embargar o sossego, todo dia vendo o chamado da morte entre os dormentes dos trilhos. Eruptivo, afogueado, ele pouco se demorou, abastecendo a braçadas de lenha a caldeira de sua máquina, que em vez de gemer, se assanhou em suas mãos de cara arreganhada. Abriu os braços repimpado, puxou a manivela do apito, e se foi bufando de sofreguidão, correndo a linha de camisa aberta dependurado do estribo, aparando o vento no estufado do peito, já coçando a língua pra se desatar mais adiante, mordendo com as palavras o corpo apodrecido e sem cabeça do bastardo capitão.

Dali mesmo do pátio da estação, viajando a lombo de cavalo corredor, a morte veio na garganta do cabo daquele destacamento, segura nas quatro presas da dentadura banguela que também rilha contente, enfim vingada do balaço na gengiva, alvejada, num tiroteio cruzado, a boa pontaria de um frangotinho já refeito no cangaço. Foi chegando e já varre Rio-das-Paridas correndo de boca em boca, a ponto de o burburinho alcançar a rua do Tanque e se meter numa miúda casinha, que não passa de um biombo de duas águas sem um só canudo de biqueira, onde Coriolano se entocou amedrontado há cerca de ano e meio, a enxugar os olhos sarando um lote de perdas, e a ganhar o sustento no fabrico de tamancos, ou de algum eventual remendo de meia-sola em chinelas, alpercatas e rolós. Da mistura de vozes que se atropelam e fervilham gritadas de canto a canto, chega o pregão esfarrapado em retalho, e bate em Coriolano num safanão que lhe desregula o engate das ideias, formigando em todos os sentidos.

Lampião morreu! Atroado, Coriolano desenrosca-se, atira para um lado a linha na agulha, e desmonta do tamborete num pulinho danado, com a perna doedeira meneando bem levinha, como se fosse acionada por oculta mola. Pega do chapéu e vai se indo que os nervos se aguçam e ele não é de ferro. Bate a porta e se some na rua turva, guiado pelas vozes que se aglomeram nos fifós dali mais adiante. Vai aos escorregos, emborcado, seguro no cajado de ponteira anelada a níquel de bom quilate. Se não fosse a fornalha da erisipela e esse minadouro fedorento lhe comendo a perna, correria pinoteando embalado para mais depressa tirar o caso a limpo.

Há uma roda de conversa debaixo da gameleira, onde costumam se ajuntar os homens castigados que enxergam fundo, maldam e adivinham. Não se fala de outro assunto, senão da crua degola. Coriolano estanca o passo estropeado e fica arredado de banda, o ouvido esquivoso na especula. Hum... aí tem safadeza! Cabreiro, não toma chegada aberta, nem entra no bolo do pessoal, também se furtando à cara inquisitiva de algum eventual conhecido que possa vir escarear as feridas do passado. Quem me garante que toda essa zoada não é rebate falso ou alguma inventação? Muitas vezes deram o homem por bem morto, e tudo não passou de pura troça e conversinha fiada! Alvitre de um corno sem-vergonha! Vá ver que é algum safado com balela e com mostrança, fazendo os outros de besta a pegar peça!

Mas agora, por mais suspeitoso que se ponha na retranca a enrugar a estragada cara duvidosa, não demora a se dar por vencido que a certeza veio pra valer. As criaturas tomam partido dum jeito escandaloso e tão desobrigado, manifestam-se tão endurecidas em suas convicções, a ponto de rolarem num bolo pelo chão — que é o retrato vivo de que não há mais senões a esmiuçar! O medo desertou do coração dos homens, de tal forma que mesmo os que lamentam a bagaceira, não conseguem arrancar da tampa da cara um arejinho rabeador e vadio.

Eis que uma voz retumba sobre o alarido, passa por cima das outras, e todos se voltam para a banda donde sopra o vento. É o velho Chico Gabiru. Chega enlutado no capote colonial, e vai logo abrindo as abas como um morcego gigante a decretar cavernoso:

— Agora tudo muda pra pior! Não há mais quem puna pelo pobre!

Corre um choque nas criaturas que se entreolham e vacilam, e muitas delas até balangam as cabeças, e batem os beiços apregando na feição abrutada o seu pesar, em apoio ao homem consabido que falou. Mas vê-se que, tirante meia dúzia de sujeitos mais encardidos e mais decantados, esse fiapo de anuência aflui apenas dos veios da boa amizade, sem nenhuma ligança para o tal despescoçado. Dos homens da rua da Praça mesmo, só Cartucho é quem parece deveras desapontado, mas apenas por não ter recebido a notícia em morse pra poder adiantá-la ainda quentinha à sua freguesia. Cangaceiros rebelados cortaram a linha do telégrafo, e o trem andou mais ligeiro! De modo que, privado de seu hábito, ficou a se coçar desconsolado, este cidadão que se acostumou a dormir e se acordar sendo o primeiro. E tinha mesmo sede nesse esfolador de tanta criatura! Ele bem que lhe devia o fel amargo das mil noites acordadas, o susto desgraçado que meteu em seu colega Zózimo Lima, do correio de Capela. Queria era ser o porta-voz da estrondosa notícia, o emissário da carniçaria, enfim desafrontado — mas ela não lhe veio, que os odientos, mesmo degolados, ainda lhe passam essa rasteira!

Mal se inteira de tudo quanto mais queria e aguardava, Coriolano dobra os joelhos no escuro, e ali mesmo no chão empiçarrado e de dedos espalmados junto ao peito, agradece ao Pai do Céu essa graça em sangue esparramada. Faz finca-pé cambaleando, escora-se no cajado, e espicha as mãos para os ares dando um abraço no mundo, se reconciliando com a vida e já sarado dos males. Cai o sereno da noite amolecendo o mormaço. Uns salpicos estalam na folhagem, lhe pinicam a baeta do chapéu. Toca o vento, dilata-se avivado, espalhando no calor das vozes uns cheiros de manhã vindoura. Deus queira que esse barrufo ralinho se endireite numa pancada de chuva que alimpe a minha cara das remelas e ruindades em banho de corpo e alma, pra benzer o tempo novo! Coriolano abafa com as mãos a sofreada euforia de gritar aos quatro ventos: enfim, minha gente, sou um homem desimpedido! Forceja o corpo num arranco derrapado, sai trambecando, roda o cajado nos ares, ri pelos olhos como se nunca fora atormentado, e vai indo quase aos pulos pra se apalpar no seu canto e pôr a cabeça no eixo, que agora, livre de toda ameaça... adeus Rio-das-Paridas... adeus agulha e linha-de-pau... adeus inhaca de sola... que eu, Coriolano, não peguei lição com o mestre Isaías pra me acabar tamanqueiro!

Meneia a perna encrencada em súbita leveza, como se a danada desistisse de doer. Então, dá ou não se dá valor? Agora, que o Herodes empacotou, que a gente pode suspirar, vai é rearrumar o negocinho, emburacar pra sua estalagem do Aribé, de onde tirou o pé da cova, mal se arrastando ainda vivo, e subiu a ladeira do inferno a soluços e ganidos, escapando por milagre do Ferrabrás empestado, até esbarrar aqui, em busca de meios para não morrer, e à espera de que o tempo o favorecesse nos seus escorregamentos. Viva Deus, que enfim posso outra vez enfrentar o meu destino! Amanhã mesmo, vai desentupir o canudo da garganta, vai espalhar pelas ruas a viagem ensegredada que tem armado e desarmado todo santo dia, no fundo mais escondido de seu ermo varejado. E por cima de tudo, ainda vou de ficada para o chão que é meu!

É de se ver a cara lambida dessa gentalha como vai ficar! Amoitado de gatilho na espera, tresmoendo aqui à toa o medo entrevado no corpo sem nunca se despachar, sovertido num semidouro de ânsias, Coriolano jamais confiou a alguém o impedimento de sua volta. Com o sentido a vagar no caminho do Aribé, vigiava em outros longes os passos do inimigo, de prontidão aguardara a hora de seu sumiço, o corpo morto alvejado dando a ordem de partir. Nunca lhe saiu da tenção essa viaginha baseada. Ora se vai embora! Não era besta de se declarar acovardado, nem deve satisfação a essa laia miúda, mas se ainda não arribara de vez foi puramente por medo de Virgulino. Se essa cambada gaiata já anda avinhada em me arremedar a cacunda, imagine então se eu desse parte de fraco! Enfim, chegou o meu dia! Trata-se de minha estalagem! Minha! E vou indo sem mais tardança que é a minha missão. Vou desabalado! Vou de voada! Sou um covarde ou um burro a ponto de ainda ficar arrastando as unhas pra ali e pra acolá? Não senhor! Não sou. Quem senão eu, em boas léguas dessa redondeza, já se safou duas vezes da sanha desse pescoço cortado? Pois então, homem?

De cachola desmantelada pelo estupor do momento, Coriolano destranca a porta, entra arquejando em descontroles e sacode o cajado pra uma banda, que não precisa mais de arrimo ou de escora. Empurra o chapéu no torno, se desembaraça das alpercatas molhadas e estira o beiço salivoso de desdém em cima dos trens inúteis: apetrechinhos de serviço que já não servem pra nada. É inverno, e aqui dentro se respira fedorento mofo, a sola apodrece amarrotada pela umidade da terra bafienta, rotamente tapizada a tacos de couro e lascas de mulungu que só agora o exasperam num arranhão de ardume lhe enchendo a cava do pé. Vai ao boião do café, sacode-o pela asa, e além da borra fria não encontra nada. Bichinho caro da peste, e rugoso de se aviar: tem de ser torrado, batido no pilão — e ainda assim pouco rendoso! Coriolano caminha para a banquinha de trabalho atufada de correias e torinhas de pau: só o diabo do tamanco é que nunca se acaba de aturativo, e há mais de ano que não sobe de preço! Isto é lá ofício de homem! Tem quem se equilibre numa desgraça desta? Hem? Me digam se tem! Repuxa os beicinhos na feição desalinhada, e num alvoroço, as mãos se desgovernam, arrepanham os apetrechos, a ferramenta, e sacode a trenzada no pé da parede. Então... foi para isto que aprendi arte de couro com o afamado mestre Isaías? Se ele ainda fosse vivo, ia lhe dar esse desgosto, ia passar essa hora de vergonha! Te esconjuro... servicinho de aleijado! de esmoleiro de beira de estrada!

O vento da noite uiva no telhado, traz a Coriolano um vozeio de maldição engatado nos apuros que latejam a toda hora avivados. Percorre-lhe um súbito arrepio. Estará certo, trocando o seu ganha-pãozinho minguado mas seguro, por esta ida de futuro duvidoso? No fim das contas, talvez careça de assentar mais a cabeça, regular umas ideias... É fato que trouxe do Aribé o padecer, as chagas quentes e as perdas judiadeiras que se esgalharam rompendo-lhe as entranhas, de tal modo que de tanta dor ainda vive nela! Permanece atarraxado! E sabe de certeza que pomada nenhuma tem azougue de o sarar! Mas... arre lá! Não vou continuar aqui como um cachorro sem dono. Não vou passar o resto da vida ciscando atarantado, que nem galinha nova que ainda não aprendeu a botar. Agora, tenho de encarar sozinho o resto de meu destino! Seguir o caminho de minha jura!

Coriolano ainda não veio à tona, e meio entorpecido no pano da rede, vai sendo carregado por um barrufo trevoso que lhe dilui as imagens em entontecida bambeza. Revê o burrão preto de Lampião tinindo os cascos no alpendre do Aribé, os olhos se envidrando na carinha de Filipe. Escuta um arrastar de alpercatas nos tijolos, o tiraço repartido de terrível mosquetão. Zerramo avança de lambedeira na mão com uma coragem selvagem. Este sim, que é homem de dar fama a um cemitério! Coriolano gemebundo coça a perna, viaja nas maluqueiras amolentadas de sono. Coragem não se fabrica, é uma doidura que se desata de dentro, sim senhor, mas vai largar os ossos no Aribé, que não é besta de passar a vida toda esbagaçando os dedos pra calçar os pés dessa gentinha miúda, nem vai dar o gosto de que o vejam a dar o couro às varas sem subir de posição. Não vou me findar nesta miséria! Deus que me perdoe a soberba, mas nem no céu quero entrar de tamanqueiro! Se o preço for esse, minha gente, é melhor perder a salvação!

2

Vinte e sete do mês de Senhora Santana deste ano de trinta e oito. Coriolano vem esperando esse dia há uma carrada de anos! E pode dizer mesmo, que nos últimos dezoito meses, mais acabrunhado, a morte de Virgulino pelo tempo desejada, nunca lhe desertou do sentido. Aguardara esta noite como uma mulher que traz na barriga um feto chupa-sangue voraz e odiento, e só agora se desobriga de coração descansado, visto que expeliu o carnegão, vomitou o refugado. Enfim, sarjou o diabo do tumor!

Mas eis que mal começa a esbaldar euforia, corre-lhe um vinco indagativo na testa, lhe atalhando esse cheiro de promessa. A perna adoentada já recomeça a coçar e a doer, lhe passando o aviso de que uma alegria assim tão aquinhoada, não pode ser mui duradoura, nem vai desentortar o seu jeito acabadinho. Justo agora, vem se achegando esta moleza, este recuo de suas forças, esta sensação de que a vida se reduz a titica de galinha. Mais parece um sujeito que pegou trinta anos de cadeia, e que enfim, de porta aberta para a fartura do mundo, se descobre um suplicante escoteiro, sem irmandade com nada. Mesmo assim destrambelhado no fundo da rede, sabe que doravante não há trompaço que o faça esquecer a boa nova desse pescoço cortado. Lá fora já estão gritando além da conta, embebedados de pinga e muita satisfação. Com menos de quarenta e oito horas que o serpentoso teve o cachaço decepado por um facão Jacaré, e já se sabe aqui até a miudeza dos comentos!

Enrodilhada nas tripas do finado, a cabeça de Coriolano lhe empresta um ar aparvalhado em gemidos pelos olhos. Tumultuada, repassa mais uma vez o trabalho por fazer, as minguadas encomendas que tem para aprontar, com o diabo das correias que junira ali no canto, que não é homem pra tratar e não cumprir. Antes de se ir, precisa entregar a mercadoria da semana. Também tirante esse trabalhinho necessário ao parco avio, ele já não vem se botando a quase nada, a não ser maginar no tio e no compadre que se foram, adubando assim o ódio todo dia renovado ao demônio do zanoio. Por isso mesmo, na virada desta noite para o dia, está falto de tino, e de mão perdida para trabalhar. O padre Zé Riachão ainda repica o seu rendilhado de alegria! O olho aberto também não vai dormir, que é bom se espojar no que passou. Vivera torturas mais do que o comum dos homens, padecera mais que Jesus Cristo! O que tinha de gente e terra, perdera tudo na força do trabuco. Está esvaziado... e as vozes mortas o arrastam a seu castigo.

Ao chegar aqui bicho corrido, ainda impressionado de fresco com o destino de compadre Zerramo e tio Filipe, comprou tinteiro, pena e caderno, que nada mais lhe importava, nem lhe tirava o desassossego da cabeça entupigaitada. Tinha de se encostar na severa sina desses dois, purgar um ranço parecido com remorso, servi-los de algum modo, anotar os lances em que tomaram parte, pra que suas pegadas servissem de exemplo para alguma coisa, e eles, atribulados de modo especial, não passassem como o vento assim em vão.

De fato, de tanta pancada que aguentou no lombo, se ele, Coriolano, tivesse algum traquejo de mão ensinada pra escrevinhar, ia botar em versos uma história limpa e verdadeira — ora se não ia! — a desnudar, entre outras coisas e de vencida, como uma carreira prometedora e tão bem encaminhada, veio desandando a ponto de ser abafada num canudo de perdas e gemidos, entupido a sangue dos amigos. Mas falto de tarimba com as palavras, que requerem o mesmo manejo amoroso encarecido por mestre Isaías nas suas obras de sola, nem bem esgarranchara uma semana, de dedos enlambuzados a tinta permanente, foi logo se dando conta de que se metera num atoleiro — e entrou de cara numa peleja de luta romana, até que entregou os pontos.

Mal principiou a encoivarar as primeiras linhas, tanta era a ambição de se contar, que a coisa pareceu até que ia. Com a mão empapada em sentimento, engatava uma frase atrás da outra, e mais por paixão e necessidade de dizer, do que por pachorra de inventar, se deixou ir nessa faina, forrando a desgraça de entusiasmo, afogado num redemoinho de ideias e palavras que lhe arrebentava os anéis do coração. Mas assim que parou pra se reler, entendeu que se afastava do caminho, e passou de contente a machucado, suando pra se tornar raso e linheiro, vassalo da mais estrita verdade! Não queria destorcer o rumo verdadeiro da má sorte dos amigos, nem se render ao visgo da fantasia. A bitola aumentada dos folhetos que decorara é tudo que não queria! Mas parece que se viciara na leitura de tanto descalabro e muita inventação, pois quanto mais se empinava em direiteza, caprichando em espremer e tornar enxutas as suas exatidões, mais era traído pelo chamado da rima, e a coisa saía desenxabida, desacertada com a pisada do tom. Negocinho invocado! Metido nesse rolo, parecia ter o dedo do diabo! Não eram esses lances falsos o que queria contar! Precisava era de termos que chamegassem de vida!

Está aí, minha gente! Era só o que me faltava! A desinfeliz de uma encrenca a me torrar a paciência! E brigava então com esse quiproquó, arrochado num beco sem saída, se mordendo, caceteado, sem conseguir se mexer no atoleiro. Perdia a cabeça, matutava, tardo e agoniado. Um embeleco! Bem que podia estar convertendo uma bagatela num novelo embaraçado, emprestando um valor desmerecido a uma tolice que escapava a seu entendimento. Seria isso? Porfioso, o nó persistia e se adensava irresolvido, até lhe provar na tampa da cara — como se Coriolano já o não soubesse da peleja natural em outros ramos — que o começo de qualquer ofício é um trecho penoso e arranhento, muitas vezes estirado a desânimos, para não se falar nas desistências que aí são tão frequentes, sobretudo para um aprendiz sem desenvoltura e já emperrado pela força da idade, que cavalo serrado de muda — qualquer sujeito bem o sabe — só aprende um rojãozinho decente no furo da espora e no lanho da tacada.

Com tanta coisa a desabafar e rigoroso em se mostrar verdadeiro, como é que vinha a se entalar logo porque queria seguir direto e rumando em fio? A verdade é que, tentando ser certeiro e entropicando no molejo da toada, já não sabia se era mais convincente relatar os casos bem por cima, resvalando sobre a miuçalha e o cascabulho, empurrando os particulares pra uma banda, linheiro como um prego — conforme tentara, mas dera nessa coisa apagadiiinha! — ou se era mais proveitoso encarreirar um lance na rabada do outro por miúdo, embutindo aí retalhos e floreados. E como, por falta de treino, desaparelhado para tal lida, não tinha vista para mais nada, reduzido pela mão oculta de algum capricho de que não tinha bagagem para suspeitar — punha toda a culpa nesta indecisão! E o pobre do Coriolano, pendido de tanta experiência e de tanto chão que ciscou, empacou logo aí em cima do primeiro passo, triste, malogrado, fazendo de tudo pra se enganar, a ponto de empurrar a culpa pra o diabo do reumatismo que, na verdade, de tempos em tempos lhe enruga a mão numa garra endurecida, a ponto de atrapalhar o seu trabalho de agulha.

Nesse transe das primeiras semanas de sua volta, de pena enganchada nos dedos, Coriolano padeceu mal-

-afortunado a angústia de não poder desapertar o ânimo contando a lição que aprendeu depois de muita rodada na bolandeira da vida, trazendo para o presente os parceiros também desapadrinhados por se negarem a baixar o cangote em qualquer ocasião. E até se demorara a pensar na nova condição! Estreante com calos apanhados em outros ramos e no carrego da vida, Coriolano já medira as vantagens e os aperreios desta tarefa de escrevinhador em que teimou a se botar. Como não era uma lavoura que se prestasse a lhe trazer algum rendo, podia ir e voltar como quisesse, se espalhando à larga e à vontade, sem nenhum invejoso por perto a molestar. E se talvez viesse a lhe custar algumas bordoadas de olhos mais agudos ou inimigos; em compensação — e dizia com a mais leal sinceridade — podia ser saboreado na minha toada sem que o leitor me virasse a cara e apertasse fastioso a mão tremida, ou baixasse a vista do meu olho que mareja remelento, sem se falar no erisipelão recoberto pela calça a me comer a canela, arengando pelos ares o sabor da fedentina. Tendo sido na mocidade um sujeitinho de proa, capotudo, a quem a vida torceu até os ossos, a ponto de lhe envergar a soberbia — com isso ele queria dizer que lhe bastava a ilusão de ser apreciado escondido nas costas das palavras. Sei que a rapaziada mais nova não me entende, ruminava, mas isso me sabe a um baita de um regalo! Decerto só ele mesmo, que já andara em caracol e corrupio por cinquenta e um janeiros, podia aquilatar o valor dessa vantagem.

Quanto ao mais, hem Coriolano?, já lhe chega sem que o peça, com a sabedoria cruel das coisas simples e bem apuradas. De manhãzinha, arrasta a perna da erisipela e vem pegar sol no joelho enferrujado; Marcelino desce a ladeira da rua com o balaio na cabeça gritando o seu pregão, e lá se vem parando de porta em porta em demorados gracejos e bons-dias servidos aos acordados; mas a entrega que faz a Coriolano é mais ligeira; de modo que o pão de cada dia já lhe chega com um travo a ser mal saboreado. Se dá uma pernada até ao correio pra se enganar com as cartas dos irmãos que nunca deram sinal de vida, os conhecidos arrepiam da calçada, perdem a vista pelos lados e arrodeiam por longe, como se ele, que vive tão retraído, fosse um sujeito que atalhasse os outros para uma prosa perrengue e demorada. Ainda a semana passada, por pura necessidade, entrou na bodega de Janjão Devoto, seu antigo confrade de comércio; e o vendeiro suspendeu o focinho papudo fazendo de conta que não o via, decerto com medo do fiado, de lhe aviar o mantimento que ele faz questão de comprar à vista, em cima do dinheirinho apurado dos tamancos; e com muita raiva também, porque os fregueses lhe passaram o rabo do olho e foram deixando o balcão entre cochichos e estiradas de beiço, se evadindo do festo de monturo. E ontem mesmo, Coriolano ficou para não viver! O estafeta descia com o molhinho de cartas bem modesto, e diante dele sentado ali na calçada, preferiu sacudir a cobrança do imposto pelo buraco da janela do lado de onde vinha, do que caminhar mais três passadas e entregá-la na mão do pobre tamanqueiro. Tudo isso, minha gente, só por ter baixado de posição!

3

No início da medonha quebradeira, ainda inconformado, Coriolano se perguntava, tentando tirar o corpo fora, quem fora o culpado do trompaço que entortara sua vida tão bem encaminhada! E por não atinar com alguma resposta mais decente, empurrava o fracasso pra cima de sua raça. O que era que podia caber a ele, um filho de João Coculo, quando este mesmo fora um bezerro enjeitado, a vida inteira malquistado com o próprio pai, que lhe negara o registro em cartório e o nome na pia do batismo, atirando-lhe assim à lama da bastardia? Acacundado e chochinho, já vim ao mundo foi marcado de nascença! Ainda meninote, lá se foi embora a mãe para um buraco da terra, deixando o filho caçula entregue aos caprichos desse pai, severo e ressentido. Tanto que os dois irmãos não lhe aguentaram o cativeiro, adubado a muita machucação, e logo cedo caíram nas estradas em busca de alguma melhoria, com promessas de voltar para remi-lo; na verdade queriam também era se livrar das aporrinhações, que não suportavam mais o homem ranheta e resmungão. Aí então, sozinho com o pai, só eu sei o trecho de vida que passei! Até que não pude mais... Farto dos rosnados e implicâncias, que tornavam ainda mais insuportável a aridez do Aribé — fugou no mundo, correu um trecho ou outro sem achar amena colocação, até vir bater aqui em Rio-das-Paridas, na casa do tio-avô, que não tinha filho, e que só desta vez o acolheu, visto que o incômodo entre eles havia sido para sempre removido com a morte da mulher, que passou a vida toda ralhando por ser corneada de tudo quanto é banda por um homem noveneiro que só saía da botica para a igreja, e granjeara até fama de santo.

O velho o abriga, e como é dado à leitura, implicante com tudo quanto é rudeza, metido a muito instruído, empurra-o no educandário do padre Manuel Fonseca, que não quer o sobrinho virado bicho. E não é que o desgramado, vindo de um pai tão estúpido e lá do oco das brenhas, foi logo desarnando, a ponto de o pedagogo ficar admirado! Sim senhor! Moleque inteligente! Só não gostava de conta de tabuada. Com menos de seis meses de cartilha, já adiantadinho, dava na ponta da língua lições de catecismo, e lia com gosto a *Seleta clássica*. Daí pra diante, embrenhou-se no *Lunário perpétuo*, na *História sagrada*, e desbandeirou a devorar a estante do tio, mormente o cancioneiro de Romano da Mãe d'Água, Inácio da Catingueira, Fabião das Queimadas. E tinha mais! Ventania, Manuel Cabeceira, Germano Leitão, afamado campeão nos versos-de-dez-pés, e Gomes de Barros, de quem tio Filipe gostava de tirar de cabeça esta passagem que Coriolano ainda traz alembrada:

Quando o vaqueiro montou
O cavalo se encolheu
Ele chegou-lhe as esporas
O sangue logo desceu
Quase três metros de altura
Ele da terra se ergueu.

Babado de gosto com a boa cachola do sobrinho — o tio-avô, que já vivia adoentado, teve um estalo, e apressou-se a iniciá-lo nos segredos da botica pela qual se derretia em ciumeira, a ponto de nunca ter aceitado aprendiz. Enfim, talvez que agora tivesse a quem passar a menina de seus olhos, visto que encontrava no parente miúdo uns modos invergáveis e enganjentos, que o puxavam para o veio do seu sangue. Não revelou logo seus planos, mas o moleque se desempenhava com tal aplicação, e tinha um pescoço duro, umas tais relepadas de brutinho, que o velho se regalava, vendo nele o sujeito talhado pra levar adiante e manter vivo o seu negócio, sem querer meias com uma certa laia de vendedor ambulante.

Pouco mais tarde, rondado pela morte a lhe deitar uns avisos, ele apertou o sobrinho, engastou a alma no embaciado dos olhos, e estendeu-lhe a folha do testamento: a botica era dele sim, a casa estava cai-não-cai, mas o ponto era bom, as drogas eram muitas e ninguém tinha melhor aparelhagem. Só impunha uma condição, uma exigência de que não arredava o pé: que nunca manchasse o cedro das velhas prateleiras com os tais remédios de fábrica, essa coisinha novidadeira, feita só pra impressionar!

Coriolano se enterneceu com a bondade do tio, e prometeu, pelo Cruzeiro Sagrado, que lhe faria a vontade! Aí mesmo, deu viva a Deus, e passou a se enfronhar com muito gosto nessa botica que ganhara de mão beijada, bem aparelhada com forno, cubas e medidinhas, destilador, balancinha e cadinho, retortas, ampolas e bastões, funis, almofariz e uma frascaria de todos os calibres, além de outros apetrechos destinados ao manejo das drogas e dos preparados na manipulagem de toda a vencidade de medicamento com que viria a abastecer a freguesia de Rio-das-Paridas, aviando as fórmulas dos facultativos, e fornecendo curativo quer a gente quer a bicho, sem olhar cara e atendendo a toda precisão.

Graças a Deus! Era tão moço, tão moderno e já se endireitara! Tinha futuro! Ia longe! O pai, que ainda era vivo, havia de ver pra que ele dava! Tempos bons, aqueles! Este Coriolano aqui de nome feito na praça! E um nome limpo! Quem o via ali socado no seu ofício, de olho compenetrado na poção muito certeira como se já tivesse vindo ao mundo votado às drogas, não podia jamais adivinhar que tempos depois, só por não abrir a mão em ser amigo de si mesmo, e por ser fiel a sua jura, ia ter o seu meio de vida papocado em desmantelo. A vendagem veio desandando... desandando... a ponto de cerrar as portas no fim de cada dia sem um só pedido a despachar! De forma que quando começou a dar fé do tombo, já tinha entropicado e metido a cara num buraco. Ah! Coriolano sem a sua botica! Como é que podia! Virou um homem morto, falido, quebrado. Não por incapacidade ou ingerência, conforme as línguas soltas espalharam; mas porque, pensava naquela época, leal a seu trabalho e com o mesmo afinado, não pôde aguentar o repuxo de canadas de remédio de bula e de caixinha que passaram a ser procuradas com teimosia e muita fé, na miúda farmacinha de um par de portas que lhe fazia despique plantada na outra esquina, e que no ano seguinte já se ampliaria.

Cabeça dura colada no seu negócio, Coriolano criou ódio de morte aos tais remédios feitos, e bate o pé à parelha dos vendedores da firma graúda, que homem de cabelo no canudo da venta não se dobra! Aí os sem-vergonha se entreolham de cara lambida como se não ligassem ao espinho do destempero, e vão metendo as mãos nas pastonas engraxadas, tirando amostras-tipo, cartazes, mostruários. Então o mais descarado dá pra tossir e rodar pelas costas de Coriolano, como se galinhasse de um confronto cara a cara, até esgotar a paciência e desatar o nó do cambalacho:

— Nosso laboratório, seu Coriolano, lhe traz um presente de bandeja. E um rapaz estudado como o senhor não vai desperdiçar a ocasião. É pegar e fechar!

Nisto, o ouvinte desencosta a cacunda da cadeira, e entorta o pescoço de olho arregalado na tocaia em frente ao falador, que nem assim se abespinha, e em cima da bucha vai completando a arenga:

— É negócio de amigo! No prazo de um ano inteiro, a casa vai lhe dar um avultado desconto em toda e qualquer mercadoria em troca de quase nada.

— Que conversa é essa? E de que jeito? — assopra Coriolano a palpitar desconfiado. Vem o outro, esfrega as mãos e desmancha a pose da cara num risinho, desengasgando:

— Só carece de que o senhor não manipule mais a sua dro...

Não deu tempo a fechar a frase que Coriolano subiu nos calos, pulou da cadeira de medidas cheias, fulo de raiva, e foi logo transbordando de dedo espetado no eco das palavras, apontando aos dois cachorros a larga porta da rua. Ali durão, esteado no seu direito, o homenzinho ciscava enfurecido: Que nenhum atrevido me venha com safadeza! E ainda saber que depois, justo por isso, viria levar nome de burro, imbecil, rixento... além de dizer adeus à sua botica! E o que ia fazer em cima do mundo um sujeitinho como Coriolano sem a sua botica? Ah! Praga do satanás! Desarranjou. só lhe sobrou a lição...

A partir dessa descaída, ocioso e judiado, enquanto aturava a espera de alguma oportunidade pra se botar a um novo ramo, Coriolano se dana a ler as brochuras de histórias em prosa e verso, que apenas folheadas e paparicadas, há anos o aguardavam, amontoadas em poeira, uma vez que a consumição da química lhe engolira todo o tempo disponível. E como levou mais de ano sem arrumar uma triste colocação, leu com tal afinco e tal prazer que amoleceu as preocupações, enfiado no seu cancioneiro de tão boa gente. Ainda hoje soletra de memória quase toda *A vida de Cancão de Fogo e seu testamento*, e *Os doze pares de França*. E se leitura enchesse barriga, palavra que ele continuaria galopando dentro desses franzinos compêndios sem parar, gastando assim a vontade que o toma desde os tempos em que conheceu o tio Filipe, de falinha de azougue e natureza velada.

Mas chamado por um negócio vantajoso, desses raríssimos acasos que só se topa uma vez em toda a vida, Coriolano fecha a livralhada, que é muito difícil conciliar leitura com algum trabalho duro que se converte em dinheiro, e se volta a montar um fabrico de bombom de mel de abelha, facilitado pelos cachos e ramadas de flores que cobriam as matas da redondeza, onde os ocos dos paus se lascavam transbordados, lambuzando os grossos troncos a canadas de bom mel. De forma que a coisa já nasceu de vento em popa!

A princípio, a mercadoria não chegava para a encomenda, que ainda hoje o maior regalo desta pobreza daqui é se babar de bochechas adoçadas a comida de vintém. Mercadejando com jeito e no barato, o danado saiu logo prosperando, a ponto de balançar a freguesia das doceiras de cocada-puxa e quebra-queixo, que o coco naquele tempo custava os olhos da cara! E quando ele já ia se endireitando, com esses certeiros sinais de melhoria de vida, lá se vem o Robertão do coronel Horísio, e reaviva a engenhoca de rapadura, vendendo cada tijolão de mais de quilo por uma bagatela! Também pudera! A cana crioula lhe vinha de graça, serpenteando nas várzeas de massapê e nas beiradas do riacho para lhe ser servida a carro-de-bois pelo ricaço do pai. Um canão de dar inveja!

E para completar a desandança, Coriolano faz finca-pé e, tomado do demônio, se recusa a comprar o melaço de Robertão pra misturar com seu mel, em troca da subida do preço da rapadura! Não se dobra à barganha do maganão, que não levava jeito pra passar borra de açúcar por mel limpo à sua freguesia. Foi aí então que o crivaram de impostos a pagar! Todo santo dia vinha taxa, vinha multa! O que era de fazer um sujeitinho franzino e sozinho, contra as costas largas de Robertão? Pronto! A sua sorte já estava cancelada! O resto, o fiado comeu. A engenhoca abocanhou o seu fabrico de bombom, e Coriolano outra vez foi bater com os burros n'água.

4

Ora, vejam só a minha situação!, mastiga Coriolano, a converter num gracejo o triste desandamento, se metendo na pele de tio Filipe, que sempre empurrou os desarranjos para o diabo da sina! Os homens bem entendidos nas manobras do comércio me pinicaram a risadas e talhos de mangação, que o besta do boticário era incapaz de enxergar no desusado do ofício o retrato da falência! Sujeito burro e atrasado, palerma do tempo antigo! Pois bem! Já exemplado e ofendido, monto esse moderno fabrico de bombom com boa aparelhagem e pecinha por pecinha conferida nova em folha. E lá me vem o diacho do Robertão batendo a ferrugem da engenhoca desmantelada a ponto de fazer a gente rir, uma geringonça tão antiquada que por não pegar mais costura nem remendo, há anos estava encostada como morta e apagada. Vem... e tomado da peçonha ainda me passa a perna! Ou os homens muito espertos me ensinaram a lição errada, ou meu sangue não se une com negócio! Pois, sim! Hoje é que sei! Como não sou nenhum Filipe, mas um mero sobrinho-torto, invejado pela herança da botica por um lote de candidatos de sangue puro e nome limpo; e também por não ter um só vivente que punisse pelo meu lado — vim a saber direitinho donde é que assoprava esse ventinho safado em minha perseguição!

Nessa quadra aperreada, vendo o seu nome de Coriolano pela segunda vez na praça emporcalhado, de cabeça zanzando e sobretudo sozinho, largado de mão — porque em ocasiões assim de apertura de dinheiro os amigos andam sempre ocupados ou viajando —, se enrodilhou no seu canto mexendo só com a cabeça... matutando... matutando... em arrepios de sujeira desencorajado. E quando o pesadelo foi serenando, que o tempo é remédio pra qualquer vergonha, o jeito mais decente que encontrou de sarar a cachola entupigaitada e se aprumar outra vez foi mandar o comércio às favas, que lhe faltava o principal, e tratar de remanejar a vidinha dando uma guinada pra outro lado. Aí então, se desgrudando a custo do passado venturoso, a ponto de se perder em suspiros que batiam na boca do coração, aperta a mão daquele primeiro Coriolano de nome limpo na praça e boa fama, se dá um tanjo num salto mortal pra trás — e vai se oferecer pra aprendiz de mestre Isaías seleiro, mesmo porque sempre se achou com queda pra trabalho de mão fina, e nunca tivera alento para serviço pesado. Entra na tenda cambaleando, dá um bom-dia minguado de focinho soprando o chão, e um gosto suicida aí lhe turva a tenção. Baixara de situação, é certo; ia sangrar a soberba no bico da sovela — mas não vergou o pescoço para a canga! Continuou arranhento mesmo roto, entesando o pescoço pra fora da cacunda toda vez que via algum grandola, só pra não se mostrar diminuído, e já trazendo engatilhado o bacamarte da língua a ser servido e detonado, a qualquer ocasião, ao primeiro safado que, de bote feito, lhe atirasse o veneno da mangação. Como o tinham na conta de um caga-raiva de pavio muito curtinho, arrepiado até contra as visagens, e sempre pronto a rebater qualquer dichote — aí é que os gajos tripudiaram, se embolando a gaitadas que eram avivadas pelo redemunho de sua tremenda ira! Ah, malvados!

Aprendiz voluntário e bem jeitoso, governado a uma vontade de ferro — mas só até onde ia a força da precisão —, Coriolano não tirava o olho da mão do mestre, começando por botar remendo em sela, bruaca, alforje, cabeçada, e tudo quanto era lavra encaminhada em meio--de-sola. Mas pra dizer a verdade, a princípio essas emendas não passavam de mal-ajambrados pontos de sovela e de correia. Só com meses de corte e de costura, de agulha com linha no dedo e quicé amolada na mão, aí é que o mestre o emancipou como sujeito capacitado pra uma obra feita só sua. Não que já estivesse um seleiro de deixar num bom coxim o traço oculto da arte, que isso não se consegue somente a doce bafejo de alguma vocação, mas também a muito couro perdido em horas de impaciência encastoadas no tempo por dentro do desespero. O mestre sabia disso, mas também não descurava da urgência que o pobre tinha de montar a própria tenda pra arranjar os seus trocados e aviar o de-comer. Mesmo porque, precipitado, daí a meses, o aprendiz já não demorava o olho no seu corte, nem mais buscava no seu rosto a necessária aprovação. Por isso, com muita pena e sensata ponderação, deu Coriolano como pronto para o ganho, sem contudo animá-lo a prosseguir caprichando nas nuanças que era perda de tempo: faltava-lhe o rigor da persistência. Ainda assim, reconhecia nele o encoberto molejo capaz de desapartar para a ternura do mundo o artesão apurado. Este embaraço a ninguém fornece escolha: ou o ganha-pão — lhe disse mestre Isaías — ou o trato com a gema do ofício! E isto come tempo, meu filho!

O aprendiz ainda trastejou em indecisão, mas bem sabia que esse bendito trato só podia se fazer a estiradas insônias e amorosos afagos. Pisca a vista com o desconsolo descabriado de quem mete os pés em si mesmo, arrenegando o diacho da vocação, aperta a mão do mestre que lhe dava a derradeira lição, entropica no batente da tenda, e sai atontado pra remir a vida.

Se ia! Estava desapontado mas precisava comer e subir de posição! Apressado, deu logo um jeito de se munir da mais modesta ferramenta e de algum material barato, e de segunda, para as primeiras encomendinhas de principiante, e foi se estabelecer ali na vizinhança das Forras, que ele não era doido de ser assim desleal abrindo casa na praça de seu mestre. Isso era contra os preceitos! E foi vivendo... vivendo... um servicinho hoje... outro amanhã... mas sempre meio animado com a freguesia que ia pingando e pouco a pouco aumentava, mas que nunca lhe chegava pra a sonhada melhoria. Ah! os seus tempos de botica! Nunca mais ia ter nas mãos aquelas substâncias derretidas em pós, extratos e líquidas essências, na feitura de drogas, tinturas, pomadas, unguentos, purgantes e xaropes depurativos, ferruginosos! Sem se falar das raízes e ervas para as tisanas e escalda-pés. E fórmulas famosas, que nem o antigo Peitoral de Cambará! O Xarope de Velame, então, era mesmo uma limpeza: tiro e queda sem igualha, em toda doença do mundo. Tinha de um tudo. Era uma babilônia de cores, cheiros, emanações! E esse montante evaporou-se em nada!

Não demora muito tempo e, assim de um dia para outro, aquela pracinha madorrenta amanhece invadida, as calçadas estivadas de selas e mantas, e cabeçadas enganchadas em galho de árvore; era uma fornada de arreios de encher a vista, chegada de Jequié pra ser negociada a qualquer preço, sem escolher a barganha. Na afobação da novidade, o pessoalzinho tabaréu se impressionou com a fachada chamativa das selas em feitio novo, que eram um convite difícil de recusar: as cores em couro nunca vistas, o cabeçote redesenhado em gancho de duas pontas, as argolas e fivelas em desconhecido metal, que muito mais que o níquel, a alpaca ou o latão, mesmo que fossem bem maciços — escandalosamente facheava! Só por essa amostra, é de se ver que o tempo apertou e Coriolano não pôde aguentar o tranco! Só lhe restou então passar a chave naquele tico de selaria, ajuntar a sovela, o vazador, o martelo, a quicé, o compasso, e mais a miudeza de serviço — agulha, linha, prego-de-salto, brocha, correia de vaqueta, sebo de carneiro capado —, meter tudo num alforje, amarrar um meio-de-sola engarupado na montaria que acabara de comprar e, enfim, dar adeus ao povinho das Forras para nunca mais. Volta, de passagem, a Rio-das-Paridas, e daí ganha o mundo como artesão ambulante, caçando algum serviço de remendação no beiço das estradas e nos arruados.

E quando a coisa pegava uma piora, mormente nos anos de seca ou nos meses de estiagem, chegou até a se oferecer pra conserto de arreio numa fazenda ou noutra, escolhendo nos dedos aquelas de coronéis sem fama de malcriados, de quem nem por isso deixava de levar gritos e nome de remendão — palavrinha que odeio! Só Deus sabe a que leva o governo da precisão! Mas como nada desta pura vida se esfarinha em vão, é esse ofício de mestre perambulante e armengueiro, afeito a toda sorte de andanças, que me levou a cruzar mais de uma vez a baliza de Sergipe, me obrigando a pedir rancho em casa alheia ou a pernoitar no sereno. É ele que me concedeu a aprendizagem de quanto vi de penoso e de errado, me enfiando de ponta-cabeça nas asperezas do mundo!

Se tanto assim quebrou as unhas e se bateu pra lá e pra cá mudando de rumo, decerto não foi por gosto, nem por fastio de se pegar a uma ocupação permanente; mas porque carecia de remir a vida aproveitando os desvãos que sobram da grandeza e dos inventos que tomam o pão da boca do pequeno; e também por não se sujeitar a ser um pau-mandado, remetido a qualquer obra. Já se vê que nessa condição, ganhar o sustento por aqui é tarefa bem penosa. Ou você vira um sujeito dos sete instrumentos, se botando cegamente a qualquer ramo ou serviço de onde tire o passadio, que não há mesmo uma mera escolha a se fazer, ou tem de se rebaixar ao cabo da enxada, um trabalhinho torturante que chega pra qualquer vadio ou pé-rapado que não deu pra outra coisa e sem competência de nada. Servicinho pra quem não se dá valor! Abaixo daí, não há mais o que fazer, senão se bandear para o cangaço, ou então virar um pedideiro de esmola, ou cair na ladroagem, mas disso aqui já não vale cogitar porque é um caminho desconforme para um homem de vergonha. A não ser — mas aí é outra história! — que o sujeito não tenha nada a perder, nem um arejo de honra ou sentimento a guardar, e se passe para o rebanho de algum coronel sem se incomodar de aparecer de argola no beiço pendurada, puxando saco quer de dia quer de noite, e cabalando voto para o dia de eleição, enganando um e outro com a mesma boca que não tem mais sua própria opinião — tudo isso, minha gente, em troca de aparentar cara boa ante a ração que lhe chega por algum serviço mole, mas escuso, que só será rendoso se for cruel e arriscado, e pela espera muitas vezes adiada de alguma remota proteção.

Enquanto obreiro de artefato de couro, triturado pela necessidade de sobreviver, Coriolano nunca chegou a ser mestre de nome; mas dava o seu recado, embora engolindo às vezes o insulto de remendão. Como não podia se votar à gema de sua arte (como dizia o grande mestre Isaías) sem que o tempo despendido lhe furtasse o pão, passou a se compensar na feitura de obras duradouras. Se o negócio era abainhar uma capa de sela, onde qualquer freguês primeiro punha a vista, então caprichava no arremate aparente, fazendo um cerzimento bem vistoso a pontinho de lançadeira; mas se a coisa era por dentro do arção, ao comprido do lombo que ninguém avaliava, mal engembrava um grosseiro alinhavo nas bordas do suadouro a tortas furadas de sovela, deixando a boniteza pra uma banda, apenas empenhado em que a costura aguentasse o salitre do suor e nunca se rompesse. Com isso ganhava tempo! E para tal fim, passou a usar só boa sola e metal maciço de primeira, muito superior àquelas fivelinhas das tais selas de Jequié, rebentando mareadas em verrugas de ferrugem por baixo da capelinha alumienta que logo se arrebitava. Bem que eu abri os olhos daquele povinho das Forras: isso não passa, minha gente, de obra de pura carregação! Duvido que um tio Filipe, com aquele seu olho fino, se engraçasse do diabo desses trastes!

5

Ah! Aquele tio Filipe com sua dose de encanto na cerzidura da sina! Nem bem Coriolano chega aqui, pela primeira vez, vindo do oco do Aribé para a companhia do outro tio, velho e viúvo, se pega logo de muito carinho por ele, arrastado por seus atrativos. Não era à toa que toda a meninada tinha vontade de ser mandada por ele, prestativa e agradada. Um verdadeiro regalo, aquele fiozinho de voz bem entoada, se quebrando cativosa em efeito de sossego, a lhe desabafar, passando de queixosa a sonhadora:

— Olhe, Coriolano, se eu não fosse tão destinado à montaria, se não trouxesse no sangue tão entranhado jeito para a peleja e o traquejo com tudo quanto é nação de cavalos — aquilo que mais queria era me fazer no comércio, isso sim que me agradava! Não no ramo de secos e molhados, que me falta o ouro; apetecia era o ramo das miudezas. Isso sim é que dá rendo a pobre! Dia a dia vai pingando na moleza moeda por moeda... e quando a gente dá fé, o sujeito está de papo cheio, contando na mão os seus contecos! E adeus serviço brabo! Adeus penúria!

Sonhava em ganhar as estradas reais com patente de caixeiro-viajante, em romper as balizas dos municípios e até mesmo dos estados mais aprochegados, com o buranhém rodando pelos ares o relumeio do cabo prateado em estalos de comando para a tropinha de mulas, em busca de fazendas, praças e arruados onde mercadejar anéis e gargantilhas, águas de cheiro e meadas de linha, lenços de Lyon, sedas e brocados. Fitas de todas as cores para a noite de São João e as cavalhadas!

Essa vontade encravada na agonia de se fazer caixeiro viajado, vendedor de um lote de quinquilharias e miçangas de armarinho, e outros penduricalhos e metais de algum luxo — é a primeira paixão que Coriolano guarda de tio Filipe, aquela que ele mais arrotava e deixava a gente ver. Era mesmo uma mania tão palpável e palpitante que se pegava na mão! E se tanto na memória do sobrinho se embrenhou, a ponto de se enramalhar pela vida adiante — há de haver lá suas razões! Primeiro, porque naqueles idos, o povo daqui só contava com o armazém-bodega de Janjão Devoto, então moço já ladino, molhando a mão dos fiscais pra não lhe cobrarem impostos. Era uma casa bem sortida de toda a vencidade de mantimentos, onde, escorados no balcão encardido, os meninos arrumavam lindas bolas de marraio; e os adultos compravam o avio mais variado: querosene, jabá, fazendas, botões, cachaça, ferramentas e tudo o mais atinente a mercadoria de passadio e mantença. Para desespero do tio-avô de Coriolano, até remédio ele vendia, querendo de tudo abocanhar.

Moleque criado na rudeza do Aribé, e depois acostumado a esse comerciozinho minguado de quase uma casa só, Coriolano dá pra ficar intrigado com aquele tal ramo de secos e molhados, e por mais que puxasse pela cabeça, também não atina em que consistia o ramo de miudezas que tio Filipe tanto encarecia! Na sua experiência de filho agreste do Aribé, que era só então do que podia se valer, esses termos só o levavam em busca dos pés de pau que já conhecia pelo encrespado das cascas e pelo formato dos galhos e das folhas.

Ramo de miudezas — será que não seria uma galhada de farinheira com as folhas pequenininhas? E o ramo de secos e molhados — mais impreciso pelos qualificativos um no outro encangado — e que não se combinam num sentido só, lhe aparecia apartado em duas bandas, isto é, nos galhos secos dos mulungus abatidos nos roçados, e nas ramagens das ingazeiras esgalhadas e pendidas a se derramarem em cima dos viventes que nelas se abrigavam contra as lapadas da chuva.

Pois bem, é esse mesmo tio Filipe, apetrechado de algumas letras e parcos rudimentos de leitura que em menino lhe botaram, quem vem tirar Coriolano dessa embrulhada com tanto tato e tal finura, numa quadra em que ninguém ligava pra pergunta de molecote, que daí em diante o sobrinho toma gosto por uma boa prosa e se pega a ele, aprendendo muito com o seu modo paciente e embrandecido de encaminhar um pedaço de conversa que ninguém interrompia! Na sua frase arredondada de afagos, toda história contada era bonita, toda personagem se encarnava. Fosse Malasartes ou Aladim, Barba-Azul ou Ferrabrás, qualquer um deles se bulia... ganhava olho... semblante de ente vivo... e pegava a fazer estripulia!

O outro motivo que conserva tão viva e perto de Coriolano aquela antiga fala de tio Filipe, lhe chega da encaliçada mania de se fazer caixeiro-viajante, por via de ajuntar algum dinheiro. Será que tal meio de vida, cumprido nas estradas, era assim mesmo rendoso? Ou teria ele outra intenção que disfarçava? Se o sortudo tinha um dom tão incomum, por que é que só cogitava em largá-lo de mão para se ir, sem ligança pra sua rara fortuna? Positivamente, dinheiro tem um mando muito forte! Mas na mão de tio Filipe, as moedas pouco aturavam, logo empregadas em artefatos de tudo quanto é feição de metal, onde ele parava os olhos, meninão maravilhado! Sem esse estranho requinte, esse tio parece que secava a seiva de dentro e definhava. O certo é que no modo de se pôr sozinho de uma banda, de não emprestar importância a outra coisa nenhuma, e de só fazer o que lhe dava na veneta, era uma criatura meio alheada e tinha um feitio todinho especial. Basta dizer que, vindo de uma família de valentões, dos velhos troncos dos mais reimosos da Gameleira, onde os parentões viviam em demandas e atravancados de grossas armas, ele só portava mesmo um delgado canivete de cabo marchetado em bom latão, encomendado sob medida a Senhorinho, o alfageme. Além de assim desprevenido, sempre foi uma criatura confiada e prisioneira de seu pequeno mundo, sem enxergar sequer a maldade dos inimigos — e por isso mesmo deixou em Coriolano a impressão de alguém despreparado para os tumultos e as rixas encarniçadas que não poupam a ninguém, na ânsia de entortar o destino dos viventes.

Quando uma pontinha de enfado amanhecia ensombrando a sua cara amarrada, ele mesmo gostava de resmungar ao pé do sobrinho: só me voto aos cavalos por coisa de imposição! Não escolhi. A coisa já estava escrita. Vim assim fadado a isso! E tirando o chapeuzinho bem enformado, suspenso na polpa dos dedos, ele sentenciava desesperançado, como se fosse vítima de uma perseguição inestancável: só Deus é quem regula a batida do destino!

Tanto que maldavam até que era pecado esta sua ingratidão de se queixar ao pai do mundo, em vez de dobrar o joelho e agradecer por ser tão bem aquinhoado com seu dom! O certo é que desde o tempo de mocinho, se punha a mão na rédea do animal mais manhoso ou mais embrutecido, encarapitado numa selinha — que mais tarde seria trocada por outra de fino acabamento em couro de vaqueta e cordão rodado —, mal o bichinho se dava a um negaceado paleio, ia logo se endireitando maneirinho e demudado: e se salto houvera, nenhum tirava o cavaleiro de cima, como se de algum modo se entendessem acumpliciados. É um assunto que contando ninguém acredita! Uma vez selado pela mão de tio Filipe, qualquer animal esquecia as trapalhadas: era só um pulinho de banda e a assopração desenfreada. Nunca passava daí!

E lá mui raramente quando traziam de longe um cavalo de feroz catadura ou de sinal encoberto, com fama de manhoso, saltador e duro de queixo, tão árdego e passarinheiro que refugava de uma simples mutuca na orelha, se torcendo e se empinando nas esporadas do vento — o povo logo dizia que este só com Filipe, porque animal mal adomado fica perdido pra sempre. Juntava um rebanho de gente, de tanto olho formigando a espiar a montada. E valia a pena se ver! Embora ele se descartasse do vivório, molestado, cada novo espetáculo apregoava a sua fama! O festejo corria de boca em boca. E toda vez que isso acontecia, o pessoal se babava do gozo de apreciar. Curiosos e incrédulos lá se vinham dos confins do agreste, se fiando no dito de outras criaturas, apenas para ver se acreditavam, ali de nariz no ar metendo o dedo nos vãos inapreensíveis... e voltavam embasbacados do prodígio que enxergavam, vassalos de tanta arte!

Minha gente, este é Filipe, o amansador! Vejam como acantoa o brabão que freme escavando a jaula de aroeira que nem dono do curral. Vai saltitando meio de banda e sutil, é um passarinho dançarino em torno do alazão, rodando o laço nos ares num gorjeio displicente; e mal argola o pescoço num aperto impressentido, já tem a ponta da corda passada pelo mourão! No começo, o rebelado rincha desesperado, arrufa o topete e eriça a crina, sacode a gargalheira, se empinando na ponta dos cascos, opondo uma resistência de quem quer tirar a corda que tem um gosto de forca. Mas a pouco e pouco vai cedendo o baraço ainda a pulso, fungando retesado nas patas dianteiras, se esticando de quartos baixos, com as orelhas entesouradas de manha e medo, só de longe pressentindo que pode estar enganado. Aí tio Filipe dá-se um tanjo e arremessa-se a uma delas, trombando-lhe com a outra mão a batata do focinho bem retorcido. E então, ali no cara-a-cara e bafo-a-bafo, sopra não sei que afago que lhe adoça o cartucho dos ouvidos, ajudado por aquele olhar ajardinado tão cheiroso a carinho que, daí em diante, o bruto pega a se desenrugar das feições inimigas; a princípio, rodando nos cascos como quem pede tempo pra assuntar; e logo mais esquecendo, como se já desafrontado, o revide de coices e patadas! Ainda um tanto entanguido e suspeitoso, assopra o aprendiz principiante, treme das pernas num arrepio que lhe corre o couro inteiro, fumegando o bafio do selvagem coração arfante. Mas essa promessa de brabeza se desmancha em si mesma e não passa de ameaça, com o assombrado já esquecido de pinotear, decerto enfeitiçado pelo dom de tio Filipe, que passa-lhe a sela a couro de vaqueta e cordão rodado, enrabicha-o, arrocha-lhe a cilha até dividi--lo em duas barrigas, mete-lhe o cabeção, afivela-lhe as queixadas e, guarnecido a esporas e cabo de rebenque cor de prata aniquelados, mal empurra os pés nos lampejantes estribos de alpaca lavrados a cinzel — lá está ele, cavaleiro chumbado sobre a sela, com tal destreza e tamanho garbo que tem um toque de rei! Como um airoso cardeal pimpão, bem que merece um penacho de fogo bem bonito, saindo no topo do chapéu abarbelado!

Os outros sujeitos domadores que assim o viam mui galhardo e dono inteiro da vontade do animal, se babavam balangando as cabeças, de focinho pra cima, embasbacados; e logo caíam em si muito afrontados, suspirando por uma boa forra: torciam e rezavam fazendo figas nas costas: que o peste do cavalo desandasse espinoteando em saltos enviesados, que amalucasse em corcoveios rodando desmesurado! Mas para agravo dessa gente ressentida e enganjentinha, o que se via mesmo era o bicho sair da cava já solto e desobrigado, pegando andadura sem sequer entropicar, como se fora sempre mole de queixo, e desconhecesse upas e cabriolas!

Mas se algum animal desavisado, estacado de espanto ou de mais forte e rebelde instinto cavalar, teima em escavar o chão e em resistir aos encantos de tio Filipe em tiradas de mau gênio, se recusando à brandura de seu bom jeito que é uma coisa de dom, e então se dana aos pinotes e se desata a colear de roda ou de banda, em tempo de desembestar — e tome-lhe pulos! —, o cavaleiro não perde a bossa de fidalgo! Continua sereno e nem está aí! Pinica-lhe a espora numa rosetada bem lançada da boca da pá até bater em cima dos vazios, e toca pra lá... deixando que o malcriado se desmanche em saltos e popas até a fadiga desentortar de vez o capricho e a rudeza. E neste rojão de enfrentamento, brabo nenhum lhe aguenta o repuxo, pois quando toma fé de si, recolhe os coices porventura desatados, e lá se vem arriando a soberbia, já aceitando a medida que o montador lhe deseja conferir.

Para qualquer outro amansador ordinário, uma proeza desta sabia a triunfo! Por isso mesmo, Coriolano nunca entendeu por que tio Filipe nem ligava para a gritaria da assistência, assim como se não reparasse nos aplausos que eram dele, como se desprezasse o próprio dom e não quisesse ser assim notado. Senhoreante, parecia deslizar sobre o grande comparecimento de onde as vozes se alçavam:

— É montador de nascença!

— É me ver um entendedor!

— O homem é um envenenado!

6

É pena que essa rara destreza não premiasse tio Filipe a grande e polpudo ganho! Mesmo assim, com o encarreirar dos anos, ele foi fazendo um dinheirinho e prosperando, até ajuntar uns apurados e conseguir negociar um pastinho tão atufalhado de capim-angola, numa gema de terra invejada, que a bem dizer era uma touceira só, com água limpa bem encostada no oitão da casa, beiradeado pelo riacho peixeiro, onde ele passara a pender a vista nas piabas que desciam pelo leito areiusco e não bungado, arisquinhas contra as traíras graúdas. Aquilo é que era terra de primeira sem igual, muito mais valiosa do que todo o tabuleiro do Aribé! Tio Filipe comprou também o bitelo de um cavalo garanhão preto retinto, de frente aberta e crina cacheada bem caída pelo pescoço arqueado, árdego de espora e raçoeiro. E se logo-logo não foi mais adiante, em aumentada e imediata melhora de vida, é porque em vez de empregar todas as moedas do ganho em algum bicho de fôlego, como convinha ao bom-senso — separava a metade mais polpuda e destinava à compra de alguma coisa morta, como por aqui se diz, e que no seu caso se traduzia em bugigangas e requintados objetos de variados metais. Parece mesmo que vivia a mando de alguma força maior, ali apartado do mundo como se curtisse algum desgosto, grudado aos brilhos e faíscas de suas pratas e cobres, níqueis e alpacas, bronzes e latões, em finas peças que nunca teve preguiça de arear! Ninguém como este tio se dava à posse de tantos apreparos e trens bem trabalhados: eram argolas e encastoos, esporas de carranca e correntes, castões de coldre, cernelha de fivelas. Cativo desta mania, chegou a mandar um prático desbastar um dente dianteiro só para meter na boca uma lasca de ouro que facheava.

A par de tal capricho, a pouco e pouco tio Filipe veio escorregando para fora do ofício de montador a que não se amoldava, que não era besta de gastar os anos servindo de recreio aos seus apreciadores, e enchendo a vista alheia com sua melancolia. Aquilo nunca lhe refrescara as entranhas, não o fazia enricar, nem a boa fama lhe dava apetite. Homem com a cabeça assentada em outro sonho, essa atrativa destreza, o que é que lhe vogava?

Quando voltava das idas a Jequié, onde se demorava visitando um velho ourives, aí é que se punha mesmo encafifado! De tanto que seus olhos pendiam de pecinhas de ouro nunca vistas, chegavam encandeados e cegos para a bonita paisagem que no pastinho o cercava. Socava-se dentro de casa com um gênio destrambelhado, de onde em onde descendo ao riachinho pra espiar as piabas viajarem... Nestes dias penumbrosos, encegueirado com esses luxos que não entroncham o miolo de quem é sadio, ele fazia de conta que não dava por Coriolano, e vivia a resmungar com os seus botões:

— Mais dia menos dia, me largo da rudeza desta sina...

É tudo com que sonhara desde cedo, mal detido pelo medo de malbaratar um ganho de vida de certo modo bem encaminhado. Queria era ganhar muito pra trazer de Jequié aquela niquelaria em peças que facheavam! O mundo só lhe servia se pudesse se votar inteiro aos metais e aos andares que tanto apreciava. Mas ainda teria um bom pedaço a esperar, pois em questão de se meter os pés num rendinho certo que se está ganhando, todo cuidado é muito pouco. Ainda mais ele, que não tinha nenhum bem de raiz! Mesmo sendo um esquisitão, tio Filipe não era um menino tolo pra largar a sorte ao deus-dará! Ele mesmo via muita gente por aqui deixar o primeiro ofício onde não se dera bem, quebrar a cabeça em busca de melhor colocação — e nunca mais acertar! Coriolano, hoje, que o diga! Por isso mesmo, enquanto amadurecia e preparava na cabeça aquele tão acalentado ramo, tio Filipe apenas se passou pra uma ocupação mais condizente com as suas maneiras delicadas, sem se desligar propriamente da peleja com os animais que cativava por via de ser bem-dotado e ter muita experiência, a ponto de nunca espancar um só bicho, nem tampouco o tratar a nome feio. É como se estivesse, a um só tempo e pisando com cautela no seguro, ensaiando uma despedida e se avizinhando para dentro de seu sonho. Assim é que largou de montar animal brabo, e virou mestre de ensinar a cavalos de sela — da mais vistosa passada bem macia, até o picado sereno e miudinho. Como aqui nesta redondeza havia — naquele tempo sem rodageira do governo, e ainda sem as primeiras fobicas puxadas a gasolina — muito bicho choutão e travador, tio Filipe nem dava conta de tantas que eram as encomendas! E no compasso desta nova arte, o sortudo continuou indo pra frente com a mesma vantagem, a mesma boa sina!

É só arrear o choutador com a sela guarnecida a couro de vaqueta e cordão rodado, sempre lampejando nos estribos de alpaca; argolar bem afivelados os tornozelos traseiros; cochichar-lhe nos ouvidos uns afagos maneirosos; passar-lhe a perna bem adestrada — e pronto! O bichinho ainda mal ensinado vai logo esquecendo de trotejar, e parece até que resvala só triscando o chão, já se peneirando no cortado faceiro e miudinho, entrando de pés e patas na batida serena que tio Filipe encaminha. Pisa tão lesto de corpo e brando de rédea, tão ajustado ao gosto do cavaleiro, que regula ser um bicho adivinho, um ente que se entende com a ocasião. Mas se por pura safadeza, ou simples distraimento, o aprendiz se embaraça dos pés e pega uma marcha que contraria a cadência da cartilha, ou se retorna ao chouto duro de lavar garrafa — tio Filipe em cima recompõe a rédea, joga a perna nos vazios do descuidoso; pinica-lhe a espora roseteando o couro da barriga e o empurra nas cancelas em riscadas de duas braças, levantando poeira, arrancando talhadas de massapê, ou espadanando água das poças para os ares — aí quem manda é o tempo! E então... lá se vai o sendeiro desarnando... soletra a lição do cavaleiro... recai no seu agrado... se amacia todo e segue amiudando o passo até pisar bonito na bitola certa, numa tal andadura que não cabe tacha!

Foi assim que tio Filipe apanhou fama de amaciador de cavalos. Na leveza da perninha agradadeira, todo animal ganhava alguma coisa a mais de acrescento no rojão que já trazia: uma sutileza no requebro, um saracoteio no traseiro, um tal engenho no picado viageiro ou no modo de esquipar — que botava no olho da gente um relance pendido de beleza! E às vezes o danado até exorbitava se pondo a passar da conta, dando um toque de arte e bizarria em comandos inventados de cima da sela. Caprichava nuns floreados vistosos, nuns bordões rebarbativos, num fraseado cheio de ramagens em estilo da mais supimpa andadura, que, se aos caturras e mesquinhos, severos acadêmicos das regras e de feroz instinto caceteiro, a quem qualquer regalo a mais é desperdício, afigurava-se babão e emplumado, a ponto de falarem alto: Filipe agora foi longe demais! — e tome-lhe lafetada; em compensação, a outros sujeitos mais generosos e desobrigados, mais amigos da carne que do osso, esse mesmo balanceado pomposo era tão apetecido e tão saboreado, que amolecia de gozo o coração agradado!

Por via de tanto jeito e tão boa ensinança, o cavalo que antes do traquejo não valia patavina, virava um marchador de primeira, e passava a custar um preção! Daí é que tio Filipe deu acordo da vida, e se botou a comprar e revender os animais que ele mesmo amestrava. E este galho de seu ramo bem lhe sabia a vitória, não só porque de transação em transação engordara a sua burra e virara homem deveras apatacado, como também porque assim por este atalho muito a propósito se achegava pra mais perto de seu sonho, que já não era tão acarinhado, uma vez que, contentado, ele não falava mais em viajar. Mal dava qualquer sendeiro por pronto de sela, os compradores o arrodeavam de carteira já aberta entabulando negócio, disputando entre si a jogar lances, como se estivessem arrematando alguma cobiçada prenda de leilão; isso se a peça apreciada já não fosse encomenda de algum coronel mais vaidoso, prestes a exibir na rua da Praça o seu novo móvel cabedal, pago a dinheiro adiantado. De forma que, quem puxava no cabresto um bicho desses, subia de posição!

Com pouco tempo desse atrativo comércio fomentado por sua boa estrela, fazia gosto se ver o pastinho de angola estivado de boas éguas, tirando raça com o bitelo do cavalo garanhão e raçoeiro. E se mais outro montante de animais e boas terras tio Filipe não se metera a comprar, decerto não foi por falta de meios ou de boa ocasião — mas por voluntária entrega e doação àquela sua mania a que ano a ano mais inteiro se votava, malbaratando, em louvor a essa dama, a porção mais alentada do rendo que apurava. Aí lhe vieram anéis de pedras variegadas, relógio de cadeia, trancelins, abotoaduras, redoma de prata, requifife de cordão de ouro, brincos de argola e outros luxos que tais. E até tinha guardado o seu amoedado em alguns pares de libras esterlinas e outro tanto de antigos florins de prata!

7

Com a morte de Lampião, há quase um par de semanas, varrendo o medo do mundo, a princípio Coriolano se sentira mais animado, mas agora experimenta quão difícil é reaver aquele manso sossego com que amiúde sonhava. A erisipela queima, a barriga arde destemperada. E ainda pior do que a rebentação amiudada dessas dores, é o ânimo desconcertado, que lhe aperta o coração, a falta de governo, a decisão enguiçada. Removido o odiento, achava ele, cumprida a sangue, mesmo por mão alheia, essa desafronta todo santo dia desejada, decerto que o ganha-pão e as suas questões mais íntimas, tudo se resolveria, lhe restituindo aquela vivência sadia e camaradeira dos bons tempos da estalagem do Aribé. Mas agora, depois da vingança consumada, vê que o mundo continua o mesmo, e se descobre enrolado em molezas, amorticado, a matutar nas suas perdas incomportáveis, na violência dos lances que o sujeitaram.

Depois de montar com Zerramo o rancho do Aribé, onde chegou a se acomodar satisfeito e até folgado, correu de lá no ano retrasado, fugindo da boca do trabuco, daquela casa com inhaca de defunto onde habita a morte, desde então revisitada a toda hora pelo seu pesar, as suas ideias, o fardo do sentimento. Deixara lá tudo quanto tinha; da primeira vez o pai; e dessa segunda, o bom compadre, os ossos do cavalinho peregrino, o refrigério que lhe trouxera descanso, e sobretudo a grata sensação de que enfim tinha estofo, era um homem que tinha se acertado! O caixão de arear legumes, que fora do finado pai, ficara abarrotado de provisões, apesar da falta de freguesia nesses últimos tempos do cangaço. Vistos daqui de Rio-das-Paridas, Zerramo e João Coculo continuam lá, invisíveis, no seu espaço de sombra, mas donos de um estranho domínio, palpáveis, a ponto de, unidos a Filipe no azougue da mesma força atrativa, tornarem Coriolano um homem impressionado.

E por falar nesse tio, pela segunda vez assim desaparecido, em que caminhos de arame vagará? Ele, Coriolano, terá coragem de enfrentar essa trindade, de rearrumar a vida e retomar o trabalho como um homem que não se deixa apanhar por macacoas, de alma retinindo apaziguada? No passado, com apenas uma rebarbinha de motivos, ganhara o mundo atrás de tio Filipe, saindo de Propriá. E hoje, depois da tragédia que lhe assucedeu, por que não vai por aí a farejar o rumo de seu paradeiro?

É, a vida quebra a gente, amolece a moleira, e enverga até o pensamento! Sim senhor! Eu mesmo sempre tive a cabeça dura, implicante, sem molejos. E isso me prejudicou! Se não é aquela desabusada pontaria em cima dos caixeiros-viajantes da firma graúda, e se trato os parentes na maciota, com certeza ainda hoje teria a minha botica, só que refeita em farmácia, longe de vir a ser este reles tamanqueiro. Mas... onde ia ficar a jura prometida ao tio, se nunca fui homem de quebrar a palavra? E como ia me livrar da inveja dos desgramados, sem meios de rebater o facho da usura? Virada da peste! Mas também naquele tempo era outro. Tinha mocidade! Era direto, positivo. E malcriado! Ali desenvergado em cima do meu direito! Punha cobro em mim mesmo! Aí vem o diabo da pobreza e emporcalha tudo. E agora estou aqui como um pamonha a remoer o passado, nesta turvação que me empeçonha e desregula o tino, de cabeça entalada, zanzando à toa sem me resolver. Torno ou não torno ao Aribé?

Todo novo dia acha que sim, e se consome a fazer planos que se espedaçam em sensações atrapalhadas. Acodem-lhe de misturada as curvaturas que a gente mais necessitada endereçava, aqui, ao boticário; a catinga do pai estaqueado a bico de urubu, na mesma casa do Aribé onde ele, Coriolano, esfolou as mãos no cabo da enxada e depois viria a construir a sua melhoria, o seu sossego, partilhando a mais leal camaradagem. Compadre Zerramo, tio Filipe, Lampião, todos eles aí se engancharam em seu destino; os dois primeiros, lhe passando a mais limpa amizade, o mel da vida; e este famigerado, a mais sacana violência, a agonia mais crucificada. De modo que ali se refez e se desfez, tudo ganhou e perdeu! E daí o destempero nesta cabeça onde agora enxameiam umas saudades, um vazio amolentado, uma pontada que também lhe pega o peito, uma agitação, uma ruindade a futucar desinquieta! E nem sequer ter sabença pra botar isso num folheto contando tudo certinho! Um jumento, é o que é! Emburreceu! Seria um alívio para as cordas da alma! Ah, se seria!

Ao chegar aqui com a perna esfrangalhada de bater pelos paus na sofrida correria, esperava encontrar a praça de sua antiga botica mais adiantada. Mas a cidade veio lhe aparecendo encardida e despovoada, com uns porcos magros a chafurdar na pasmaceira melada de alguma lama, como se o tempo parado segurasse os braços das criaturas, ou uma ventania tivesse arrastado as ruas para trás. Viu até gente, que antes passava por grã-fina, andar de enfiada com a miudeza, passando arriada de vergonha, de enxada ou estrovenga no ombro.

Coriolano, assim mesmo perdido no seu íntimo, repassando todo o mal que lhe acontecera, nas poucas vezes que a obrigação o leva a algum ponto da rua, olha com tristeza o magotinho de homens parado nas esquinas ou debaixo da velha gameleira, ocupado em falar da vida alheia, ou em tecer comentos ponderando a falta de dinheiro. A coisa está ruim — costuma remoer —, cada dia a mais o cobre escorrega das mãos e ninguém sabe onde se entoca! É o diabo da carestia! Até o intendente Zé Lopes do Rego Largo, sem receber fundos do governo e sem nenhuma atividade a se botar, vive arrastando tamanco pelas ruas, ou então batendo pio e cortando baralho na bodega de Janjão Devoto. E é o dia inteiro assim: não larga de mão o carteado!

Tirante esse vendeiro, que prosperou a olhos vistos e nunca pagou imposto, sujeitão de casa espaçosa e bem sortida, apaniguado na politicalha de seu Horísio, quase todas as outras criaturas sem bem de raiz, ou se jogaram para os roçados de cacau em Ilhéus e Itabuna, onde se diz que o dinheiro corre solto, ou ficaram aqui mesmo apenas a fazer rastro, sem terem nenhum trabalho a se botar, a não ser ao cabo da enxada na fazenda dos graúdos. E na Bahia, seria mesmo assim como o povo conta, com esse despotismo de dinheiro que chega pra todo mundo? Cadê seus dois irmãos que ganharam a mesma estrada e até hoje não voltaram? O certo mesmo é que a pobreza é sempre perdedora! De sorte que é até feio se dizer, mas essa igualitária e penosa condição bem que agrada a ele, Coriolano, uma vez que, perdida no meio das outras, a sua indigência escorrega despercebida. Se a coisa anda, pois, neste pé, que faz ainda por aqui ele, Coriolano? Por que não pega os bagulhos e ganha logo a estrada sem trastejar, uma vez que não lhe resta mais o Herodes pra temer, nem a volante do governo a o procurar? Que ímã arrastador o atraca por aqui? O meu bom mestre Isaías já se mudou desta vida para a outra, um pouco pela mazela tirânica, que não se sabe se era pior do que o desgosto que sentia desses arreios comprados feitos que, mesmo sendo obrinhas de pura carregação, a verdade é que tomam o lugar das encomendas, de tal modo que aqui nesta pracinha não cabe mais selaria! Vejam só! Desbancado no fim da vida o grande mestre Isaías, com sessenta anos de tenda... com sessenta anos de arte... e a maior freguesia! Adeus arreios de qualidade...

Coriolano coça o queixo, velho antecipado a inventariar esses desmandos do tempo ingratalhão, que já vira provados na bochecha afolozada de Maria Melona! Não! É disparate, não adianta se manter aqui empobrecido, a braços com este vai-não-vai, quando a menos de uma dúzia de léguas de boa estrada real, sua estalagem está a o aguardar.

Pois é, as razões estão aí... são merecedoras... mas quem tem visto Coriolano, aposta que ele jamais retornará ao Aribé. Está despreparado. E as falhadas tentativas de partir não passam de fiapos de ilusão, de desejo imperioso de se compensar, de dar uma resposta aos conhecidos e ao pescoço cortado de Lampião. A maior prova disso é que mesmo quando está a ponto de ir, se lhe chega um calçado para meia-sola, por um momento ele sustém a resposta, indeciso, acorçoado, sem saber se pegue ou não a encomenda, mas logo-logo aceita, dando graças a Deus em não ter despachado a miúda freguesia, embora gema ao fulano que se trata da última vez. Veja bem, a derradeira! É certo que dia e noite esperara o besta-fera morrer para se ir. Sonhava com a matança. Tinha pesadelos. Mas agora deu nisso! Mal principia a se decidir, vai logo assoprando a fraquejar, com medo de topar com as almas penadas que chiam nos seus pesadelos e avoam nas ameias, pontaletes e cumeeira do Aribé. Mesmo porque, será que adianta remar contra a maré? Vejam o destino de tio Filipe: embora sujeitinho honesto e cativoso, homem que nunca se deu a desavenças e aquinhoado por dom, qual o bem que lhe tocou? Cadê ele, que levou sumiço numa hora feia pra nunca mais aparecer? O que ganhou dos cavalarianos a quem tanto ajudou, espichando prazos, e abrindo mão dos cavalos ensinados? Taí! É o sistema da vida! Entenda essas suas regras! Os salafrários só se abeiravam dele para o engambelar. Que lhe adiantou a cordura de gente fina, o alinhado do porte, ou o galeio de nativo montador? Lá no Aribé, na hora amargurenta do pega-pra-capar, os beicinhos tremiam; as pernas de cavaleiro bambeavam; na careta do rostinho embigodado, os olhos se envidraram.

Apesar de hesitante entre isso e aquilo, desde que chegou aqui Coriolano se prepara em vão e em segredo, com um pé já na estrada. E depois da morre de Virgulino, então, é que encasquetou de vez, gastando o tempo todo a arranjar e desfazer os seus preparativos. É certo que treme de pavor com medo de que essa ida vire certeza, mas se aleita dessa probabilidade e dela não arreda o pé, embala-a no juízo, dorme e acorda enredado em deleites de impressionado, de tal forma que, não cabendo em si mesmo, se transborda a comunicar aos conhecidos os pormenores de sua viagem sem dia marcado, e cuida de todos os aprestos, minudentemente, com uma obsessão de viciado. Mas quando alguém lhe pergunta: pra quando é? Ele, que marca prazo apenas para si mesmo, estaca e se apavora, mina de medo no remexido dos olhos; novamente deprimido recua arrastando a perna, tremelicando das mãos, a ponto de lhe cair o cajado.

8

Com tão boa sina, algum garbo e muita fama, esse tio Filipe, traquejador de cavalos, também apreciado pela simpatia chamativa e desafetada a que até os bichos se rendiam a lhe prestar ruidosa vassalagem — a ponto de todo cachorro lhe lamber a mão —, era decerto um partidão que logo viria a ser muito assediado pelas moças desimpedidas que queriam tomar estado, lhe cobiçavam os patacos e se sentiam atraídas pelo fascínio falado de sua grácil macheza. Bastava o sestroso desse tio descerrar a fenda dos lábios finos e puxar o fiozinho da voz algodoada, alumiado da lasca de ouro na dentadura certinha e areada — num instante, todo mundo logo dele se aprochegava, agradado, sem sequer botar reparo no seu ar distante, no esquivo feitio impenetrável, que era de sobra compensado pela doçura avivada se derramando dos olhos miúdos, em cima do rostinho desbarbado, sem idade. Mas ele, assim irresistível no seu perfil de pássaro arisco que não se deixa apanhar, e sem conceder a ninguém uma nesga de intimidade — passa entre as mulheres, mesmo as mais envolventes e prendadas, sem mostrar nenhum entusiasmo, largando atrás do andar realengo o cheiro dos atrativos com seu rastro de mistério por que tantas se embonecam e suspiram! Sem aparentar nenhum interesse nem predileção, ele corre o tempo se desviando das josefas-e-marias mais convidativas como se lhe faltasse calete de homem-macho. Vê-se que, perante elas, delicado e atencioso, se despetala em envernizar as aparências; mas isso é pura urbanidade, incapaz de esconder o desdém do coração, como se paixão mesmo, no duro, corisco que direto o alumiava e lhe caía inteiro, só lhe tocasse a chuva de brilho de sua niquelaria! Assim meio choco e moderado em demasia, sem dar esperança a nenhuma pretendente, nem mesmo a uma e outra de insistência tão afincada como se quisesse penetrá-lo a pontos de agulha — só por isso?! —, tio Filipe caiu no goto da gandaia, e veio a ser alvejado por este triste comento:

— Tanta moça cabaçuda e nenhuma agarra o homem! Só pode ser um molengo, sem sustança pra mulher!

Veja só, minha gente, o maquinismo da vida, mal rodado a mancal e manivela! Nem bem o povinho descarado abre a boca a maldar de tio Filipe, espalhando o burburinho de sua fraqueza, eis que lhe aparece Maria Melona, numa noitada de pagode apimentado, e cantoria animada. Uma criatura de corpo solto e bem-apanhado, cor de castanha, troncuda e bem arreada, cabelão cacheado! Molecona desempenada e peituda, com uma patoca de carmim em cada banda do rosto, e a brasa do olho redondão desvelando o felino apetite! A tio Filipe, não podia caber nada de mais oportuno e apropriado, visto que dela manava um facho de tentação que enfim lhe atiça o corpo em fogueira! Começa a lhe sorrir já demudado, numa mesura galante de cortejo: prega os olhinhos miúdos no crepitar que é ela, e adivinha num relance, naqueles braços roliços, a redenção da macheza, enganchada no seu segredo.

Dá só dois passos, estende-lhe a mão de cavalheiro e se botam a dançar na toada da viola de arame, que geme-geme na pua, marcada pelo pandeiro. Jovial e ruidosa de gestos, ela vai se concedendo para cima de seu par, a mão do lencinho cheiroso lhe espremendo a espádua, os ombros derreados para a frente num meneio de proteção pra que o visgado dançador melhor acomode a cabecinha suspirosa no rego da fofuda peitaria, grosando na mão direita o cordão de enfiar do cós da cintura dela, de onde nascem as preguinhas que descambam se remexendo e alargando para o babado da saia. Ah, que coisa boa não era se o tempo agora parasse!...

Nisto vem o fim do toque. Diacho mais curtinho!, reclama arranhento tio Filipe, se arrastando lesmento e enfeitiçado desses cheiros que nunca palpara antes, e que agora chegam para o avivar em arrepios que já se prenunciam numa oferenda de entusiasmo viril. Separam-se os dois, mas o cativo não tira o olho dela, já caidinho, arrodeando por perro como um menino acanhado, se achegando em descontos e falhadas tentativas de abordá-la.

Há um chamego pra fora da casa! É Luís do finado Antão que torna a ganhar o terreiro repinicando a viola! Principia um novo toque! E os pares pegam a rodar na poeira que avoa. Alguém grita sufocado:

— Barrufa de água o diacho deste chão!

E antes que tio Filipe se endireite de sua atrapalhação, indo a sua mulher parelha guarnecido de coragem – lá se vai girando Maria Melona, tirada por um sujeito despachado e altão, por isso mesmo combinado ao jeito dela. Passa rente ao pobre do tio Filipe, doidela fazendo acinte de olhos revirados, caprichando num rebolado que abre a roda da saia. Ondulam os quartos macios como se fossem azeitados! A rapaziada se baba só pelo gosto de ver essa morena de truz assim carrapetear nos sapatinhos já servidos, mas de rico cordovão. A pinta menineira é um cravinho que estufa quando ela pega a se rir, ali plantado na bolacha da bochecha.

Como se fosse o dono da dançadora, se agrava tio Filipe, e amua num instante com ares de enfezadinho, estreando o seu primeiro ciúme por mulher! Um coice lhe pega de relepada! Incha o gogó e o caroço do olho inteirinho incomodado! Impa a vontade de apanhar-lhe a orelha e trombar-lhe o macio da venta para amansá-la de vez — mas ela não é cavalo! Ah! que veneta de aferrolhá-la na mala de pregaria encostada a seus metais — mas com esta ele não pode que tem partes com o tinhoso. Cadê o dom de traquejá-la se já começa a ceder?

Tio Filipe zanza atarantado, de mão coçando a cachola, apertando o miolo que lhe roda, já de bote armado pra Maria, espreitando a primeira ocasião. Ah! mulher de uma figa! Ah! burrada cabeluda! Cabeça de cupim! Onde é que andava o bestalhão do juízo, pra dar esta ratada, largando na mão de outro o par da gente, sem ao menos dizer muito obrigado, ou deixar um recado na quenturinha dos dedos, só pra ficar assim no ora-veja?!

Mas de dentro de Filipe se levanta outro! Já não se encolhe ou fraqueja como antes, e se desenrola atiçadinho, decidido a perseguir o cheiro de salvação. Acompanha a batida do pandeiro na impaciência do pé que cadencia, torcendo as mãos numa rogativa penosa, suplicada a tudo quanto é nome de santo, que por amor de Deus o acudam, façam alguma coisa a favor dele, basta uma cãibra nos dedos desse Luís do finado Antão que tem um fôlego da peste e nunca se afadiga, nem descansa o arame da viola, animado pelo fogo da cachaça! Pois o homem não sossega nem pra afinar a bichinha mal entoada, e já torna a tomar conta da festa! Parem logo o diabo desta batida que ele precisa se encostar em sua Maria pra lhe abrir a veia do coração! Mas a música demora... demora... É um arrasta-pé continuado... o toque vai ficando sonolento e cansadinho.... e eis que sem findar já recomeça porque pedem bis — e a dança sobe de ponto!

Aí então, não se sabe onde dói em tio Filipe, que empurra a vergonha pra uma banda, se desencolhe retorcendo-se ligeiro e, num saimento incontido, vai direto pedir ao sujeito altão que lhe conceda uma volta com a dama dançadeira. Pegado assim de supetão, no melhor do seu gosto, o homem já vai rebater o atrevimento! Empertiga-se todo, fuzilando de raiva, emproado, baixa a vista em cima do tipinho, já pronto pra lhe passar severa descompostura. Daí para cogitabundo... fazendo vistoria de quem é o outro. Nesta má hora, Coriolano ali encostado na parede vê a coisa feia, um cheiro de fuzuê, e fala com seus botões: ói encrenca... ói encrenca... Mas enfim, reconhecendo Filipe — um suplicante que nunca rivalizou nem pegou questão por mulher —, o cavalheiro lhe empurra a dona num gesto de — toma lá!

E então a salvadora, já agora se fazendo de rogada, torna a vir rodar nos braços reaquecidos, dona de uns sestros assim meio estudados, de uma faceirice resvalante... como se de algum modo recuasse os seus meneios em decente compostura, certa de que tem, neste homem com jeito de passarinho, um partidão direito e reservado: amaina o rebolado e lhe escora o ombro pra dançar mais afastada, que não quer lhe parecer uma criatura de costumes ligeiros, mas sim criada no severo.

Todo mundo ali já comenta que ela está se recompondo só de tenção feita pra agarrar o besta! Parece até mentira, mas, com essas neganças propositadas, Maria Melona quer mesmo é se achegar a ele bem cativa, aplacar-se em renúncias, amansar-se, se quebrando toda para serem um só, já visgada na graça de seu par! Tio Filipe é quem está um nervoso desarranjo! Tão metido, tão cheio de saimento, entranhado na sua perturbação, tão grosseiramente atrapalhado, que parecia não entender essa nova mulher recatada que diante dele comparece. É ela mesma ou uma irmã bem parecida? Mas... vamos e convenhamos... que tem isso? Ele mesmo, Filipe, também não virou outro? Desencolheu, e de língua espichada, arroja-se sem perda de tempo a entabular conversa, como se tivesse arrolhado numa garrafa a timidez, decerto escolhendo decoradas as primeiras palavras, enganchadas em frases de antemão preparadas.

De repente, se refreia de vez, bico calado, como se lhe acudisse alguma desgraça, e se derrama em borbulhas de vexame e apreensão, suando frio afundado em pesadelo, sujeito a bote de cobra e mordida de cachorro, sem pernas pra se livrar. Encalacrase em tremeliques, com um barrufo de faíscas pelo peito, os olhos miúdos num marejo, o nariz de pássaro às arfadas, a maçã do rosto porejando, agora se recobrindo de um borrão avermelhado. Abre a boca, entropica, pensa uma coisa e diz outra. Para já correndo do assunto. Desgoverna. Enfim, rasgando a palha do capucho, o algodão da vozinha se anima, e o coitado, na fornalha da cegueira, aferventado, se atira de pernas pro ar, pelo vagido que se desentranha num suspiro pulado da garganta:

— Você quer ser feliz comigo?

Então, o aperto dele era isso? Maria Melona não responde logo, que sabe ser mulher. Dançando mesmo, endireita-se se concedendo valor na frente do ansiado, de modo a parecer mais surpresa do que lisonjeada, e faz boca de riso apartando a vista pra um lado, como se também passasse a encabulada. Mas ela aí compõe efeito, tentando reanimá-lo, facilitar as coisas para ele, como se a querer provar que em tão especial situação todo mundo se avexa ou se acanha, saindo do natural. A seguir, molemente felina, rola os olhões de rodeiro de fogo em cima de tio Filipe, demora-se assim meio minuto, aguda, prometendo e sovelando, pedindo tudo que ele tem e ainda querendo mais. E o pobre ali se consumindo... pendurado da palavra que não vem! Pequenininho, infeliz, agoniado! Então, percebendo que o coitado se dilacera, se botando até pelas tripas — ela enruga a testa numa atitude meditativa de quem pondera ponto por ponto, e enfim desembucha, desapiedada:

— Vou me resolver pra daí tirar uma resposta.

Desta noite pra frente, por via desse encontro inesperado, tio Filipe mudou muito! Maria Melona o embruxara! Já na primeira vez, não pareciam ter nascido um para o outro. — E não tinham mesmo! Mas ele, um serzinho tão sutil e fugidio que a ninguém incomodava, e que decerto, se não fosse tão aquinhoado de fama e simpatia com a vozinha donde o fascínio manava, passaria despercebido entre a gente no seu passinho emplumado, que mal pinica o chão, como se andasse em cima do tinido das esporas — terminou abrindo a guarda e pendendo para o lado dessa criatura assim barulhenta e estabanada. E olhem que era cabreiro! Nunca se dera a mulheres! E caprichava em se manter de corpo fechado, dizendo a todo mundo que era vacinado, e andava prevenido contra a dentada da mariposa mais envenenada!

9

As duas semanas que tio Filipe esperou a resposta de Maria Melona — foram um castigo! O homem virou impressionado que nem esse povo que bole com espiritismo. Não desgrudou mais de sua imagem. Mudava de saudoso pra agitado, sonhava dando cabriolas, não comia um só bocado — enfastiado do mundo — e vivia a reclamar que o tempo não andava. Largou os cavalos pra uma banda e forrou-se de aspereza, arranhento, resmungão. Os fregueses vinham lhe cobrar prazos ajustados, e eram mal recebidos, se estrepando na falinha, que só agora engrossava! O homem era outro! De cabeça encasquetada, não lembrava compromisso, e fazia um biquinho pra tudo que nem menino embirrado. Parece até que o juízo variava! De tão reservado e suspeitoso que sempre fora em questões de foro íntimo, resolvendo as suas cabeçadas lá no seu canto calado — pois não é que largou os preceitos de banda, e foi direto a Chico Gabiru com esta encomenda:

— Vá atrás dela, ó Chico! Arrume isto pra mim!

Esse solicitado medianeiro, um amigo ferrador de costumes assentados, e que se fosse rico tinha tirado carta-de-doutor e dado pra bom juiz, habituado a malhar firme na bigorna, e a quem muita gente recorria pra se aconselhar — ouve a rogativa, solta o fole, e se demora de martelo e torquês nas mãos imóveis, já pronto pra golpear, enchendo a tenda com um trecho de silêncio que, aos olhos do pedinte, se ampliava num chuveiro de faíscas a barrufá-lo de medo, lhe retalhando a limalhas a veia do coração. Aí então, forçou as vistas em cima de tio Filipe, e derrubou a pancada do martelo, malhando a pulso de osso, brutão, direto:

— Esfrie a cabeça, criatura, que essa Melona não é arranjo pra um homem como você. É muito botada! Procure uma sujeita mais em termos! Aprumada! Assente o juízo, homem!

Tio Filipe achou aquilo ruim, inteiriçou os beicinhos e, olhando de-través por vexame de encarar o amigo, deu uma rabanada de ombros com um puxado na voz:

— Até você, Chico, virou contra mim! Tô lhe estranhando! Quem lhe dá o direito de maldar dela?

— Bem, é o meu parecer! — torna o outro já lhe dando as costas e remexendo o carvão; está cansado de saber que em questão de homem com mulher, quem mete o dedo acaba por se estrepar. — Você agora que se avenha! Mas olhe depois não me apareça com chororô...

Desentenderam-se. De boca em boca, corre a notícia do mau gênio que de tio Filipe se apodera. Até parece que o desinfeliz perdera o governo da vida: não se importa mais de ser decente! Acima de tudo que pensava, e do parecer de todas as criaturas — só quer mesmo fazer de Maria um ideão! Em contrapartida, ninguém mais lhe dá um só palpite que tocasse neste ponto. Cada um tinha por certo que o doidelo ia naufragar numa burrada! Ele que se estrepasse!

Enfim, vem a resposta — e positiva! É mesmo o que todos esperavam. Só tio Filipe se desanuvia em regozijos reconciliado com o mundo, que a vida é boa. Atira o chapéu aos ares, dá-lhe uma bicuda, vira maria-escombona, solta fogos de vista, paga rodada de bebida e vai dormir encachaçado. Tudo isso, minha gente, num despotismo que feria as suas regras! E daí em diante, sempre embriagado, mas já não de aguardente, nunca mais sossegaria!

No primeiro reencontro suspirado, Maria o recebe faceira e ataviada, de flor de laranjeira já espetada no cabelão cacheado. E conversadora, macia, dengosa manteiga derretida, mas também queixosa, cansada desta vida de solteira, só com um pedidinho a lhe fazer: era tão bom se pudesse no mês que vem já maridar-se, marcar hoje a data do casório! Tio Filipe estremece, babata a porta procurando apoio, e deixa cair da mão o brinco de argola que ficaria com ela na hora da despedida, mastigando o travo azedo desse disparate repentino de Maria, destempero que nunca lhe passara na cabeça. Não! Não pode acreditar! Decerto é apenas caçoada! Tossiu, tirou o olho dela trastejando sem ação, mas como era um homem, quando serenado, de um palmo de conversa que chegava a cativar, a verdade é que a persuadiu que se favorecessem com um pouco mais de tempo. E nesse intervalo de trégua, se pegaram tanto de amor um pelo outro, que todo santo dia Maria Melona palpitava sonhadora, melosa, com a pipoca do olho esfaimada, precisando muito de se dar a ele que, por sua vez, passou a andar em molas, se aformoseando ajanotado, se achando fortunoso e se quadrando emparceirado ao jeito dela. E então, dava gosto a gente ver como caprichava bonito nas montadas, os estribos de alpaca alumiando, bom de ter metido em sua arte o facho de louvores que lhe vinha dos grandes olhos amarelos, num barrufo adocicado.

Por esse meio-tempo de irmanada devoção, até os caros metais da mala de pregaria foram ficando de lado, comidos pelo zinabre! E enquanto lhe dava corda, para o ter mais embeiçado, Maria Melona ia se tornando pedinte e carecida, que seu pavio era curto. Mendiga de amor estraçalhada! Numa ocasião, folgava brincalhona, sem corpinho despeitorada, vendo com seu amor as piabas na beirada do riacho, fogosa demais naquele calor do sol, e escorrega a mão na cintura de Filipe, já lhe dizendo com a boca rasgada a pedir beijos:

— Ai! Como fico doida na frescura do riacho!

— Ói esse dengo, Maria! Deixe de armada!

Quanto mais assim desarvorada em trejeitos e gemidos da carne ela se bota, mais tio Filipe aparenta uns modos esfriados, sempre pronto a desconversar, ensurdecido, toda vez que vinha à tona o assunto do casório. Vem daí que, escorada em desconfianças, Maria Melona impacientou-se indagativa: por que tanta reserva e tanta desculpa esfarrapada, se ele era desimpedido, tinha alentado recurso, e a feição não escondia o amor que lhe votava? Como podia, uma moça de família bem-criada, a salvo do estragamento dos costumes, perder assim o seu tempo que nem uma sirigaita oferecida, uma lambisgoia deslambida, dia e noite por um safado enganada? Olhasse bem! Ela, Maria, era uma tipa qualquer, dessas ventoinhas que se esfregam por aí?

Com essa arremetida e algumas outras, tio Filipe se decide ligeirinho, que o primeiro encanto virara xodó, e a noiva lhe acunhava as esporas sem nenhum tico de pena. Enfim, por força do amor encurralado, e sem meios de empurrar as bodas pra um vindouro mais distanciado, ele retorce as guias do bigode bem fininho, e encarece que se amarrariam dentro de um ano, prazo quase que minguado, alega, pra correr os banhos, dar uma esfregada na casa em boa mão de cal e um barrado no pé da parede cor de tijolo cozido, e por fim aviá-la de um tudo, que morada de homem solteiro ou viúvo é um buraco de até cobra espantar.

Mal satisfeita com esse tempo interminável... Maria Melona o encara vigorosa e positiva, com o corpo suando despeitado, a palpitar os amarelos olhos já tingidos de encarnado, aguçando no noivo a timidez. Mais troncuda ela se exalta dilatada, assoprando pela venta esparrachada, e três vezes bate o pé que só se casará no prazo de seis meses. E nem mais um dia! Ouviu? Arrebita os beiços, dá uma rabanada de traíra, e vai por aí pintando e bordando!

E tio Filipe, impressionado com esse amor temporão, já não sabendo viver sem ela escanchada na cachola, estremece com o olho de pantera da trombuda. Arqueja nos abafos da paixão, baixa a crista, concorda em tudo e assina em branco, por medo de perdê-la para alguém mais animado, e pela vontade imperiosa de não se entregar ao desalento, e continuar avivando as suas ilusões. Que mais podia fazer? Ia pisar na corda bamba, ia entrar num atoleiro — mas aceitou!

E então, daí em diante, todo mundo botou reparo no noivo que ia para as bodas num desalento que fazia dó! Casacudo, ele deu pra se votar a conversas com o tempo... ocupado em olhar no relógio de cadeia as manhãs e tardes que voavam. Esmorecido pra ganhar dinheiro, não deu mais ligança à lida de cavalariano, e voltou a revisitar a mala de pregaria, atulhada de metais. Nesse derredor, ninguém nunca tinha visto um noivo assim! Era o seu jeito! Ao invés de ensarilhar armas para enfrentar as questões que o desgostavam, o coitado se encolhia diminuído, de costas viradas, aninhado nas suas melancolias. Via-se que não nascera pra este mundo forrado a rixas e disputas. Era um homem que só venceria se fosse acordado com seu dom!

E então, assim desanimado, pega de um banquinho, ajeita as ancas, e mergulha as mãos nas peças antigas, que tilintam em vagidos, como se lhe passassem retalhos e soluços de alguma perdição. Por um pequeno amassado na aresta ou no contorno, um desgaste ou falha do esfregamento no uso, Filipe vai recompondo os cacoetes e sestros de seus donos já idos, e um pouco de suas vidas que aí se entremostram! Onde andará toda essa gente mais perecedoura do que um simples apreparo de metal!? Retira um bridão de níquel, remira-o demoradamente, passando-lhe a mão nos sulcos e relevos, bem encostado aos olhinhos: avalia as manchas de zinabre, o bocado de ferro já afinado pelo céu da boca de não sabe quantas burras ou cavalos — e aí então, já de flanela estendida nos joelhos, se entrega ao paciente ritual de areá-lo pedacinho a pedacinho, num pausado rojão que se alonga lhe tomando o dia, mais de uma vez retocando as argolas da rédea ou a barbela, em arremate final do melhor acabamento, até que o brilho volte a fachear em lascas de luz que encandeiam, como se reencarnasse nele a antiga alma!

De outras vezes, tio Filipe pegava um punhado de grãos de farinha, descia para o riachinho, e se esquecia do mundo... abismado... carregado de cismas... Daí a pouco vai chamando as piabinhas a estalidos de dedo, e um piado na voz amaciada em pungentes ondas derretida. Vai lançando os fanisquinhos espalhados à roda delas, a rabiarem com as boquinhas em bico à flor da água, e se vão passeando contentinhas, repimpadas, se retorcendo numa folia fagueira, até se sumirem em cor de prata deslizante lá no gancho da curvinha, viageiras, por cima das pedrinhas areadas. Tio Filipe mareja os olhos em cima dos seus peixinhos que vagabundeiam e se vão bem despachados, num carduminho de recreio, folgada meninada. E ele, o dono daquilo tudo, aí acocorado no meio do tempo, a se apalpar de cara pendida, assoberbado pelo medo de lhe faltar a potência na noite de botar os canários pra brigar! Não, que se dilacera só de maginar esta perdição que nunca pode ser! Antes apartar a talho de canivete a veia pulada do pescoço, do que falhar com a sua dona. Não! Com ela esta frialdade no pé da barriga nunca vai se dar, que até os meninos e os bichos miúdos, mal ela chega, pegam a se coçar, aferventados. Um suplicante infeliz, é o que é! Mas nem por isso menos cativo de Maria Melona, de quem, na boca de cada noite, já não larga o pé.

A noiva, por seu lado, percebia direitinho o desmantelo em que andava a cabeça de seu homem, as vistas pregadas no vazio, os apartes da fala despedaçada, que já não sustentava um dedo de conversa, o alheamento que o tomava a ponto de precisar sacudi-lo com as mãos. Mas a ansiosa, atacada pelo regalo de ter Filipinho como homem só pra seu gasto, nem ligava para a origem das macacoas que o entristeciam a ponto de levá-lo ao desmazelo. Se o seu homem só namorava decente, sem nenhuma amolengação, nem o menor saimento... depois de maridada ele veria! Ia esfolá-lo, ia lhe cobrar esses tempos de atraso a juros e facadas! Pelo que já rastejara e intuía seu faro feminino, tinha fé em si mesma, na sua ardência de azeite de castanha, que uma vez pelo padre abençoados, saberia muito bem botar fogo nas ruindades dele. Remédio para homem descansado pra banda de mulher, é tudo o que nela mais sobrava. Ai! Ele ia de pegar fogo na quentura destes braços! Ia fazer de seu coraçãozinho, um mico buliçoso e descarado!

Enfim, chega o dia do casório com padre, amigos, padrinhos, convidados, parentes, e mais um bando de gente que numa ocasião assim se dá direitos, perfazendo um grande ajuntamento de onde se espalha um tom de festa e muita descontração. Na roda dos homens, o assunto mais compartilhado é a pilhéria: quem me dera ser Filipe nesta noite! Já as mulheres, mal sustentando o disfarce, se comprazem debochando a cochichadas, na ganância de querer da noiva o seu prazer. Maria Melona, criatura de faro adivinhadeiro, dá fé da pontinha de malícia a rabear, e aí então é que fremente radia estabanada, voluptuosa, se requebrando num derretimento... revirando os olhos amarelos em recados que doem nas invejosas! E embonecada de muita tinta, estala a risada divertida em remoques que destoam do branco do véu e da grinalda! E o noivo ali ansiado, suspeitoso, como se estivesse se botando para alguma empreitada, sabendo de antemão que era uma coisa falhada. E Coriolano a fitá-lo penalizado, vendo seu tio se obrigando a esta viagem suicida. Mas, que se ia de fazer? Ainda se o amarrassem a nó-de-peia os mondongos, mesmo assim ele se esperneария que nem um porco sangrado, para ir ao pé do padre aos tombos, se rolando. Um mártir voluntário, é só o que parecia! E por cima disso, ainda desconcertado, adivinhando um trejeito de caçoada nos olhos daqueles que o miravam, em zombeteiras risadinhas que mereciam ser tratadas a sopapos. Alguns até se divertiam em comentos motejados, como se não soubessem o motivo que ao noivo aperreava. E então se indagam, se fazendo de desentendidos, e esbarrando no seu jeito estuporado: estaria o homem amalucado? Adiantara a mão e enfim se dera conta de que a noiva não era mais de nada? Ou será que queria desertar, arrependido, e via a estrada barrada? E se não é nada disso, por que então este ar estuporado, de quem arde em ânsias consumido, com medo de morte encomendada?

10

Mesmo depois dessa boda por muito tempo falada, Coriolano continuou sendo o sobrinho mais apegado a tio Filipe, lhe prestando adjutório no trato dos animais, e muitas vezes até ficando para o pernoite na mesma camarinha que antes ocupara; só que agora mais acolhedora, trescalando a tijolos lavados, a guardados e asseio de mulher. E olhem que Coriolano tinha aí uns dezessete anos, farejava na especula qualquer vestígio que cheirasse a manejo de macho com fêmea, e daqueles dois, nas suas maliciosas espiadelas, não pôde apanhar nenhuma sem-vergonheira.

Apesar da má fama que corria, por conta de se mostrar atrevida e despachada, destoando assim da regra costumeira, Maria Melona foi limpando o nome, direita, apurada num bando de serviço, e de mão fina nos arranjos de dona de casa. Mulher afinada, zeladora! E ainda de quebra, engolfada em parecer feminina, e em alegrar a vivenda rente ao curral dos cavalos, arrulhando amorios no ouvido de tio Filipe, que ficava coradinho e adoçado. É certo que algumas vezes amanhecia de cara envergada, aborrecida, rolando pelo marido os seus olhões amarelos, a perscrutá-lo perdida em cogitações, como se lhe faltasse alguma coisa muito carecida, e por isso mesmo mais apreciada. Quem me dera que meu homem fosse um sujeito bem agradadeiro, e também mais desasnado, pra melhor se ajeitar a minha regra, e na mesma bitola a gente se esbaldar! Nesse rojão, assim completa de tudo, não me faltava mais nada!

Sempre mais adiantada e prestativa do que tio Filipe, caprichava em se arrumar ao gosto dele, em servi-lo agradada, lhe passando o carinho da cara satisfeita; só destoando desse compasso e virando fera mesmo, na hora de defendê-lo contra alguma injustiça encaminhada. Aí então... era um Deus nos acuda! Fremia venenosa a venta esparrachada! E ai de quem levantasse o dedo, ou batesse a língua em cima de seu homem!

Nem bem tinham rolado dois anos desse casamento em que tio Filipe entrou meio suspeitoso e sem nenhum entusiasmo, já então invejado e próspero cavalariano — eis que alguns sujeitos gamenhos e despeitados, a quem a sua boa estrela era um espinho cada vez mais doído e inflamado, se puseram a tecer enredos numa intrigalhada que envolvia ele e Maria Melona, com a má tenção de prejudicar o casal, lhe mareando o bom entendimento. Na verdade, essa arremetida indireta vinha era contra o seu aumento de cavalariano que desbancara todos os seus pares. Enquanto tio Filipe traquejara os animais deles, intermediadores, lhes favorecendo a ganhar muito dinheiro, os sabichões, de bolso cheio, bem que aprenderam a conviver com o seu condão, deixaram que corresse a sua fama. Mas agora era outra coisa! Como já vinham de longos prejuízos, parecia natural que se sentissem injustiçados, visto que tio Filipe, uma vez tornado cavalariano, abocanhava sozinho o lucro das vendagens, sem facilitar a eles qualquer tipo de barganha. Mas como não há mal que não se remedeie, maldavam eles lamentando a quebradeira, o entono de Filipe merecia uma desforra!

Velhacos que eram, se fizeram logo em cima da mulher, que lhes parecia o flanco mais frágil a ser assediado, uma cancela aberta e mui facilitada. Mas aí é que se estreparam! De tanta certeza que tinham, foram ao pote com uma sede canina, e esbarraram numa senhora compenetrada, soberba, cheia de vaidade com a vida de casada. Dona de um calete bem fornido, ela não deu um só passo em falso, que não era da laia de prevaricar. Evitara até mesmo aqueles modos concedidos de mulher solteira, só pra não dar pasto à maledicência, e pra levar ao ridículo os fulanos encarregados de lhe emporcalhar a sã reputação. Então, falhados na chantagem premeditada, por culpa da honra de Maria, remordidos, e agora também injuriados, os perversos se impacientaram e mudaram de rumo, indo direto ao fofo do miolo do marido; e logo se ajuntaram a espalhar a má fama de que os cavalos esquipadores que o traquejador passava adiante tornavam a virar xucros e choutões na mão dos novos donos.

— Ou Filipe é um finório trapaceiro — azaravam esses rivais do mesmo ramo de negócio — ou tem artes com o satanás! E por uma ou outra coisa, sentenciavam, com muita instigação e sisudez na voz, o quanto era perigoso tratar com tal indivíduo! Já lhe tinham infamado a mulher cavilando a torto e a direito, e a coisa não dera resultado, visto que o tiro saíra pela culatra; mas com este novo ardil, alvejaram o cerne do homem.

Esta pancada certeira, batida a muita peçonha, doeu fundo em tio Filipe! Um cavalariano vindo de bons troncos, já maduro e tão bem considerado, ver assim sem mais nem menos o seu nome enlameado! Isso não se faz! Logo ele, que barganhava seus animais sem nenhum vinco escondido, e na mais meridiana lealdade! Inventarem aquilo dele... um sujeito da mais fornida lisura! Quanto veneno atirado! Só a custo, o caluniado veio a conter a fúria de Maria Melona, que fez um estrupício dos diabos, ofendida na pessoa de seu homem, e quase manifestada, a encomendar despachos e procurar rezadores pra fazer cair a língua dos algozes do marido. Raça de satanás! Uns sacanas maledicentes que até o corpo defunto a cova vai vomitar! Arrenegados da gota-serena! Olhos-de-seca-pimenta!

Como não há dom de entendedor, nem há verdade que possa contra uma patifaria assim bem encaminhada — a partir dessa calúnia inventada a olho comprido, a boa sorte de tio Filipe começou a desandar: os compradores foram rareando, e os cavalos, sem ter mais na pelagem a mão do dono, pegaram a ficar carrapatudos, de cascos favados, a ponto de cair muito de preço e rapar o pastinho de angola, que nunca mais descansara reservado.

Não tinha mais nada a duvidar! O rendoso meio de vida lhe corria para trás! Mas ao invés de o difamado tirar o caso a limpo, e enfrentar os prejuízos desta virada dando a testa aos embusteiros de tamanha sabotagem, que se lamuriavam e se sentiam perdedores, uma nação de gente vilã, que em vez de fazer negócio liquidado, pegava a trapacear que nem cigano; e de terçar com os nojentos as mesmas armas em artimanhas embainhadas, no intuito de repor ali a muque a sua boa fama, como assim o atiçava Maria Melona, exprobando a sua covardia — Filipe só fazia era mexer os ombros, dar um tunco de menino amuado, e se embrulhar em si mesmo de olhos entronchados para dentro, virando as costas aos desalmados, e já dando por perdido o seu meio de vida vitoriado. Ferido pela cobiça alheia que não sabia estancar, o negociante, agora prejudicado por via de ser mofino e impressionado, fez foi despistar as suas contrariedades pra outro rumo, virado contra a mulher em quem não vingava o filho esperado, e de saco cheio contra a maldita sina desse ingrato ramo de cavalariano.

Embuchado em cima dessa cisma medonha que lhe tomava a cabeça, tio Filipe não estava para ouvir ninguém, e se arredou para dentro de si mesmo, amoitado, como se tivesse no peito uma lasca de osso inarrancável, com uns sestros de demente, entretido dia e noite a burnir e arear a grossa niquelaria. Parece que o mundo lhe passara uma rasteira, o obrigando a purgar um pecado que não tinha.

Que os parentes não se metessem com ele, que não lhe viessem com conversa fiada de que tinha mão de gente azarando a sua sorte!

De natureza retraída, corria do enfrentamento, sem a nada rebater, contido em seu sentimento, sem gosto de tomar conversa, sem saída em coisa de expansão. Nem com Maria repartia a parda melancolia! Era o esquisito modo de se haver, e também se rebelar! Agarrado a suas peças de metal, entre o cheiro de pedra de cânfora e de zinabre, ele não descansava o esfrega-esfrega, como se lhe entrasse pelas mãos um certo alívio: e cismava de sina bem perdida, em lampejos de paixão desencantada. Maria Melona, desvelada e interesseira, é quem ficava para não viver, vendo o seu homem perdido naquele demoroso servicinho que não lhe rendia um só vintém de cobre; arretirado do mundo, mais sozinho do que o São João que comia gafanhoto, tresmalhado como uma rês perdida, e ainda por cima destratando dela!

Já não bastava o quanto o desmiolado desperdiçava na querência dos metais! De que adiantava ela ser uma sujeita aproveitadeira e diligente, se da mão do teimosinho o dinheiro escorregava malgasto? Assim não podia continuar! Escarafunchava o motivo daquela vidinha aguada do marido, daquele paradeiro abestalhado, e no fim de tudo, o seu olhão estriado a sangue de vingança só lhe dizia que ali tinha mandinga. É olhado! Coisa-feita de brabo catimbozeiro, botada a mando de algum ganancioso contra o aumento do coitado do Filipe que lhe viera por dom; ou senão, urucubaca de alguma mulher-dama a me cobiçar o encanto de meu homem, que não chega nem pra me fartar. E foi então um queimar de incenso em caco de telha, que já vivia encardida a fumaçadas. Mas como também era mulher prática e se fiava em si mesma, arregaçou as mangas, e só serenou quando lhe deu um estalo pra tirar o marido do atoleiro.

Danada de sabida e vendo a viola no caco, bem como a boa ocasião que se lhe oferecia — se apressou a ajudá-lo a tornar a ter fé na vida, arrancando o condenado do delírio para a pauta de seus brios, pela única fenda que restava:

— Anda, Filipe! Cadê tua sina de caixeiro-viajante?

Pronto! Aí estava o chamariz! Em torno dessa nova ideia, que do dia para a noite engordaria, marido e mulher se foram entendendo bem unidos, embora cada um se decidisse por diferentes razões que eram individuais, e vinham recheadas de uma certa euforia. E então, tio Filipe criou alma nova: nem parecia o homem ensimesmado das derradeiras semanas! Resolvera apurar, de uma só negociada, o dinheiro concernente ao pasto e aos animais, vendendo tudo de cancela fechada, sem nada deixar atrás, pra mais livre transitar nas malhas de seu destino.

Mas isso não se deu assim sem mais nem menos, como ele primeiro mal avaliara, errando sobre si mesmo devido ao tamanho da afobação. No curto tempo que levou a dar balanço no que tinha, o atarantado não dormiu de noite, teve crises de desalento, arrepios de indecisão! Teria mesmo coragem de partir sem Maria Melona, que aguentara o repuxo ali ao lado dele sem se maldizer, gastando a paciência a lhe cuidar da mania? Ou será que, desgostoso dela por algum motivo segredoso, tio Filipe ia se largando da mulher assim bem de fininho, já de caso pensado e sem ninguém dar fé?

A verdade é que havia horas em que a olhava pesaroso por detrás, quase enrugando a cara num chorinho miúdo. Via-se que aquela ida lhe custava muito, como se ele soubesse que não tinha volta, ou que alguma desgraça irrefreável já se abeirava, sobrevoando invisível, só esperando ele se ir, para se desatar a bicoradas. Resvalava até o poço das piabas viageiras cevadas a grãos de farinha, se confrangia acompanhando o carduminho silencioso que se ia... deitava a vista no colosso do pastinho cheirando a capim-angola — e as mãos esfriavam, o mundo se escurecia, o nó da goela saltava, os olhos miúdos marejavam, pretos-retintos, da mesma cor do cavalo raçoeiro, catado a muito capricho, e que lhe comia na mão.

Decerto, habituado a comprar um animal hoje e vender outro amanhã, tio Filipe não se sabia assim tão afeiçoado a essa raça cavalar. Ou era só medo de se desfazer do cabedalzinho pouco a pouco ajuntado, tangendo tudo fora, e já começando a se arruinar? Ou será que eram apenas artes do pegadio de Maria Melona? Enfim, pensava se dando força: vai ver que é o diabo do costume! Se é pra se ir, paciência! Que seja logo!

Mas não era assim tão fácil! Nos miolos de sua cabeça, avultavam o lotinho de suas bestas e o cavalo garanhão, tão entranhados nele, que se convertiam num bafejo de desânimo, lhe turvando a direção. De tal forma que — mesmo tirante o seu agarradio com a parceira, que é um lance onde não se toma pé — Coriolano achava que tio Filipe teria desistido de sua nova empreitada, por via de tanta dor e tanto mal que esta saudade antecipada lhe trazia. Mas aí, percebendo que o marido ia afracando já meio desmareado, com risco de voltar atrás e recair na pasmaceira medonha — eis que reaparece em fúrias Maria Melona: grita com ele, esculhamba-lhe a indecisão amaricada, roga-lhe uma canada de pragas, até o arrastar a contragosto ao rumo de sua sina.

Difícil era ali se decifrar, se ela assim impiedosa, procedia por amor desarvorada, ou por ardileza pra descartar o seu homem amofinado. A verdade é que, empurrado a pontapés e muita mastigação, tio Filipe terminou se desorientando, a ponto de mal entabular o primeiro negócio, ir logo liquidando tudo, entregando os possuídos pelo mais barato. Pois não é que, pra bem dizer, vendeu o pastinho de graça, e juniu a eguada no mato? Ah!

esse tio Filipe! Botou fogo em tudo, tacando a riquezinha fora! Empombou-se com os comentos que surgiram, e deu as costas aos parentes que viajaram léguas apenas para reclamar que um negócio assim tão besta, só mesmo para um tonto como ele que ganhara fácil. Quem já se viu meter os pés, sem mais nem menos, em tudo quanto na vida ajuntou? Já não bastava o que perdeu de enricar devido ao diabo da mania dos metais? sujeitinho descontrolado! Espancador de dinheiro! Esbanjadeirinho! Um cabeça de cocão, taí!

Com semelhante ralhação, tio Filipe contrariou-se melindrado, e se arredou de casa, deixando as visitas desapontadas, que se foram embora com encomendas de que satanás o desgraçasse. Com os apurados coçando no bolso, tio Filipe alugou casa aqui em Rio-das-Paridas, comprou três mulas mineiras, boas mercadorias, engembrou três pares de caixões, aparelhou três cangalhas, amoldou-lhes a capa de couro cru, e o resto não precisa contar. Tudo isso enquanto o cão esfrega um olho, mas num compasso de calado sofrimento, como se abarcasse com a vista estranhas maldições!

11

Finalmente... se fiando em sua sorte, tio Filipe está preparado para aquela empreitada que veio afagando desde os tempos de menino. Nascera talhado a isso — confirmam os olhinhos miúdos se bulindo animados! — e passara a mocidade inteira secando e morrendo por dentro, viajando em pensamento pelas estradas reais, tropeiro vitalício de alguma mula encantada tilintando os seus metais, enfeitiçado pelas imburanas-de-cheiro dos atalhos que o levavam a praças e povoados que se perdem pelas brumas... Há uns ares de fidalguia neste perfil realengo que se entende com o linforme de alvo brim e as botas de carneira, porque o primeiro mandamento do caixeiro-viajante que se preze é andar bem-composto e alinhado, num atrativo de boa apresentação. De dentro da sala, escovado na airosa elegância com um toque de rudeza, tio Filipe espicha os olhos para as mulas que o esperam ali fora carregadas de miçangas, metais, bufarinhas, peças de finas holandas: vou ganhar um bom dinheiro, vai ser um rio de leite com paredão de cuscuz! Agora é morder a polpa da fruta que se manteve verde a juventude inteira! Vai ter um rendo manso, sim senhor! Os olhos miúdos se umedecem! Ventura ou aventura? Ele tira a mão do espaldar da cadeira, se remira no espelho sardento do bengaleiro: êta homem bem trajado! Apanha o chapéu-de-sol e fita Coriolano:

— Tenho você como filho, um irmão. E se não fosse atrapalhar seu futuro na botica e lhe tirar do tio, que tá aí morre-não-morre, você ia comigo, ia de pajem com a mala das amostras.

A seguir, no mesmo silêncio cerrado de onde pulam só essas palavras, ele bota a bênção no sobrinho, aperta Maria Melona, ajeita o chapéu-palheta bem amolgadinho, salta para a mula mais fogosa como se alguém o alçasse a seu sonho, e roda nos ares o buranhém com sua língua de relho a reluzir e estalar o grito de comando. Lá se vai tio Filipe tocando na batida do destino, atravessando ruas e ganhando estradas, bebendo os ares do relento, cruzando com aguardenteiros e tangerinos, partindo deste mundo no encalço de suas ilusões. Agora sim, é um senhor governado por si mesmo, um homem empatado com a sua sina! Só uma coisa o arrepia e lhe morde a alma: é o comento que corre por aí, das judiarias e façanhas do cangaço a empapar de sangue as areias dos caminhos.

Atrás de suas costas e da poeira que foi levantando pelos atalhos, a maldade dos sem-vergonha volta a escavar. É certo que haviam cuspido Filipe da praça, e por isso já se davam por pagos e por ganhos. Mas olhe que também eram machos! Não iam supottar a injúria e a direiteza de Maria Melona! Mulher afrontadora! E muito metida a besta! Chegara a hora de bater e se vingar! E tome-lhe assédio! E tome-lhe cantadas! Mas topam com uma honra inquebrantável. Com o marido longe, ela sabia que tinha de ser mais direita do que todas. A criatura virara uma muralha! Aí então os salafrários maquinam raivosos, dão meia-volta e vão missionar Coriolano, rapazinho já com boa leitura, mas sem nenhuma experiência em artes de homem com mulher. E então lhe entopem a cabeça de tanta encomenda malsã, de tanta safadeza inventada, que ele passou a viver numa apertura diabólica, contando as horas nos dedos, entregue de corpo e alma ao minuto do retorno de tio Filipe, que decerto não ia aguentar esse negócio de Maria lhe passando contrabando. Encompridados pelo que tinha a lhe dizer, os dias se desenrolavam tão devagarinho, que era como se ele endurecesse as vistas num tanque de água parada, sem nenhum ventinho a lhe franzir o couro. Demorou exatamente dezessete dias.

E dando voz ao ditado de que em botada de paixão tudo ainda no começo é um tufo de flores só, tio Filipe apeia da mula mineira como se chegasse de algum reino prodigioso, sorrindo pelos olhinhos, e se anunciando agradado e pilhérico como Coriolano nunca tinha visto! Moço ainda sem nenhum traquejo com as cordas do coração, em vez de deixar correr o entusiasmo que ele apanhara nas estradas e trazia faiscando no negro-retinto das pupilas pra desembocar nos braços da mulher que o acolheu agradadeira — Coriolano adianta-se pedindo um particular — e desembucha na tampa de seus peitos, ali bem pertinho do coração, que corria por aí uma conversinha da peste! Que mal ele se fora, engolindo o cheiro dos caminhos, Maria Melona fechou a porta, revirou os olhos para o céu, arreou-se toda embonecada, e se botou à galinhagem com tal desembaraço e tamanha gana, que era como se já estivesse de caso pensado. Aí tio Filipe forra de trevas a festa do olhar, recolhe a alegria em profusão no semblante, aperta os beicinhos, estira o braço para lhe tapar as palavras, e na débil voz meio enrugada de passarinho ainda novo de gaiola, deixa cair as mãos e a sentença:

— Ela já vinha de vento mudado! Enfim, agora disse pra que veio ao mundo...

E foi só! Como o caso malparado que Coriolano lera no folheto da onça com o bode, em que este suplicante, atrepado em bom sono num jirau, se despencou lá de cima com tamanho estrondo, que ambos se fizeram no mundo: ele, pela porta da frente; e ela, pela dos fundos; e nunca mais se encontraram, nem volveram ao lugar da desgraceira — desse mesmo modo, que nem lição copiada e aprendida, parecia arrematada a história de tio Filipe e Maria Melona, mulher que, a crer no fuxico que Coriolano fizera, não lhe valeu dez réis de mel coado!

Mas agora é que chega o nó da questão! Tantos anos e eventos vieram a separar Coriolano desse desenlace arrepiado, que mais tarde ele não saberia sequer contar por alto as cenas que envolveram o nome de Maria Melona, quanto mais repor com certeza o que ia na sua cabeça já pedrês onde tantas mudanças se movimentaram, a ponto de lhe embolar uns poucos rudimentos que lhe passavam por bem ajuizados. Pra bem dizer, aquele mal assucedido, e sobretudo o que daí viera a resultar, repercutiu de tal modo em tio Filipe e Coriolano, que eles nunca mais seriam os mesmos. Purgando a leviandade que cometeu, ainda hoje o sobrinho estende a mão à palmatória, admite que leu errado o que ia nas maneiras estouvadas de Maria Melona, no seu assanhamento apimentado, na sua natureza brincalhona.

Algum tempo depois desse caso irreparável, Coriolano veio a saber que aqueles sujeitos metidos a decentes, e que tinham chamado de chifrudo a tio Filipe, se dizendo condoídos de sua situação — eram os mesmos inconsoláveis gamenhos que tinham se abeirado descaradamente de Maria Melona, se bambeando pacholas, tomando como safadeza o seu trato despachado. Mas também... passou a maginar Coriolano, tentando suavizar a mordida do remorso: o que é que aquele povo de pai-de-chiqueiro não ia dela maldar? Uma mulher em solteira já muito comentada e pagodeira, sibite que só ela, bem carnuda e bem fogosa, e ainda por cima sem o homem que empurrara nas estradas? Por que se mostrava assim ostensiva, em ardores destampada, num oferecer-se arreganhado que fugia da mesmidão e do acanhamento das mulheres daqui? Por que sustentava de cabeça erguida o olhar dos homens, como se a gosto os cumprimentasse? Por que vivíssima se ria, espadanando alegria pra cima de todo mundo?

Coriolano adivinhava, neste tratamento sem aspereza nem comedimento, alguma coisa de equívoco que dos bons costumes destoava. E se a danada era mesmo tão atontadamente apaixonada por tio Filipe, a ponto de passar da conta, suicida e insensata, como de fato depois Coriolano viria a testemunhar; se a alegria com que o recebeu de volta naquela ocasião era verdadeira e não enganosa, por que não revidou com valentia o diabo do fuxico? Mas não! Fez foi deixar o fel correr, como se a traição já fosse uma aventura encaminhada que não podia mais se remendar. Por outro lado, de que servia ela? — podia muito bem se ter perguntado a ofendida —, que autoridade teria um rapazinho pra deitar sentença lhe emporcalhando o coração de sua honra?

Naquele transe terrível, muitas desculpas e razões podiam ter acudido a Maria Melona; mas ela, atônita, desmareada, se entronchou naqueles visos de espanto, se recusando a que dela duvidassem. Aboletou os olhos de fogo em vibrações, agitou-se aos arrancos como que manifestada; e a uivos e vagidos vomitados da boca do coração, tombou numa vertigem se retorcendo como uma cobra de espinhaço partido em cima dos tijolos! E demorou-se neste delírio... escornada, de onde saiu como uma sonâmbula padecida e tresnoitada. Mal deu cor de si, foi se pondo de pé arquejando escorada na parede. Endireitou-se, sacudiu a cabeça num gesto de que a vida ali já não prestava, arrumou meia dúzia de trens, e saiu porta afora de trouxa na mão para nunca mais. Mulher dilacerada! Sabia que daí pra frente estava perdida, solta no mundo execrada na mais suja ventania, indefesa na dentada dos cachorros; mas não deu o gosto de lhe ouvirem uma só palavra, que não aguentava se desculpar de tamanha injúria, se sabendo a mulher mais certa e mais honrada!

12

Se no lastro deste Brasil tiver algum suplicante que puna pelos errados, ou algum padreco acoloiado com a laia do satanás, rumina Coriolano, na certa amanhã vai ter missa de mês pela alma condenada do finado Lampião. Não porém aqui na biboca do Sergipe, onde uma redada de fazendeiros, ainda refestelada pela degola dos onze, vai matar junta de boi, com um derrame de canadas de cachaça em meio a vivórios e dúzias de rojões-tudo isso por ter o Pai do Céu livrado as boas famílias e seus cabedais das garras do bandoleiro. Diz que Robertão do coronel Horísio ganhou a proa da festa como um grandola mandão. A esta boa hora já está munido do bilhete do trem lá em Boquim, esperando a hora de pegar o noturno para Aracaju, onde vai se dar o rega-bofe, a falada comilança. Mas que tem ele, Coriolano, de comum com o peste do Robertão, justo aquele denegrido que derrubou o seu fabrico de bombom? Não tem nada. Mas se Virgulino metia medo também a esses ricaços malvados, era de ter, na veia do coração, uma pancada de sangue que não pegava ruindade.

Enxergando em seu algoz alguma feição de gente, Coriolano hoje acordou encasquetado, batendo o pé no seu intento notório: vou me acabar no Aribé, que é o jeito! Vou seguir o caminho de minha jura! Mas mesmo assim não trastejou em aceitar a encomenda de uma carga de tamancos! E vai se preparando com o que tem de melhor, que não leva jeito de bicho. Precisa arrumar alguma mercadoria de asseio, que, enfim, fora homem de botica, escovado, cheirando a Sabão da Costa. Ah, tempos!

Coriolano se remira no caco do espelho. Está pavoroso, engelhado, pestanudo. O que é ser um reles tamanqueiro! Pega a bengala de pau, embica o chapéu em cima dos cabelos já bem ralos. Não gosta de se mostrar pelas ruas com medo de topar com os conhecidos daquela sua Rio-das-Paridas que já foi outra! Mas sai assim mesmo, que precisa tosar o cabelo, e dar uma rapada na barbinha. Lá se vai capengando em busca da tenda de Cantílio — e ai de quem tropeça na pronúncia deste nome! No tempo da queda das drogas e beberagens, fora seu companheiro de infortúnio, de negócio indo para trás. Passavam tardes inteiras de braços cruzados, desocupados, um e outro reclamando da freguesia ingrata, mal-agradecida. Como ambos vinham de fora, costumavam se perguntar: será que só por não serem filhos do lugar eram vistos com maus olhos, incompreendidos? Os bons tempos do começo da barbearia e da botica, aqueles dias saudáveis, acolhedores, já tinham desaparecido para sempre com outras regras e com outros sujeitos sem parelha, insubstituíveis.

— Mestre Cantílio — grita, já batendo palmas. O barbeiro se vira para a porta, a vista curta, quebrado:

— Pois não é Coriolano! Tô conhecendo pela voz! Ande... vamos chegando... se abanque aí... — E vai agarrando nas bordas da rede suja, de onde se levanta com dificuldade. Soca as calças, aperta o cadarço da cintura e vai para o abraço. Quase soluçam ao mesmo tempo, um se reconhecendo no fantasma do outro, como que desarranjados por algum golpe mortal numa briga que perderam juntos.

— Vim rapar o resto do cabelo, mestre, e dar uma esfregadela na queixada! Tô me resolvendo a arribar pra o Aribé! Desta vez é sério mesmo. Não tem Chico nem Francisco! Não há homem que me empate! Coriolano vai mostrar se ainda presta ou se não presta! Vou dar uma resposta a essa cambada!

— Pois não precisava arrastar essa perna não, Coriolano. Eu ia lá! A domicílio! Como nos antigamentes!

Reaponta o tamborete ao velho parceiro, entoalha-o com um saco de aninhagem e vira-lhe as costas: vai buscar a ferramenta. Coriolano acompanha o outro com a vista e se espanta num susto: meu Deus, mestre Cantílio de traseiro assim! de fundilho arremendado! O que é que a vida não é! Respirando esta indigência, um e outro estão envergonhados, são destroços de alguma ventania que passou, rebotalhos, sobras, sobreviventes.

— Você não devia ter vindo cá, Coriolano. Já lhe bati nesse ponto. Isto aqui acabou-se. É um buraco! Não cabe gente decente como nós. Pessoalzinho rude! Não presta pra homem de sentimento. Veja o meu caso — e começa a contar nos dedos: — rapo barba, aparo cabelo, entendo de sangria, sei fazer punção... e de que me valeu tão boa ficha, se esse tufo de sabença redundou em nada?

O outro sabe que não é bem assim. Mestre Cantílio sempre foi homem de contar vantagem. Pois essa propalada habilidade, assim folheada no ouro da garganta, foi na prática sempre contestada, convertida em destrambelhados fiascos. Mesmo assim o danado não se emenda, e ainda teima em tirar aumento de um tudo, agarrado ao chumaço da vaidade! Ele, Coriolano ainda lembra um vexame que passou. Chamado para sangrar uma mulher na sua botica, Cantílio se apresentou enorme de compenetrado, com a pastinha cheia de lancetas e um rolo de cadarço, apertado na casaca de punhos engomados, mais parecendo um doutor licenciado. E depois de um mexe-mexe demorado, de cara suarenta em aflição, Cantílio acerta na suplicante uma cutelada tão desinfeliz, que a coitada quase se esgota, lhe saindo até a alma pela veia arrebentada. Era um dia de sábado e foi um deus nos acuda! Desmanchou-se até a feira! O mestre já não se aguentava: dos pés até à cabeça, suava que suava, as mãos se desgovernavam, a suadeira se alagava, a ponto de empapar e amolecer a casaca engomada. Mesmo assim, Coriolano se deixara comover, de tão declarada que fora aquela aflição deste seu irmão de miséria, que agora o põe mortificado ante a magrém encardida e pelancuda, as mãos tremidas e embaraçadas do mesmo jeito das suas, os olhos cozinhados, como a se irem daqui, recusados deste mundo; e trabalhando apenas pelo tato. E só pra não se manter calado, neste trecho do dia tão soturno, tenta reanimar o amigo naufragado — e tão compenetrado do ofício! — como se ele mesmo, Coriolano, ainda se sustentasse por ter, em coisas tocante à arte, algum pinguinho de fé:

— Tome consolo, mestre Cantílio, que ainda lhe resta a arte... — O barbeiro meio surdo dá a entender que não ouviu, mas faz uma cara que ninguém sabe se é pra rir ou pra chorar. Repetida a opinião, ele levanta a capela do olho, espicha as pregas da cara num motejo, e afivela na voz uma entonação desenganada:

— Arte por estas bandas, meu irmão, só se for a de furtar!

Cantílio apalpa com os dedos a cabeça do outro, e só o tinido da tesoura, que ainda é o mesmo do passado, salta da mudez, unindo na mesma rodilha a alma destes dois. Pesaroso, enquanto vai sendo desbastado, Coriolano pega a ruminar: será que o seu próprio ofício de seleiro lhe dera apenas um rendinho de nada, também devido a alguma oculta mania que ele cultivava, mas não dava fé, incapaz de reconhecer por não saber dominá-la? Agiria ele a modo de Cantílio, na pega com a sua arte? Ou que nem tio Filipe, encegueirado com a penca dos metais? Não. Não podia ser! E mesmo se tivesse algum capricho, decerto não era uma coisa assim de dar nas vistas de tão declarada! Convivera com este mestre Cantílio esquisitão, sim senhor, falava muito com ele, mas tinha olhos pra ver o seu manejo sem tento, estapafúrdio, desaparafusado.

A tesoura pinica pela tremura das mãos, pinga ferrugem no capucho de algodão chuviscado, bate na cabeça como a chamar o passado. O corte vai chiando nos tufinhos de cabelo que como a vida da gente diminuem e se desgraçam perdendo a primeira cor! O que fora a pose deste mestre! A vaidade! Há uma boa leva de anos atrás, já barbeiro sem freguesia e decaído, viera de Salvador pra receber uma herancinha, e se deixara ficar, decerto tenteando um domicílio mais condizente com suas limitações, uma pracinha modesta onde pudesse impressionar com a vantagem e o prestígio que lhe conferiam a sua vinda da cidade adiantada. De lá trouxera o entono, a grandeza, a enorme autoridade de artista. Arrogava-se da atenção que lhe deviam, reclamando do abuso e da grosseria daqueles que fechavam os olhos à sua posição, lhe negando um tratamento separado, como se ele fosse um mané besta ou um joão qualquer. Estranhara por aqui este desplante, que na Bahia cultivavam as regras das boas maneiras. Era diferente! Tinha-se respeito... consideração... traziam-lhe prendas... sabiam dar valor a um artista!

A verdade é que assim convencido, impando por estes ares em arrotos de importância, a freguesia sestrosa mal pingava, arredada de sua tenda. O aprumo exagerado, visto até no estalo enganchado no meio do nome, fazia era varrer, para longe de sua navalha e tesoura, quem tinha barba e cabelo a rapar. E Cantílio, já amuado com o descaso que lhe davam, incompreendido, passava os dias encafuado, comendo o dinheirinho da herança, e sem dar folga ao chapéu e à casaca que não cansava de escovar, de prontidão já preparado para algum chamado a domicílio, que só acontecia lá de vez em quando, mas enfim lhe dava ocasião de mostrar-se às ruas, e professar a perícia de sua arte.

Aí então... emproava-se diligente, jogava no fundo da pastinha o pincel, a navalha suíça Três Coroas, o pente, o pó de barba, o pau de afiar com esmeril, a baciinha de espuma e, finalmente — o pedaço de pedra-ume, sempre necessário e providencial! Entregava estes apetrechos a um criadinho azeitão, a quem ensinara todo um ritual de gestos, dizendo que assim o tirava da rudeza; metia a casaca em cima dos ossos, o chapéu na cabeça, alisava-se diante do espelho como se fosse subir no picadeiro de um circo de cavalinhos, passava a chave na porta e lá se iam, o molequinho na frente como um ordenança ou batedor lhe desbravando o caminho, e Cantílio teso, de punhos repuxados, pisando pelas ruas a sua figura de artista maioral!

O criado, devidamente instruído e ensaiado, seguia dando voltas por perto da gameleira, renteava o bilhar de seu Zuza do Mirante, a bodega de Janjão Devoto, desembocava na rua da Praça, subia até ao correio de dona Mocinha, e rumava em busca de qualquer ajuntação de gente — tudo isso para que Cantílio fosse visto esticado na casaca curta, e apregoasse aos quatro cantos a importância de sua arte. Nem sequer dava ligança a uma gandaia safada se divertindo a mangar. O azeitão é quem batia palmas na casa do freguês, e o artista atrás duro, em posição de sentido, militar na nobreza da missão! Era anunciado, aguardava que o convidassem a entrar — não aos gritos ou aos chamados, que não o tiravam do lugar, nem ele se bulia, beliscado nos seus brios, girando a raiva de desacatado! Só se lhe viessem em pessoa, aí é que o emproado relaxava das pernas e começava a andar. Entrava, fazia uma mesura garrafal batendo a ponta do queixo na abertura da casaca, aparatoso, e se preparava para o cerimonial. Tudo somente salamaleques, pois no duro mesmo, na hora do serviço, o mestre mais parecia um mero figurante!

— Suspenda os queixos pra o sabão... vire assim! — comandam as mãos do mestre arrumando Coriolano, ainda uma vez prazerosas de se mostrarem entendidas.

Naquele tempo, cabia ao criado entoalhar o freguês, bater a espuma, cuidar do corte e da limpeza da navalha, e servir a Cantílio — que virava-lhe as costas, como convém a uma autoridade — esta e aquela ferramenta, toda vez que lhe dava a mão desmongolando a munheca. Hoje, coitado, deu nisso! Naufragou-se! E ai do criado se lhe trocasse ali o pincel ou a tesoura! Apurara-se neste ritual pinturesco em ademanes teatrais, ensaiara muito com o azeitão, exigente consigo mesmo, onde cada gesto ganhava um arabesco florido e amaneirado. Neste desempenho de cirurgião com a equipa de um ajudante só, não raro, concluída a operação, o freguês ganhava na cara uns tampinhos a menos, que Cantílio manejava as suas armas a dedos tremidos, a suor de torturado! Aí então, o mestre empertigava-se colérico e afobado, gritando contra o relaxado que não acertara o corte da navalha! Fazia um rapapé indignado, chamava os punhos, e se ia ofendido e estufado, deixando o criado em maus lençóis! O infeliz que cumprisse a sua parte, de pedra-ume na mão, surdo à ira do freguês, lhe acomodando o sangue que espirrava. E ai dele se não levasse a Cantílio o dinheiro da cobrança!

Um talho aqui... um tamboque ali... como está fazendo comigo agora — ui ui uuii — e lá se vem Cantílio pegando fama de carniceiro, perdendo a minguada freguesia, que aqui em Rio-das-Paridas também não havia tanta cara a se rapar. Prejudicado da vista como um teiú, todos reparavam que ele escondia o uso dos óculos pra não diminuir o seu perfil de homem talhado de nascença à competência da arte que abraçara por dom. Pois quando jogava, cortava baralho, gamão ou dominó com um sujeito ou outro à socapa, era visto de mica brilhando em cima do olho, que de outro modo não enxergava cartas e nem pedras.

Coriolano conhece de perto a história do parceiro que passa dias sem um só tostão furado! A coisa é deveras feia! Finda a barbeação, enfia os dedos no bolso e vem com uma moeda polpuda. Cantílio ainda empina o espinhaço e trasteja num arremedo de recusa, que não é sujeito escurecido pra cobrar a um amigo; mas a força da necessidade lhe torce o ânimo e pula na mão já estendida:

— Só pego neste dinheiro porque os apreparos tão pela hora da morte! Um despesão! O pó de sabão é uma fortuna! Não era assim no outro tempo! E só se arranja no armazém de Janjão, que não vende nada mais em conta! Não tem homem que se equilibre na unha deste ladrão! — Para, constrangido, se vasculha procurando algum modo de compensar-se, e sai com esta largada:

— É, Coriolano, se for viajar mesmo, vá com Deus! Se lembre que fico aqui. E este povinho não me dobra. Morro de fome mas não perco a pose!

É tudo quanto pede à vida, depois de decantado a tanta míngua! Mas tinha perdido a pose, sim. Tinha, que mal remira em cima do olho o dinheirinho que acaba de ganhar, se larga em busca da venda de Janjão Devoto. E lá se vai, batendo o tamanco em remendos, de cara derrubada. Apequenou-se. Não vale mais um caroço de milho comido pelo gorgulho. É a sina que iguala todos nós, conforme o quilate de cada um: ou a morte, que nem aconteceu com o compadre Zerramo, ou senão a fome e o rebaixamento. Cadê o ar presumido, o chapéu escovado, o azeitão que treinara? Cadê o entono linheiro que nem um fio de prumo? Vai aviar a garrafinha de querosene que leva pendurada num cordão. Vejam o que não faz neste mundo a precisão! O povo comenta, como certo, que enquanto teve a sinecura da herancinha, Cantílio deu talho em gente, pintou e bordou, de pescoço duro e todo embandeirado. Pose, minha gente, quem tira e bota é o zinabre do dinheiro! O resto é conversa fiada!

13

Da primeira vez que Coriolano apanhou a estrada com o meio-de-sola engarupado no cavalinho ruço já pendendo pra a idade do pelo ir clareando a se tornar alvação — levou, lhe ardendo nas entranhas, o desgosto dos parentes e desse povinho que se ralava de olho aboletado na botica que lhe coubera por herança, se fazendo de cordeiro e respeitador apenas por mera conveniência, por medo de que o contemplado droguista empatasse o fiado dos remédios e das beberagens encomendadas sem prazo certo para se pagar. Uma gentinha safada, que na quadra dos bois gordos, se fazia de cordata e merecedora, só pra viver enganchada em seus favores. É deveras! Como lá diz o outro — é a toada da vida! Mal essa fulanagem enxergou nele, Coriolano, um infeliz desapossado, deu pra trafegar diante de sua porta riscando a asa de pescoço duro, estufando o osso da titela a impar enflorado atrevimento. Um desaforo! Para a sola dos pés de Coriolano, esta terrinha não prestava mais! Seu negociozinho de couro levara a breca de vez; há tempos tio Filipe se sumira a tanger sua tropinha desenganado de apego com mulher, e mascateando no oco do mundo; e esses sujeitinhos que antes se arqueavam no meio a lhe tirar o chapéu, agora imitavam a sua giba, se fartando em cima da mangação! Que fazia, pois, Coriolano por aqui, assim destratado como um molambo, senão servir de pasto às caçoadas, mais por passar a comer na mão de algum parente, do que pela sina de ter um coculo lhe enfeando o lombo?

É certo que com o pai morto, e os irmãos desaparecidos, sem ninguém dar conta de seu paradeiro, cabiam apenas a ele o terreno e a casa do Aribé. Mas essa chapada atabuleirada tinha, de cultivável, apenas uma veinha de chão que, assim mesmo, só aos mais vivedores legumes se prestava. Aquilo precisa de um trato bravo, de um rojão suarento nas alimpaduras, e eu, franzininho, não vou sequer tirar dali o meu sustento. Portanto, é ganhar as estradas, que não quero morrer no cabo da enxada.

Aperta os dedos de Joaquim Perna-de-Vela, Cantílio, Damásio, Manuel Silivério, Codorá de sinha Constança e mais meia dúzia de conhecidos; deixa lembrança a alguns outros de quem evitara se despedir, envergonhado da triste condição a que chegara — e se vai, dando até-loguinho rindo sem graça, mas não sem enxergar a expressão de enfado: vá de uma vez!, andando pela menina do olho dos que lhe acenavam: não se demore... Era a certeza conferida de quanto virara um trambolho maçador! Positivamente, implicavam com ele! Taí o que é ser um sobrinho-torto, e ainda por cima agraciado com a botica do tio! Por uma coisa e por outra, os parentes legítimos não o perdoam e lhe dão as costas, que se sentem traídos e emporcalhados. Dos que estão vivos, tio Filipe sim, este parece ter vindo de outra cepa! O resto é uma ninhada de cobra!

Mal se amonta no cavalinho, Coriolano cospe no chão, e se curva de mão apertando as tripas, com engulho e nojo daquela gente. Dali pra frente, sabe que vai pagar o preço de se ter passado a um simples remendador ambulante, depois de ter sido um sujeito bem considerado, de botica afamada em sua praça. Agora, até os santos decerto me refugam... É só a pura coragem dos meus trinta e quatro anos, da minha boa saúde, e mais o calete do tal cavalinho! Já não conto com mais nada! Sabe que se porventura, num incerto dia, o seu retorno for de algum modo encaminhado, ele vai ser recebido a caras trombudas e portas encostadas — a não ser, como lá reza o ditado, se por algum acaso a bolandeira dos anos o despojar dessa penúria, lhe dando um empurrão pra enricar!

Por tudo isso, é de se ver que esse até-loguinho de ensaiada despedida ecoa no peito de Coriolano a nunca-mais! Mete a espora no rucinho com raiva, e se vai por aí afora disposto a correr trecho, a caminhar numa coivara de brasas, e só voltar aqui meio remido. Com fé em Deus vai sarjar essa postema, vai arrancar-lhe o carnegão a bicoradas de faca, vai escareá-la bem rente à alma, até banir a mostra da cicatriz. Um dia... talvez cobre a sua forra! Pelo menos isso merecia! Por enquanto, vai caçar a melhor maneira de tirar proveito das viagens em um tudo. Se lhe faltar serviço em alguma praça onde monte a tenda, pode muito bem passar adiante, ir bater em outra freguesia, que o mundo de Deus é grande, e as fronteiras dos estados são marcadas para se cruzar. E já se dá até uma certa satisfação de ir perdendo aquela gente de vista, maginando as conversas animadas que pela frente terá.

Desse dia em diante, Coriolano rolou aí por fora um lote de invernos e verões, caçando meio de vida, a princípio, de alma encorajada e peito rijo, se desdobrando em muitos Coriolanos, se botando a remendar até correia de tamanco e alpercata de rabicho, esse rebotalho refugado por qualquer mestre praciano que se dê ao mais miúdo respeito e zele pelo nome de sua mão. Cansei de pedir a Deus juízo e paciência para aturar os dias sem trabalho, e o mau gênio de uns fulanos graúdos, que apesar de desapenados em questão de teres e haveres, regateavam o dia inteiro; desocupadões, pegando defeito em meu serviço limpo; insultuosos, me pondo de remendão, o nome que mais detesto, só pra torrar e ferver em rebuliço a minha cabeça serena e acalmada, a fim de que, já azoretado e pra acabar com a pendenga, eu recebesse a galinha-morta que não pagava a metade do meu ganho!

Até com o coronel Anterão da Água Boa, com tanta fama de ser embrandecido e pai dos pobres bondoso — nem com este a pisada foi diferente! O homem acordava com o dia, no chiado do primeiro passarinho. Abria a porta e saía metido num camisolão branco, a barbona de missionário roçando a tampa do peito. O olhar azulão, sereno, parado que nem um santo a conversar com o seu Deus. Ia se atrepar no lajedo do terreiro, empalmava uma jaca mole aberta na manopla esquerda, que mais parecia uma bandeja, e com a destra agarrada numa forquilhinha de velame, ia passando os bagos para a boca regalada. Rolava com a língua o mel amarelo, inchava as bochechas e cuspia os caroços a duas varas, espalhados em cima do chão de pedra. Aí então, gritava a um moleque que soltasse as ovelhas; e lá se vinham elas se atropelando aos empurrões de quem tem fome, já farejando os caroços. E o velho ali no meio arrodeado, falando manso com elas, mais parecendo um santo pastor do tempo antigo.

Pois bem, ao vê-lo assim agradar as suas criações todas as manhãs, não tinha quem desconfiasse de que o homem era um fominha, um velhaco, que preferia vender a alma ao diabo, a pagar o devido a um cristão! No curral da Água Boa, levado pelos modos compungidos do coronel Anterão, este Coriolano corta couro e torce relho num rojão de quinze dias! — pra ganhar apenas meia terça de feijão e um cacho de banana! Só então enxerga que o perverso era um manhoso que se fazia de santo pra chupar o sangue da pobreza. Dinheiro dele era como perna de cobra, uma coisa que ninguém via! Com uma facada dessa, Coriolano sai segurando as mãos pra não perder o desgoverno dos punhos, entorta a cabeça de banda pra que não lhe avistem o ódio rabiando nas pupilas — e mesmo assim vai em frente entalado com esse sapo, e sem desmerecer sua tenência, com quem, depois de subir para os miolos, a fraqueza do corpo se atraca num rolo de duelos, uma vez que não há fé que ature arrepiada de fome!

Não pensem que se comenta aqui uma briguinha à-toa, uma arrelia mofina, dessas que se dão só no couro da cabeça de gente desocupada por falta do que fazer e por demais assuntar, encasquetada com uns troços que não se veem ou com ponto de prejuízo. É muito mais do que isso! Neste sertão de Sergipe, este Coriolano perdeu a empáfia de boticário, quebrou os dentes em raiz de umbu, mastigou caroço de mucunã e miolo de sapucaia, encostou os beiços na lama ensanguentados do sol, assou carne de cachorro, e acabou com a geração de toda a vencidade de ovo de anum. Tempo brabo!

Se há uma coisa positiva que lhe veio daí, foi a amizade com o tropeiro Zerramo, que também costumava pernoitar em Simão Dias, a meia dúzia de léguas do Aribé, puxando pra o estado da Bahia. Mulatão de testeira abaulada, com um calombo em cima da fonte esquerda, sujeito cenhudo e marulhoso, um tamanhão desmarcado, pesado de tanta coragem e muito agradador, paciencioso — essa criatura era os avessos de Coriolano... até na voz solavancada! Mas a diferença que ia de um a outro se converteu numa só simpatia tão respeitosa e duradoura, que um haveria de se bater em armas pelo outro, depois de passarem anos, compadres dividindo o mesmo teto — sem nenhuma rusga a lamentarem! No entendimento lá entre eles dois, esse Zerramo, que discrepava do ofício de tangedor de burros, e aguardava uma ocasião de se botar à lavoura, se ofereceu a Coriolano pra juntos trabalharem a terra do Aribé. Cercou o outro daqui e dacolá, mas não deu certo. Cacundo e fraquinho, Coriolano não queria meias com o cabo da peroba. Ou então, quem sabe lá, adiava o encontro com a alma do velho pai, ali encontrado morto fedido, já comido pelo tapuru!

Quando a terra se abriu em rachaduras e o tempo se transformou em pioras para todo vivente da caatinga, o cavalinho perrengue do triste dono, já diminuído num molho de ossos, não aguentou o tranco e bateu as canelas com as tripas cheias de barro, na estrada de Cipó. Tendo também afracado de olho fundo e tino desmantelado abarcando as solidões, Coriolano apertou a mão de Zerramo, num trato de vago encontro futuro: ainda não era desta feita! Virou a rédea da nova montaria para o norte, e se largou em busca de Propriá, vindo a topar no caminho uma tropa de cachimbos que ia socorrer uma volante encurralada por gente de Lampião. Cismaram com ele, Coriolano, ameaçaram-lhe de punhal em riste, lhe torraram a paciência com um lote de perguntas, a ver se o apanhavam em alguma contradição. Roído de medo e melancolia, Coriolano foi indo sem vontade e atrasou-se, de forma que só chegou ao pé do Velho Chico com duas semanas de viagem, já desamontado, puxando o triste esqueleto do novo cavalinho esquipador que lhe custara o apurado de uma trinca de anos.

Ali monta tenda e vem a cobrar alguma melhora, por via de sempre lhe aparecer um servicinho, e não lhe faltar piranha pra comer. Mal comparando com o sertão, donde enjoou até o bafo do vento, com as rabanadas esturricadas que traziam o festo das carniças e lhe davam engulho, aquela beira de rio lhe encheu a barriga e lhe valeu de sereno refrigério. Um remanso! Esqueceu até o bando de cachimbos, a virulência das terríveis ameaças. É pena que aos seus brios, em cambulhada com o diabo da mania de aparentar algum jeito de decência, ranço que lhe ficou do tempo de boticário, repugnasse pôr a mão em serviço de couro cru. Decerto não foi pra isso que aprendeu a ser artista com o seu mestre Isaías! Mas para sua infelicidade, em toda encomenda que chegava não cabia nenhum outro material. E o pobre do Coriolano, com as mãos acostumadas a pegar sola ensebada e macia, teve de abrir calos nas palmas, torcendo o relho das brochas para os canzis, costurando o enervamento das cangas, fazendo laçadas das tiradeiras e cambitos, e mais outros arreios de semelhante feitio, que lhe papocavam uma bolha em cada dedo, e eram servidos aos mansos bois caracus que arrastavam os possantes arados a cortar a terra em talhadas de arrozais. Ah, andar assim penando pelo mundo, sem o conforto de sua freguesia, nem a consideração que lhe trouxera a botica. E ainda por cima, sem nenhum aceno de melhoramento! Ah, andarilho largado a correr trechos... um vira-mundo, sim senhor... sem pertences nem coragem de um dia retornar à praça que fora sua... por cabeluda vergonha de olhar fixe na cara das criaturas que ficaram...

14

Nesse vagamundear, por todo canto da terra, desde a biboca mais erma até praça de cidade, a primeira providência que acode a Coriolano é esmiuçar por tio Filipe. Vai aos fulanos e sicranos perguntando se não tinham visto de passagem por ali um caixeiro-viajante bem trajado e de fala amaciada, quase meão de altura e de idade, um homenzinho assim bem-parecido, de chapéu-palheta, bigodinho no meio da cara limpa e de passo muito leve, um mercador ambulante de mulas ensinadas e no mais belo metal bem arreadas. Não, para desengano do sobrinho, nunca ninguém topou com semelhante sujeito. E de tão miudamente fazer a mesma pergunta, alguns moleques mais gaiatos, desses que se divertem em toda parte do mundo, dão fé da machucação desatinada — e tome-lhe pilhérias e chacotas! Aí então, a fim de embaraçá-lo, deram pra inventadeiros, falando a rodo, lhe fornecendo pistas confusas e atrapalhadas informações. Pura safadeza!

E quando percebiam que não eram acreditados, aí se reviravam procurando desfazer, com todos os esforços imagináveis, a ruga interrogativa que caminhava no franzido da testa de Coriolano. Tornavam aos mesmos pretextos, mastigavam repetidas invenções, agarrados numa obstinação adoidada, sem ligar nem um pouco para as contradições em que se metiam. E lá se vinha uma narração desenfreada, como se tivessem esquecido as patranhas há pouco desveladas, tão ponto a ponto esmiuçadas com fatos, pormenores de tempo e de traços, testemunhos deste rapaz e daquele homem, que era impossível puxar um fio do novelo indeslindável, ou meter nele uma cunha de bom prumo, por mais minguada que fosse! Desse cerradão atufalhado, muitas vezes Coriolano escapuliu de fininho, com assentimento de cabeça, fazendo de conta que não o engambelavam, sim senhor! Cá dentro da cachola, porém, lhe formigam aqueles tipinhos, os remoques, o perverso risinho de mofa, o ranço deste agravo pior do que desfeita! Fosse lá em Rio-das-Paridas, ia atochar em cima dessa corriola umas palavras bem boas. Eles iam ver o que é um homem de cabelo enchendo a venta!

Numa manhã encardida de março, Coriolano esfolava as unhas arrematando o enervamento de uma canga, de tal forma caprichando em desfranzir o couro e amoldá-lo ao arco de pau bem volteado, que as pregas crespas do marruá lhe comiam os dedos e a paciência, embora, desatendidas, nem um vinco só desenrugassem! A borbulhinha de sangue da relepada que tomou na mão foi a gota d'água de que carecia! Bateu com a canga no chão, se maldisse, coçou a cabeça: serviço do satanás!

Pega daí que, pisado e suspiroso, desfalcado de dinheiro e companhia, Coriolano deu pra maginar se não seria melhor largar de besteira e virar nos cascos para ir lavrar sua terrinha, onde, a esta mesma hora de um dia de São José, agora se revia lá menino, remirando os tempos idos pela cortina ralinha do chuvisco; ia de cuia na volta do braço bem apoiada à barriga, e de chapéu de pindoba enterrado na cabeça, semeando o milhinho catete que embonecava ligeiro, enfeitado do pendão. Atirava seis caroços de cada vez e arrastava o pé direito cobrindo as covas abertas pelo pai, que puxava a dianteira arquejando meio de borco, agarrado ao enxadão, deixando para trás a trilha de sangue reconvertida em suores, para o exemplo do filho que não queria perdido.

Coriolano torna a grosar na mão o couro do marruá, lambe no beiço o convite cheiroso da terra molhada, e remói... remói... enluarado de saudades que lhe trazia a chuvinha, já praguejando contra esse serviço molesto de punir cativo, do mesmo modo que antes, justo no Aribé, praguejara contra a peste da enxada! É! A vida dá suas voltas! E às vezes muito desandadas! Mas a ter as mãos, de um modo ou de outro, assim cobertas de calos e cavadas de feridas, hem Coriolano!, não seria mais vantajoso engolir a soberba, e entregar os pontos de pescoço pendido para a canga, mais pesada do que esta que você aí enerva, enfim rendido ao mundo dos homens, que Deus já não voga nada, e ao diabo do destino de lavrador enxadeiro?

Pra falar a verdade, não era esta a primeira vez que a tentação de voltar lhe revirava a cabeça. Mas sempre se dissera que ainda lhe sobrava uma rebarba de brios! Coriolano não é homem para reentrar em Rio-das-Paridas com uma mão na frente outra atrás, de roupa de bugariana arremendada, pronto a se botar a fuçar a terra do coronel Horísio ou Aragaço. De jeito nenhum! Antes pendurar uma pedra no pescoço e se atirar no riacho da Limeira. Mas agora... como se trata do Aribé... enfim vai assuntar pra não fazer besteira, que a coisa merece algum estudo.

Enquanto enervava a tal da canga, desapaziguado e de cabeça longe, procurando deslindar o embaraço de ir ou de ficar, areando este gaguejo num vacilante rojãozinho de penosa amolação — eis que lhe chega um tropeiro, e lhe planta uma saborida novidade que lhe serena a inquietação. Coriolano vê quando o desconhecido arrodeia as vistas tomando conhecimento, amarra o burro no pau, e mete a cabeça na meia-água que lhe servia de tenda, atufada de arreios imprestáveis. Como era um tipo vistoso, metido numa fatiota decente a jeito domingão, o seleiro foi logo se alegrando, acordado com a própria precisão, que a mão direita quando lhe coçava não mentia: este tem cara de algum freguês caçando mestre pra grosso trabalho de conserto, e decerto já me vem encomendado. Viva Deus! O sujeito bate o barro das botas no cepo do batentinho, tira o chapéu, espreme com a destra as falpas da barbicha que pingava do chuvisco, e vai se adiantando:

— Bom dia! A graça de vosmecê é Corbiniano?

Num relancear agudo, o seleiro se agasta, sentindo a careta da mangação! Já escaldado do defeito que carregava, levanta a espinha pra esconder a cacunda, tamborila com o cabo da quicé em cima do caixão, arranca um cabelo da pestana, e mira com insolência o mijado queixinho de bode; mas naquela cara limpa não acha rasto de nada! Será mesmo que não vira nos olhos do infeliz o manejo da caçoada? Bem! Até que podia se ter enganado! Vá ver que não é isso! É o diabo da desconfiança! Mas quem é que não erra neste mundo? Vira e não vira! Está aí! E agradecido a si mesmo de não ter despropositado, vai logo se convencendo do engano, já de natureza serenada, pendurado do dinheiro que certamente viria. Mas pelo franzido da testa que não se desenruga, Coriolano ainda tateia alguma safadeza escondida no focinho do outro, que bem podia ser um manhoso escolado. Tanto é que, mesmo se babando pelos tantos mil-réis que já avistava, dá corda demorada pra o silêncio... deixa que os vazios arredondem a barriga... se encham de papos... e só então principia a respostar ainda aparentando má vontade, martelando a correção do nome errado:

— Co-ri-o-la-no! Inhô sim, mestre seleiro! — Mas logo arrependido da rudeza do tom que incomoda, vai descambando pra o bom trato em urbana e preparada cortesia de cabeça e de palavra, que muito carecia de arrumar qualquer sorte de ganho. — Mande as ordens, patrão! — arremata, já se ensombrando de novo, que o patrão lhe saíra sem querer.

— É vosmecê quem procura o paradeiro de um tal Filipe, um tropeirinho aprumado e entendedor de animal?

Ah... minha gente! Mal o sujeito sopra o nome do tio, este Coriolano não pode se fazer de rogado, e num relance pula fora desses desconfios, que uma mão envultada lhe apazigua as orelhas. Arreda a canga pra um canto, desce do tamborete, forra o semblante de agrado, e pega a conversar, diligente e animadinho como em dias de bom ganho, mal acreditando no que ouvia, e colhendo dizeres que queria repetidos, já de coração pinoteando, com uma risadinha só de entusiasmo, camaradeiro com o visitante inesperado que, de tão boa pessoa, lhe trouxera mais do que dinheiro: esta notícia lhe valia era ouro em pó; e já vendo a hora de se atrepar no lombo do meladinho, batizado de Corujo porque enxerga de noite, agora carnudo e descansado, para o mais que depressa viajar...

— Mas tio Filipe de casa em Penedo, minha gente! Ali tão pertinho!

— Não, mestre Corbiniano. É Corbiniano mesmo?

— Tanto faz! Desembuche, homem! Vá pra frente! — Já se vê que o sabor da notícia e seu nome dito errado o tiravam do respeito.

— Como ia dizendo, este Filipe que o senhor procura não mora ali não, que tropeiro, como o mestre bem sabe, não habita lugar nenhum. Mas cruzei com ele se apeando no portão da igreja grande; acho que ia pagar alguma promessa, ou senão é costume de devoção.

— E de que jeito ficou a feição dele? — Vai se postando de guarda o curioso, já anuviando o fio da voz, e com a ruga que volta correndo o vinco da testa, interrogativa, duvidadeira, fugindo do seu comando.

— Homem, seu Corbiniano, pra bem dizer, em mais novo acho que era me ver o mestre: mas agora, com o caimento da idade, tá assim mais pererengo... mais chochadinho que vosmecê. Mas ainda bem-parecido e de chapéu de palhinha.

Hum! Aí tem rabo de raposa! Rumina, já retesando o juízo, o nosso Coriolano. Esta parecença com o tio é que não tem! Se já não gostara daquela conversa de igreja, visto que o tio não era de andar em pé de santo, e costumava até repetir que com frente de padre e traseiro de mula não se vá facilitar — imagine agora este desinfeliz pondo sua cacunda em tio Filipe, como se corcova fosse alguma cangalha pra andar assim de lombo em lombo.

Mas no arrojo da notícia que lhe caíra no goto, justo nessa ocasião em que se encontrava tão enfraquecido, Coriolano resolve fechar os olhos a toda a qualidade de estorvo que não se combinasse com a viagem a Penedo. Uma figa para a desconfiança! Tinha investido muito tempo de penosa espera em busca de alguma trilha segura pra este reencontro! Não era besta de esperdiçar uma ocasião dessa, que ainda a coisa não dando certo, valia a pena se sair a futucar... Por isso, mesmo sujeito a ser desfeiteado, só lhe resta entupir a canela atrás dele, antes que este achado assentasse a poeira e esfriasse, por medo de que alguma ronha perdida lhe bulisse na cachola, lhe tirando o sabor dessa empreitada.

Pobre de Coriolano! De outras trapalhadas mais bem torcidas muitas vezes se safara de olho duvidadeiro, mas andava tão ruim de vida e tão sozinho no mundo, tão moído do coração, que se agarrou de mãos e pés a esse fiapo de quimera, animadinho, pulando de alegria em regalos de menino, por ainda lhe sobrar um doce engano!

15

Logo no raiar do outro dia, Coriolano arreia o meladinho, se amonta, cruza o rio, e já pisando no chão das Alagoas, emburaca pegando a reta no encalço do seu tio. Palmilha léguas de estrada e nem sei quantos atalhos e picadas, num rojão bem maneirinho que fazia gosto se andar! Ah cavalinho sabido e agradador! Pois não é que agora, mais fornido, ia se peneirando sibite e miudinho, pegando a batida que o dono mais descansava, agradecendo o milho posto de molho com que todo santo dia se babava! Só faltava falar! Parece até que aprendera na perna de tio Filipe! Mas não! A bondade era de casta, lhe vinha do calete em obra da natureza!

Coriolano dá de rédea... e o esquipador lá se vai... pa-ca-tá... pa-ca-tá... pa-ca-tá... sem esmorecer sequer no topo das ladeiras, passando cancela, cruzando capoeiras e comendo chão. Tem muita pressa o amo atento e perguntadeiro, mas assim mesmo, torna não torna, de vez em quando lhe dá um distraimento e perde a direção, já assuntando no abração que vai dar no bom parente, e apeando somente pra debulhar as espigas no aió do sendeirinho, ainda sem saber que andava em vão.

Quando parecia que ia esquentando pra botar a mão no ombro da criatura... eis que um caminho desembocava no outro, a informação que tinha como mais certa era logo desmentida, e tanta coisa já posta em averiguação depressa se esfarinhava, deixando o viajante atontado a zanzar no meio do mundo, com a sindicância completamente falhada. Povinho mentiroso esse das Alagoas! Tudo na treita, se coçando nas encolhas, de boca costurada e olho zanoio atravessado, vendo em cada paisano estranho um espia perigoso, decerto que escaldado a coronhadas e apertos da força volante, que assim cobra a vingança malograda na caçada do cangaço. O medo de tal forma rói a confiança do pessoalzinho, que se um cristão topa um suplicante na estrada, logo este recua se apadrinhando nos paus, escorrega apreensivo pra se envultar pelo mato. E Coriolano toca a viajar... rodando pra um e outro lado sem atentar com a direção, já peregrino meio entristecido, com o passinho agora tardo do cavalo combinado, desperdiçando a fé do coração, passando a saburroso e enganado.

Assim bambo de tão besta, ia torando léguas por um agrestão esquisito a fim de atalhar caminho, e adivinhem com quem topo no cotovelo de uma ladeirinha empinada, por onde eu descia quase cego de tanta ruindade na cabeça cutucar! Ah meu Pai do Céu! Êta vidinha caipora! Pois não é que, em carne e osso, estufa em cima de mim o bando de Lampião! Coriolano força as vistas, aboteca a menina do olho quase avoada de medo — ói encrenca... ói encrenca... — e enrijece as juntas moles do corpo, já com as tripas roncando quase a se desvaziar, mal reparando no mundo que empretecia de tanto bicho assim feio agarrado a um mosquetão.

O chefe se aprochega falto de um olho, arrodeando por detrás o cavalinho, e então Coriolano, sem ter coragem sequer de se voltar, aperta os olhos e pega a se encolher, fazendo giba pra aguentar o estampido que já doía em cima da cacunda.

Remirando o meio-de-sola de que Coriolano não se desapartava, sempre pronto a se botar a algum servicinho miúdo de arranjo, Virgulino vai direto perguntando, sem sequer fazer menção de dar bom-dia:

— Da donde vem assim escoteiro? — arranha no sobrinho de Filipe este tom impositivo, fariscando nele murraça de espião. Mas se mostra do tamanhinho de um carrapato, que o medo é quem manda, e este chefe famoso não é pra graça!

— Venho dali de Propriá, inhô sim, meu capitão. Mas parece que perdi a viagem...

— Viu catinga de macaco por aí? Viu algum comento da andada deles? — vai interrompendo insistente Virgulino, que não gosta de bolodoros compridos, nem de considerandos e mastigação. — Inhô não, meu capitão — resposta de pronto Coriolano, já travando a língua, que não vai se perder na mão do outro, só por não se mostrar direto e positivo.

— Mexe com arte de couro?

— Inhô sim, meu capitão!

— Mas é mestre caprichoso ou remendão?

— Sou remendão, meu capitão! — Ah, horinha da peste!

— Me aponte pra onde fica Propriá.

— Fica acolá pra trás, meu capitão.

Mal o suplicante estica o braço amostrando direitinho donde é que vinha vindo, a mão pega uma tremura agitada, que nem mel a ferver num caldeirão. É aí que na rabada de alguns gracejos e remoques, rebenta de todo lado o diabo de uma vaia ruidosa e estralada, uma assoada encomendada da peste! Isso depois de finda a perguntação, quando Coriolano já ia se sentindo aliviado, rodando o chapéu nos dedos, aguardando a ordem de ir embora, para se cobrir, depois de saudar o seu feio capitão. Bastou ele indagar: tô despachado? — Virgulino foi franzindo os beiços afiados, mais ainda sem se rir; e lá se vem a cambada lhe apontando a cacunda, com um lote de dichotes bem de juntinho ao azarado: abra esta mala das costas!, êta cupim de marruá! Coriolano chega a sentir o festo de sovaco untado a suor ardido lhe enchendo a boca de engulhos! Isso também já era demais! Uns

Herodes! Raça de Caim! Cachorrada da molesta! Fosse na quadra de sua botica, quando tinha alguma força, e pegasse estes pinimas mangalaços de um a um, desprevenidos, ia fazer a coisa a jeito... ia molhar a mão de Furreca Sarará pra lhes pinicar a cara a couro cru, com um prego de forja bem apuado na ponta do relho pra ver correr a sangria. Meio dementado no meio dos apupos, com o juízo já no encalço dessa forra, Coriolano escuta alguém lhe mandar virar a rédea, que o bando carecia de remendo numas peças. Repara! Repara só! Ah meu Pai do Céu! Santo Antônio de pau do nicho da botica! Agora é que vai ser a desgraceira...

Arrebanhado naquele bolo de gente, Coriolano mal respira de gogó tapado, como se já tivesse sido, pelas mãos de algum lodrento, rudemente aberturado. Um cabra mais gaiato e requebrado lhe arranca o chapéu e, sol a pino, as orelhas esquentam, pegando fogo. Com medo de morrer, o coitado até tresvaria com o casco da cabeça assim no tempo, escaldado e sem arquivo pra fichar coisa nenhuma; pois quando este Coriolano se vê em má situação, amolece logo o tino e só toma pé mesmo nas miudezas que não servem pra medir o que se passa, nem se prestam a dar sossego ao coração. Vai assim indo o pobre homem, sumido do seu natural, e já amolecido de sobrosso e de vergonha, a vidrar os olhos naqueles chapelões de couro endurecidos, com a testeira enfeitada de estrelas de níquel e signo-salomão. Vai passeando a vista pela jabiraca vistosa amarrada no cachaço de um, passa ao beiço arrebentado de um outro, àquele miudinho que lá anda de asa aberta, com o tronco recheado a cartucheira e embornal. Emparelhado com essa gentinha fedorenta e galhofeira, nada do que vê o ajuda na secreta tenção de arrepiar viagem. Batem na anca de Corujo já judiado, que não faz má figura ante esses cavalinhos bem esmirrados; e ele ali apertando a raiva e fazendo até que gosta, que não é doido tomar esse insulto por agravo! Sabe que se for tirar o caso a limpo... adeus Coriolano! Sem dar mostras de ofendido, até faz de conta que ajuda a má tenção dos denegridos, com medo de ser morto apunhalado. Deus que o defenda! Mas bem que gostaria de fazer uma proeza, que nem bater o pé contrariado, ou rolar com um deles pelo chão!

Só quando o dia veio perdendo o clarume, aí pela entrada das ave-marias, enfim o bando descambou na barriga abaulada de uma baixinha escondida. Pessoalzinho danado pra viajar sem comer! Toraram um lote de léguas de tortuosa caminhada, retorcida na garrancheira do mato sem topar com um só vivente! E esse trecho derradeiro, deixando a estrada de lado, era mais território de bicho que de gente. A barriga de Coriolano roncava destemperada, muita tripa se bulia, já chorando por uma mão de farinha; e a cabroeira nem nada, parece que não sentia o verme se retorcendo no bucho desvaziado, como se meio defunta de algum modo já fosse.

Assim que se foi desamontando nesse relento do mundo, soturno e desabitado, sem um pio de passarinho ou um choro de cigarra, Coriolano viu que surdiam de clavinote na mão, vindo de dentro das moitas, três homens de prontidão bem armados. Um deles, acocorado, foi logo arrumar um cafezinho e trazer pra o capitão. Êta povo descurado de coisa de mantença e passadio! Dava até pena! E nem se sabe como alimentava o miolo da coragem! Até a água barrenta era contada como se fosse dinheiro, com um cabra tomando conta de uns atilhos de cabaças enfiadas num lote de bocapios!

Assim ralado do susto e da viagem, sem sossego sequer para assuntar com frieza na sua situação, Coriolano se arria em cima do chão, encosta os ombros e a cabeça num formigueirinho desarranchado, guarda a ferramenta numa moita de capim-maçambará, e pega a puxar o diabo do sono que não o atende, arretirado e mal-ouvido, como se ele tivesse comido miolo de quero-quero. Vendo de olho aberto correr o eito da noite, só maginava em cascavel, potó, lacrau, escorpião, piolho-de-cobra. Apenas lá de hora em hora avoava uma corujinha do tamanho de uma alma-de-gato, ou um cabra se mexia pra verter água, ou descer as calças e fazer ali mesmo a precisão. Do descambo da noite para o dia, o vento encanou e veio caindo aquele sereninho que obrigava o corpo da gente a se enrodilhar, e virava aquele tico de orvalho, a ser chupado pelo sol que mais logo alumiava, depois de romper no serrote a librininha. Nessa hora, Coriolano assoprava as ruindades de dentro, e saía aquele canudo de fumaça...

Mal um tolo passarinho solto piou, a claridade jorrou bem forte, e todo mundo já alevantado, estremunhando, de alguma coisa cuidava. E Coriolano ali morto de fome! Em vez de lhe servirem uma canequinha de café bem quente ou outra beberagem com que escaldar o bafo da barriga, foram logo lhe trazendo alpercata, bandoleira, cinturão, embornal, cartucheira e mais uma ruma de trens que quase não tinha mais serventia, tudo pra botar fivela, remendo, ou ponto de costura. Um pouco mais sofrível e meio dono de mim mesmo, fui logo entronchando a cara que aquilo era um abuso, quando então me lembrei de que o capitão tinha prometido boa paga para o meu servicinho feito com gosto. Foi aí que dei de mão à quicé e à sovela, sentindo o coração desobrigado. E palavra que pelo trabalho fui vencendo o medo, tanto abusava de mim a tal pobreza. Já repararam nisso, minha gente, numa quebradeira tão faminta que bate até o medo de morrer? Por que será que depois do fabrico de bombom esta apertura nunca mais desamontou de minhas costas? Sininha do cafruncho! Isto também já tem partes com mandinga! É muito mais do que mera precisão!

Ia ali batendo e desbastando a sola seca em cima do joelho, que não tinha sequer água e nem um cepo de pau onde tirar correia para aquela freguesia que lhe fora empurrada; e num repente, mal levanta a vista, o mundo se racha e estronda! Quase cai de costas com o avantesma de um cangaceiro, de cara num esgar defeituosa, uns ares encardidos e tudo o mais derreado por via de algum castigo! Mal esse estrago de gente lhe estende uma bandoleira para conserto, as vistas dos dois ali se cruzam, e não resta nada a duvidar! Minha Mãe de Deus!... Estrela da Manhã! Do perau fundo e redondo daquele olho amarelo, mal encoberto pela pelanca da sobrancelha caída, lá das profundezas do mais remoto abismo soterrado e inalcançável, freme e perpassa um maroto fiapinho de luz, que bate em Coriolano como um raio da antiga viveza estonteante, escapulida numa vertigem que chega para o cegar!

E não é que é mesmo Maria Melona, de punhal, calça e fuzil, bem mudada em homem macho, e me trazendo, sob a casca avariada de tanta ruína, o atestado certinho de sua antiga alegria? Corre um sussurro nas dobras de seu semblante, um gorjeio aprisionado que arrasta as criaturas no azougue dela mesma, apenas para atestar, que assim escanzelada, se desmanchou do que era pra ganhar outro feitio! Fora nova! Fora bonita! Aquela estampa de moça não levou nem vinte anos pra perder a peitaria, a sua graça ruidosa que era o retrato da vida, e virar este espantalho magricelo que só tem a mais o bucho quebrado pelo desmantelo da madre de alguma parição!

Me toma uma tonturazinha, um suor visgoso e um arrepio que me vêm sem ter febre, mal acreditando no que vejo! Quem terá feito esta velha macho-e-fêmea assim tenebrosa e chitada de poeira, assim castanha chochada e empretecida? Nisto ele sabe que tem parte, um pouco dessa ruína é obra sua, que lhe escalavra o remorso do fuxico feito ao tio! Baqueado, o suplicante se olha nas mãos nodosas da peleja com os relhos, e como não pode mirar o próprio rosto, começa a se apalpar, regirando a vista para dentro. Bom era se tivesse ali, para tirar a prova do tempo que o roía, o espelhão do bengaleiro de tio Filipe!

Decerto que ele, Coriolano, também já não passava de um caquinho de gente. Governado dia e noite pela precisão de se manter, nem se lembrou, nesses anos todos, de pôr sentido e dar fé do cabelo que caía debaixo do chapéu. Mas essa pinicada de íntima apreciação logo se some, arrancada pela certeza de que Maria Melona está ali pra se vingar da safadeza que ele contou a seu tio. Agora, cara a cara com esta sujeita refeita num cangaceiro que não tem nada a perder, e decerto com toda a cabroeira de seu lado, é que vai purgar o seu pecado! Com este torrão feito cacunda, esta vergonhosa marca que lhe veio do pai, atestada e conferida, é besteira querer se dissimular: até um idiota o ia reconhecer. Mas sempre enfim, como há de tudo em cima deste mundo, não sou besta de abrir a boca para me entregar, embora já aviste algum castigo encaminhado no jeito rolado do olho de fogo, se torcendo pra me verrumar. Maria Melona me remira de mansinho, vejo o bote de-través, escorrego a cara para dentro do chapéu, me soco entanguido dentro de mim mesmo, ciente de que a cobra rancorosa me espreita se lambendo, já prontinha, de punhal escondido nessa adunca mão escanchada nas cadeiras, disposta a me esbagaçar a triste vida...

— Assunte aqui — racha-lhe as entranhas a investida de Maria Melona —, e você não é Coriolano, sobrinho de Filipe!?

Embora já prevenido contra os destemperos e contra a natureza despachada dessa criatura misturada e encardida, mal ouve a temida pergunta do semblante endurecido na forja que ninguém vê, Coriolano estremece e leva o pé atrás, assombrado com a gastura que sai da boca escanchelada, a ponto de lhe atalhar a própria respiração, e levar a duvidar de quem ali está a ver! Só obra do satanás! Corre a vista na pinta menineira em cima da bochecha, e só encontra o talho franzido da cicatriz horrorosa que vai do carnegão repuxado até o canto do beiço. E ainda de sobra, mulher todinha banguela, de gengiva arroxeada! Até o olho atrevido ensombrado se entroncha, com as listrinhas de sangue se derramando irritadas! Como Coriolano, assim estupefato, pegasse a lesar, cogitabundo, já esquecido de lhe responder, ela torna de pronto e afirmativa, num jeito desbocado todo seu:

— Não tem pra donde correr! É Coriolano cagado e cuspido!

Com o engulho da fala oca e favada que a seguir retornava, Coriolano entende num arrepio que a metade da gente é a própria voz! Enfim, se endireita, dá cobro da pergunta e do vexame que o entala, e ainda muito assustado — não sabe se mais pelo medo de que fora apanhado, ou pelo desprazer da voz fanhosa e assoprada, que dentro de suas entranhas ainda se revolvia, gogenta e nasalada — vai lhe dizendo, meio sumido, que também reconhecera a ela, dona Maria. E quase lhe toma a bênção como se fosse ainda a sua tia, tocado pelo dente do medo e do remorso. Mas o desconcerto de Coriolano, quando a escutava, tinha sido um punhal que na vaidade dela se enterrara. Apesar de tida, entre o bando, como macho, ainda era mulher! Ainda tinha fibra! E não podia deixar de se vingar! Por isso mesmo, sem aí lhe dar descanso para algum outro acrescento, vem com uma relepada que o destrata no vagido da boca afolozada:

— Também você me virou esse cisquinho de gente?

— Vim virando, sim senhora!

— Pois é! Tá muito acabadinho! E a botica do tio? Você não tinha enricado?

— Perdi tudo, dona Maria. Só tenho este meio-de-sola...

— É... tô vendo! Desse jeito, só vai lhe sobrar mesmo a mala da cacunda!

— É mesmo, dona Maria. — Ai, sina infeliz!

— E Filipe, pra donde anda?

Ao evocar o marido, ela se espraia endireitada, encolhe o oveiro descaído, e não pode dissimular, no vão que vai da boca pra a testa, uns rabiscos tingidos de soberana saudade. Até na voz, uns estalinhos se sobrepõem ao gogo encatarroado. De forma que Coriolano, já transido de medo com a menção dela ao nome de Filipe, e se considerando em maus lençóis, que a encrenca prometia ficar preta e terminar em quebra-quebra — passa a surpreso com a doçura que dela num instantinho já minava. Será que ainda quer a meu tio? E avistando a temida hora em que ela abrisse o bico à cangaceirada, alegando a sua antiga traição, pecha que esta raça não perdoa — dá um ímpeto nos olhos, arranca um cabelo da pestana, e resolve tirar tudo bem a limpo, mesmo porque aí estava a ocasião de sondar qual o tamanho da culpa que nisso tudo lhe cabia — embora nunca lhe acudisse a infelicidade dela, mas sim a de tio Filipe.

— Quem sabe dele! Desde aquele tempo, ninguém nunca deu notícia de seu paradeiro — vai indo assim Coriolano, pondo algum estudo em cima da feição dela. E como esta, desde que o tio entrara em comento, parecia deveras serenada, como alguém à beira de chorar a carecer de amparo, ele se dá coragem e arrisca o resto numa só parada:

— Culpa me ponha, dona Maria, mas má tenção não tive não.

— Se eu lhe pego de bom jeito naquela quadra, ia era lhe cortar a língua afiada, seu caluniadorzinho safado! Mas enfim — completa Maria Melona num meneio de cabeça — a desgraça foi feita e pronto! Não vale a pena remexer no que não presta. Mas tem uma coisa: não conte a ninguém que sou mulher! Se bater com a língua nos dentes, já sabe, eu apronto a sua morte, dou cobro à sua vilania! Meu nome aqui é Zé Queixada.

— Eu juro, inhô sim, seu Zé Queixada. Vosmecê manda...

Diante da sujeição de Coriolano, ela amolece a natureza e toca adiante a desabafos, sem ligar mais pra coisa de vingança ou ameaça. E se declara com firmeza mulher precipitada e de mau gênio, sem paciência com o pobre de seu tio, que não passava de um tolo meninão, incapaz de se governar com as próprias mãos. Culpa tivera ela, que ao se ver caída na barrela, de honra estraçalhada, não soubera rebater a pancada do agravo. Tanta fora a dor sentida ante a tacha de mulher à-toa e sem-vergonha, que a cabeça ferveu estuporada, e ela, já rolando pelo chão imundo, perdeu o sentido de tudo que a cercava. A coisa pior do mundo é a gente ser ofendida e depois ficar calada. Mais nunca! Como mulher arrependida de não ter imposto a muque a sua pura verdade, assim é que se revia: uma molenga abestalhada; mas como Madalena pecadora, isso nunca, que mais fiel do que ela não nascera! Boba fora, mas por não se coser até o fim ao homem que era seu! Quando deu fé da tolice que fizera já era tarde demais, que Filipe tinha se ido sem deixar nenhuma pista. Mas também, como ia viver desacreditada pelo homem por quem o amor se desatava? Filipe era doente de ciúme, um ente meio afracado na sua potência de macho, mas tudo isso ela relevava sem falar nada a ninguém, na esperança de lhe sarar as mazelas. Se facilitou que um dia ele partisse como caixeiro-viajante, não foi pra se aproveitar da ocasião de ficar só; se consentiu nisso, Deus bem sabe que foi se entronchando, fazendo das tripas coração, escondendo a cara infeliz e a tristura de ficar sozinha, apenas para ele não se arrepender dessa empreitada, com que tanto e tanto sonhava e ressonhava. Mulher com fé na vida, achava que da satisfação dessas viagens tão apetecidas viria a ele a alegria, o alento de homem, a felicidade de que carecia. E se alguma vez aguentara que uns fulanos ou sicranos lhe riscassem a asa, foi só pra lhes mostrar quanto vale um calete de mulher séria, e pra ter o gosto de espezinhá-los, até que na lama esparrachassem o diabo da cara sem-vergonha!

Pasmado, Coriolano a escuta. E ela desafoga mais e mais, de forma que juntando isso a coisas que já sabia, e outros achados posteriores acerca dela, ele depois se arrependeria de não ter ali dobrado os joelhos perante esta santa, convencido da sua seriedade, da limpeza desse grande coração de mel, onde não se aninhava uma só ruga de ressentimento! Tão direita, tão rija em cima da retidão — e ninguém acreditava! Minha Mãe de Deus! Como é que pode? Julgando mal o seu feitio atrevido e barulhento de moça que não se dobrava calada, a gentinha reduzida de Rio-das-Paridas nunca deu fé de que ela não cedia aos salafrários, e tinha o seu pedaço de tutano na moleira — mulher injustiçada!

Dessa hora pra frente, Coriolano assoprou aliviado se descartando do medo, mas nem tanto do remorso; e até passou a confiar que, assim toda generosa, se o metessem ali num entrevero, dona Maria, refeita em Zé Queixada, podia muito bem punir por ele. Mas ficou também penalizado, vendo aquele trapo sujo que de cabeça baixa se ia, ainda suspirosa de seu tio! Ah! Quem viu aquela mocidade tão cheia de palmas e de vivas, tão pródiga e escandalosamente a rir maravilhada! Maciça fora, moça sucada, parrudona, roliça de perna e braço. Assim bem cinturada... sacudida... e o infame do tempo a depenara! Cadê o rebolado do andar, a anca reboculosa? Uma peloca, é o que ficara! Feiosa e escavacada demais até mesmo enquanto macho! E saber que alguns tampos desse estrago foram obra sua! Tão limpa, tão fresca, tão sadia e asseada no esmalte dos panos engomada — e agora assim desmazelada! Que coisa mais espantosa, uma mulher ser velha sendo nova! Cadê a peitaria que dentro do corpete de castorina se espremia e arfava, espalhando pelos ares o frescor da sedução que os homens tanto cheiravam? Agora, mesmo sem calça e camisa, podia ficar descomposta que ninguém mais a olhava! Mais parecia um sujeito roxo rajado fedendo a pai de chiqueiro! Tanta ilusão... tanta premência de viver... tanta promessa no ato de maridar-se... Vejam só! — E deu nisso!

Fora apenas três dias escondido nessas brenhas, com aquelas peças de couro suspirando em suas mãos, latejando a miséria de seus donos — mas onde Coriolano aprendeu, com as vistas, com o corpo e com as ouças, algumas coisas que os livros nunca se prestam a contar; um certo entendimento que também do papel não se retira. Aquela gente lhe pareceu tão desinfeliz, tão carecida das necessidades mais rudimentares e indispensáveis a qualquer vivente, que por um momento ele se sentiu uma criatura sortuda e bem aprovisionada, apesar de só ter certo de seu o diabo da cacunda. Era uma calamidade! Só tinham mesmo em grandeza os embornais entupidos de munição! Ali ninguém gozava um pingo de sossego, e nem sequer dispunha de água pra a sede tirana, quanto mais de alguma fartura, ou regalos e comodidades que nem saberiam apreciar. Era um de-comerzinho chorado de carne-seca, mais farinha, rapadura e café. Minha gente, nem um ralinho pra cuscuz! E passando sede todo santo dia, com aquelas cabaças de água minguadinhas, contadas, só pra se molhar as goelas e ferver a beberagem no boião... Só viu falar mesmo, até nas muitas lorotas, foi de injustiça, necessidade e pobreza, afora a morte que não para de rondar, com o gemido das almas penadas que pela noite vagavam. Raça infeliz! Uma penúria levada da breca! Estavam ali corridos dos mata-cachorros, ou tangidos pela fome, sem nada ter deixado atrás, sem nenhum traste a perder. Uns tinham pedido pra assentar praça na polícia, mas como não levaram cartão de algum coronel, voltaram se maldizendo de cara lambida; outros, tinham tentado em vão emprego na linha do trem, também pra comer fácil da boca do governo. Mas nem essas nem outras diligências deram certo, que eram analfabetos, eram uns sujeitinhos inúteis, não tinham como cabalar votos para o dia da eleição. De forma que de resto lhes sobrava apenas o cabo da enxada pra cavar o barro duro, em troca de algum andrajo para cobrir as vergonhas e do mais desgraçado passadio. Um rebanho de condenados, descurado do asseio do corpo, que banho ninguém tomava, a ponto de se espalhar por ali essa conhecida inhaca de barrão! Naquele bolo de gente, que fazia uma roda de fedentina, eu suava impaciente, me lembrando dos mergulhos de rio em Propriá, da bica no riacho da Limeira, ou, mais pra trás, do banho amornado de bacia com Água de

Benjoim e com Sabão da Costa, que chegavam na botica. Ah, tempos!

Meio arredado num canto, o capitão pouco se mostrava, pobrezinho de algum entusiasmo. Tirante a fama que tinha, assim tocado de perto, nem parecia o valentão que abria cofres, portas e sorrisos; o homem que por dê cá aquela palha fica logo azuretado e faz o sangue esguichar. Passava perto do renque de gente assim ligeiro, de relepada, e tornava pra longe de cabeça baixa, riscando o chão com uma varinha, parecendo recolhido em algum desgosto, ou senão de algum modo encegueirado. Enfim, no terceiro dia ele deu ordens para se irem que não tinham mais nenhuma provisão! Arrumaram os bagulhos, abraçaram-se às armas ali no sem-ter-o-que-fazer muito areadas, e se foram de muda para sempre, atrás de três cabras que tinham ido adiante pra farejar as estradas, e pegar no vento o cheiro de macaco. O capitão enfiou no meu bolso o dinheirinho prometido, me gritou sete vezes que traidor só sangrado, e me largou numa veredinha ladeirada, não sem antes me chamar de lambuzão, e renovar a ameaça de me cortar a língua, se desse o rumo dele à força do governo. Engoli a desfeita do Herodes, que não era nenhum monarca luxento que nem o povo falava, e me fui tal um cachorro enxotado, com um gosto travoso na boca da barriga, uma morrioba me mordendo o coração.

Assim que se viu outra vez dono de si, depois de ter sido aprisionado — aí Coriolano não teve mais conversa: atochou a espora no cavalinho cabeça a baixo, pa-ra-rá... pa-ra-rá... pa-ra-rá... desceu as quebradas e embarafustou desbandeirado no rumo de Rio-das-Paridas, via Propriá, já dando adeus ao capricho de não mais tornar à terra onde fora praciano boticário, rompendo assim com os preceitos que a si mesmo firmara, fixe há tempos, como se agora lhe tomasse algum distúrbio no diabo da cachola. Deixava-se trair pela efusão de ter escapado vivo! Ia enfrentar o seu povinho de peito aberto, sem sequer a pestana trastejar!

Esquecendo a quebradeira que lhe abatia o moral, faz finca-pé em cima do novo ânimo. Agora tinha meios, agora tinha fama: Coriolano ombreara com Lampião! Ia se deliciar com as façanhas que contaria aos despeitados, com o medo que meteria neles todos, impando em fumaças de grandeza! Joaquim Perna-de-Vela e Codorá de sinha Constança iam ver o que é um homem! Ia entrar pela rua da Ribeira era se rindo, ia desmentir assim a penúria e os andrajos, só pra não dar gosto àquela gente faladeira e aos marmanjos mangadores, a quem ia amedrontar, dizendo-lhes — tô acordado com o homem para o que der e vier! A um apito seu, o bando estaria ali, urubus em cima da carniça! Este Coriolano ia chegar mas era outro, cheio de farofa, vivedeiro, fazendo uma cara apropriada para a ocasião. O Corujo esquipa na estrada, vai de rota batida em busca de Rio-das-Paridas, conjugado ao coração de seu dono, que mal cabe em si mesmo e no leito da estrada.

Mas essa repentina e apressada decisão, tomada num momento de comoção e alvoroço, não passaria de simples e passageiro atordoamento, pois ao ir se avizinhando de Rio-das-Paridas, a praça de sua antiga botica, o amor-próprio de Coriolano vai se desenrodilhando devagarinho, se derramando pelas fontes descarnadas, até se alvoroçar e lhe envergar a tenção. De modo que esse desnorteamento não passou de um gesto estouvado de seu juízo que naquela situação era um grande fervedouro. É certo que nessa cidade aprendera a ler e fora encaminhado pela mão do tio. Aí gozara conforto e consideração; tivera alguns amigos e fora num certo tempo um sujeito respeitado! Aí esquecera a dureza do cabo da enxada. E pra quem vinha do ermo desabitado do Aribé, naquela quadra isto era tudo. Pudera muito por suas ruas, fiado na fama de sua botica. Era benquisto! Comerciante às direitas! E bem estabelecido! As suas beberagens e unguentos o ajudavam. Mas isto está enterrado no passado. Porque, pensando melhor, ele, Coriolano, prefere morrer de fome, andejo nas estradas, ou mesmo ir se acabar no Aribé, a ficar em Rio-das-Paridas desmondando os pastos do coronel Aragaço, ou do malvado Horísio, seu comparsa. Vida tirana! E mesmo, é hora de parar, de botar no chão alguma raiz que faz falta à sua alma vazia, perdida de estrada em estrada, íntima apenas de sua ferramenta e da perna em cima do cavalinho. Merece findar com essa ciganagem, deixar de ser um estradeiro. Com quem tinha intimidade? A quem olhava demoradamente? Quem lhe escutava as misérias? Os irmãos se foram para sempre; o tio-avô há muito que bateu a caçoleta; tio Filipe anda sumido em alguma estrada; o pai então, ele mesmo abandonara a uma agonia de bicho malzelado, a carcaça comida pelo tapuru. É vergonhoso dizer, mas naqueles dias em que enjoara as suas arrelias, a sua fala defunta, até gostou que ele se fosse para sempre. Tanto que não botou nem uma só risca preta, nem uma tarjinha de luto aliviado! Mas agora, ao se lembrar disso aqui no meio do caminho, palpita e se arrepia se achando desalmado.

De onde lhe virá esta mudança? Há tempos atrás, essas recordações não o afetavam em nada. Por que de uns idos pra cá se impacienta com uma friagem que lhe apanha a barriga em tonturas? Que coisa sem rendo é esta vida! Ainda com o pai meio sadio, fugira do Aribé animadinho, com a cabeça cheia de minhoca, e agora parece que só lhe resta voltar. Vai sim, vai apanhar Zerramo em Simão Dias, emparceirar-se com ele, antes que a tropa volante lhe apareça, lhe cobrando o paradeiro de Lampião. Vai pegar a estrada-mestra que desemboca em cima de seu terreiro, botar uns remendos na casa se ainda não caiu, e principiar a fazer uma lavourinha. É melhor o baque duro na fadiga do que esta andança incerta e tão resvaladiça. Pelo menos, no fecho da vida, poderá descansar no que é seu. Melhor do que ficar zanzando por aí dado ao relento, ou fuçando pasto e roça do alheio.

17

A insônia de Coriolano agora se adensa, adubada pela notícia de que Corisco já começou a vingar a morte de Lampião. Se o negocio é cabeça — mandou a uma autoridade das Alagoas a encomenda macabra — aí vai o bitelo de um saco, pingando sangue e lotado. Isso aumentou o desgoverno de Coriolano, a sua inquietação. Já não dorme sem a andada noturna, que lhe refresca a cabeça no sereno, de tal modo que de manhãzinha tem acordado mais amolecido, com o canto da boca grudado a mingau das almas, a baba escorrendo no peito castigado. Há mais de quarenta dias que o malfazejo foi empurrado pra o inferno já despescoçado, e eu aqui cagado de besta, que nem um bode amarrado. Uma corriola de gente safada agora se renova a gracejar que com Corisco na pisada, não tenho coragem pra tornar ao Aribé! Pois sim! Esperem só pra ver! É coisinha ruim servir de pasto aos mais cabeludos comentos e pilhérias dos sacanas mangalaços. Vejam só o que é ficar velho antes do tempo... estragado pela desgraça que come a gente galopando na frente dos janeiros! Essa redada de gozadores anda a espalhar por aí que tudo não passa de mania. Deceno maldam que a minha cachola tem uma aduela de menos. Mas essa laia perdida vai ver só o que é o calete de um juízo! É de se ver a cara divertida dessa gentalha como vai ficar! Ninguém atenta que uma viagem assim com cheiro de derradeira não pode ser encaminhada enquanto dura um suspiro. Por oras ainda não: deixe eu ficar mais afirmado! Vou dar o troco a essa cambada! Os preparativos há muito que já estão prontos, ali num canto arrumados. Este Corisco está com os dias contados! Não é este diabo vermelhengo, esse fogoró de cabelo de fogo imundo quem há de embargar a sua viagem sonhada! Só falta mesmo aviar uma mudinha de roupa que não vai tornar mais cá e quer ir bem prevenido. Então, não fora homem escovado? Para isso é que hoje se aprontou mais cedo e vai indo à venda de Janjão Devoto, escorado no bordão pra rebater a tonteira. Lá está o armazém que este ano ganhou uma platibanda, e enlargueceu as duas portas, abrindo também uma terceira, de forma que agora o querosene é despachado na virada da esquina.

Coriolano chega se esgueirando pela banda esquerda, que mesmo em dia de feira, é menos movimentada. E já em cima do lajedo da calçada, depois de tombar a perna com dificuldade, avista o velho Janjão Devoto, bodegueiro forte e manhoso, de vida feita atrás do balcão, muito parcimonioso em despachar mercadoria a fiado. Diz o povo que o finório chega a passar goma de tapioca nos tecidos quebradiços, pra que pareçam encorpados e duráveis! Apesar de já entrando nos oitenta, não cede o mando aos filhos, e continua ali duro no batente, com a pele ainda meio lisa, gordo, corado! O negociante mais uma vez corre o olho avaliador por Coriolano, se demorando no feitio mui devastado; cacareja alguns resmungos em resposta ao bom-dia que lhe foi endereçado, faz uma cara repugnada e dá-lhe as costas, ronceirão, arrastado, sem nenhum gesto prazenteiro: o avesso do agrado. Isso não deixa de ser acinte declarado a quem vive na pobreza! Vejam o destrato que se dá a um tamanqueiro! E como o peste é rico, ainda encontra quem o defenda, alegando que isso não tem parte com desconsideração! E então perdoam a implicância do homem, o mau gênio que lhe botou o dinheiro, pondo tudo por conta da cachola enferrujada pela idade, a increpar impunemente um rolo de desaforos contra um e contra outro, a ponto de, certa vez, o enraivado ter sapecado o metro de pau em cima de um fulano que lhe exigira respeito! Filho de uma égua! Tem freguesia que ature um homem deste, Coriolano? Não tem, minha gente, que no ramerrão das tardes e manhãs, se pinga aqui um suplicante sem dinheiro a gemer humilde um pedidinho, se arrisca a ser desfeiteado.

— Seu Janjão, me veja daquela chita — pede Coriolano, mais uma vez se munindo para a viagem adiada, a se escorar no balcão, procurando jeito para a perna adoentada.

O vendeiro, que acabara de sentar, se mexe no tamborete, apalpa os rejeitos inchados de passar a vida inteira aviando mercadoria ali de pé, encontra as chinelas e vai se arrastando devagar; abre o gavetão, fuça-lhe o fundo com as mãos, aproxima a vista, remira-lhe as entranhas — e nada! Agora, pendura o beiço já aborrecido e gira a cabeça mareado, farejando nela alguma pista: onde se socou esta diaba? O jeito é ir buscar o escadão, que não se lembra onde botou a enfieira da amostra dos panos pendurada num arame. Sobe devagarinho, se demorando a emparelhar os dois pés em cada degrau de fumo-bravo. Já no fim do caminho, vencido lance a lance e fôlego a fôlego, seu Janjão se interrompe, entroncha o pescoço e revira o caroço do olho procurando Coriolano lá embaixo, encolhido giboso e miudinho. Ainda está ali! Este não escapuliu! Decerto é a perna fedorenta que não lhe deixa correr! E pregado no dito-cujo, de pupila e barrigão lá pra baixo embicados, audíveis, tira o lenço do bolso, desdobra-o pacientemente, e esfrega o rosto suarento, só pra se mostrar esfalfado da impiedosa jornada. Bochecha os ares cansado, assopra de papada chocalhando, e só então aponta a peça empratileirada lá do topo da escada:

— É desta?

Não era. O velho tinha fama! Coriolano sabia que não era! Pelo menos da primeira e da segunda vez, lá se vem a mãozinha viciada do safado se fazendo de burra e amostrando o pano errado, que é pra mais firme ele bater em cima de seu direito, parecer judiado ao suplicante, fazê-lo abusivo aos próprios olhos, minar-lhe a resistência, torná-lo antecipado devedor, para mais fácil abocanhar-lhe o dinheiro, lhe negando até o habitual arrodeio do vaivém da pechincha. Manhosando para ter no papo o desgraçado freguês, seu Janjão vem descendo pau a pau em lentidão de jiboia, com cuidado e paciência redobrada, que agora traz a peça no ombro, sujeito a um eventual desequilíbrio, a uma pisada em falso, bem capaz de a escada ir virando e ele tombar, que ninguém se livra das artes do inimigo, nem da tonteira dos oitenta. Mas assim mesmo, prefere subir ele próprio, a ver filha sua atrepada, a perna leitosa a endoidar o freguês.

Pesadão, vem a Coriolano com o corpo todo, a pança rubicunda se dobrando amolengada sobre a fivela do cinturão amarrado ao pé do pente. Derruba o fardo diante do suplicante, escancha as duas mãos na borda do balcão, e frente a frente ali fica postado, encarando o outro com fastio, insolente, uma sarna enxerida roendo e sovelando. O comprador se achata oprimido e vasculhado, corre o dedo tremido pelo pano, onde deixa uma risquinha de suor. Poreja-lhe o beicinho de cima já se arrebitando, num enfado de quem não gostou. Mas continua riscando no tecido a unha reticente que é pra esconder a bruta atrapalhação. Apesar de arreliado, Coriolano não vai se render, que lhe adivinha as intenções. O velho ali iracundo não bate nem a pestana, entalado, exalando o bafo de malcriado, forçando as vistas em cima do cacundinho, que quase se descontrola e indaga o preço assim a esmo... só pra tomar fôlego e se desapertar da má situação.

Acontece que o vendeiro, de faro agilizado na espreiteza, num instante se mexeu de tesoura e metro empunhado, a lhe indagar quanto quer da chita que já vai cortar. E num assomo de suicida coragem, já vendo o seu dinheirinho mal-empregado numa coisa que não tem valia, porque não o agradou — Coriolano escorrega ao pé do balcão, e enfim se manifesta encorajado, que não é homem pra entortar os dedos fazendo tamanco, e depois atirar o ganho fora:

— Seu Janjão, vosmecê me pegue aquela outra ali, de riscadinho.

O vendedor escuta e vira pedra, de tesoura e metro de pau ainda armado. Regira toda a raiva em cima do tipinho, que apura as ouças pra ver se decifra os guinchos e rosnados. A partir daí, Janjão Devoto comprime o ódio nas tripas, e de pura birra vai se arrastando mais morosa e compassadamente, que é para mostrar o seu trabalho perdido, a gasto inútil do tempo! Enrola a peça, desenrola de novo pra desfazer os franzidos, alisa-a chegando a vista pra perto, minuciando se os dedos de Coriolano de algum modo ali amarrotaram, que é pra ter desculpa de alegar o prejuízo medonho, vociferar esculachas; e enfim, refaz a mesmíssima jornada, só que agora mais preguiçosa e mais mortificada. Outra vez lá no topo da escada, muito inchado pelas veias, se escangota o pescoço avermelhado:

— É desta?

— Quase, seu Janjão. É a bugariana. Amoleça a mão mais pro canto... vá... ande... penda mais...

— Então é desta!

Ainda não era, pois o velho gosta de se vingar que o zangador é bem perto, e já resmunga mui contrariado. E daí para a frente tudo se repete tintim por tintim. Só que ao atirar o fardo na cara do freguês, o danado agora provoca um grande estrondo, e dá um puxão na ponta do pano, de tal forma que a peça se desdobra carambolando por todo o comprimento do balcão, até se esparramar em cima dos tijolos, embrulhando o pobre Coriolano que, de perna doente, se desequilibra e se debate que nem um peixe fisgado! O freguês se impacienta, afobado; mas agora vai prosseguir que é uma questão de honra. O velho vai ver o que é carne de pescoço! Aí, azeitada pela raiva, salta a fala arrepiada neste terceiro pedido:

— Seu Janjão, pegue aquela madrasta, homem!

E mal fecha a boca, já vai tapando os ouvidos pra aguentar o papoco. O velho incha as bochechas, cospe uns assopros caroçudos, abotoa-lhe o olho encanzinado, e pula de um caldeirão a ferver, já de pronto lhe lascando:

— Vá fazer sua encomenda no tear! Vá e encha a mala das costas! Ordinário!

Coriolano se deixa atingir e perde o humor que queria alardear. Grita um palavrão, bate o cajado na quina do balcão, soca os tijolos, vira as costas aos gritos exasperados, e se vai curvado sobre a perna, em dor alucinada. Espiga a cacunda, a canela entorpecida se embaraça, amolece, e outra vez se apruma. Apressa-se a ir pra casa fazer um curativo que, cheio de cismas, nestas farmacinhas por aqui, não entra nem pegado a dente de cachorro. Vai maginando que a vida é muito engraçada: mestre Cantílio, ele mesmo, e tio Filipe, diz o povo que se arruinaram devido a suas manias. E Janjão Devoto, com este mau costume de intratável, por que é que ano a ano enricou? Por que diabo será que esses caprichos afrontosos e tão declarados, não pegam em gente mal-procedida, em bodegueiro safado, e só prejudicam mesmo quem tem algum engenho por dom, ou vive a cuidar de sua arte? Negocinho invocado!

Taí... o que é viver bem acoloiado! Besta dele, Coriolano, que nunca quis meias com os grandolas, tudo uma laia malvada. Tapado é o que é. Não serve nem pra botar tio Filipe no papel, as mulas chapeadas a rijos cascos lhe servindo de lição para compor as durezas, a leveza da perninha enganchada na voz que seduzia. Mas eita pêga! Não ter tutano pra passar à frente a tocha do que aprendeu a preço da própria vida! Nem sequer um trechinho bem arranjado! Nem unzinho! E maginar que se prometera fazer uma história fornida como um cerno de aroeira, e recheada de suco. Ah, se tivesse o tutano de Inácio da Catingueira, preto velho sem leitura, mas que veia! E quanto pelejei nessa ilusão! Mal a cabeça se dava por bem apetrechada, vinha a mão e se endurecia sem pegar um só fio da fala cativosa, e a veia se amolengava numa tripinha vazia. De tal forma que esbarrou por aí, sem que lhe saísse nada. Passou o trecho daqueles dias molestado como agora está, entalado que nem uma cobra papa-pinto a engolir um sapão. Bonito saldo, Coriolano! Bonito, hem?!

Segunda Parte
Jornada dos Pares no Aribé

1

O bando de Lampião e a volante do governo agora deram pra esta zona do Aribé. Enquanto se perseguem e se chacinam em porfiadas e sangrentas brigas, vão também esfolando a região, a saque, morte e desonra, metendo o pau na pobreza desvalida. Furam olhos, arrancam unhas, decepam os quibas e a metade da língua. A muque, arrebanhado, sofre o pacato paisano, torturado na mão de um e de outro pra falar o que não sabe, e pelo silêncio punido como espião e coiteiro do inimigo. Por isso mesmo, Zerramo e Coriolano, velhos parceiros que há mais de uma dezena de anos esbarraram por aqui — neste princípio de noite, e do mês dos Santos Reis, entrada de trinta e sete —, estão arriados nas redes de croá pendentes do telhado, e se encolhem o quanto podem para atalhar o perigo, nesta tensa espera suicida. Conversam numa toada de tal modo maneira e parcelada, semeada a sobressaltos, que o silêncio se desenruga derramado em ondulações caudalosas, alagando os intervalos deste cochicho pingado gota a gota, até arrepanhar numa lufada o acanhado molho de palavras, enfim espatifado numa bigorna de trevas, martelada a mil apreensões.

De repente, num arrepio de tremor, se aguça o ouvido de Coriolano, mais arisco e molestado na vigília desta última semana, retalhada a tirânicos rumores. Trapeja-lhe no miolo da orelha o levíssimo ganido de alarma, ainda esfarrapado, que vem subindo da terra encalcada, na batida balofa dos cascos que malham e remalham, engatilhados em cima de um rojão só. E antes que o malsinado tropel se aprochegue e se adense no chiado inquietante do chão ariúsco, rangendo no sossego de Zerramo, e espalhando sombras de mau agouro no calado ermo — Coriolano, então estalajadeiro, arranca-se da rede, bota a mão na candeia, aperta nos dedos o morrão do pavio e, solerte no bico dos pés, escorrega até à porta do oitão de lado. Nisto Zerramo, de ordinário um bichão em lentidões descansado, é uma chispa que se desgruda da indolência costumeira, com a destreza do parceiro inteiramente irmanado, e já está cosido ao janelão do fundo, de bacamarte seguro nas mãos de pedra, aperrado em cima da taramela que abre a porta do terreiro. Corre as trevas com o olho de boi (ou de felino?) e, pendendo um pouco de banda, vê que o compadre é uma estampinha esbatida, de orelha espioneira pegada à folha da porta, e traz agarrado à silhueta trêmula das mãos um sarilho de fumo bem potente, armado num bote que se alonga por cima da giba e da cabeça.

— Ô de casa...

Os dois se entreolham e se adivinham cismáticos, separados por uma dúzia de passos na penumbra. Em vão apuram as ouças no encalço da voz que se calou mas vai se repetir. Uma palha que se mova aqui se escuta, mesmo que só boiando pelo ar.

Na escureza arranhada a travo de má espera, quase se vendo torados na mira do inimigo, Zerramo e Coriolano são dois cangalhos ao desamparo e sozinhos, sem proteção de coronel ou compadrio de algum amo, a meter uma palavra a favor deles no ouvido dos assassinos. Ambos sabem que estão do pior modo desamanados do conluio humano que se esgalha em safados arranjos por esta redondeza — onde pobre não vive sem patrão. E por isso mesmo mais abandonados aos mata-cachorros da tropa volante, que ganham a vida a soldo oficial, numa esquisita caçada feita em nome do governo, cumprindo ordens severas e bem acatadas de enterrar vivo qualquer suspeito coiteiro, e de cortar a cabeça de todos os cangaceiros, igualmente temidos matadores, que competem com os seus justiceiros na rotina apurada de semear as torturas mais cruéis, bebedores de sangue na pilhagem.

Aqui dentro, o contorno das redes se esfumaça aos olhos dos dois homens resguardados nas paredes, com medo de serem varados no fogo que decerto virá cruzado e recruzado. Agem maquinalmente, pois se perguntados, não vão saber pra que serve este desperdício de esperteza, esta requentada precaução, visto que o inimigo é um malvado invencível, chefiando um bando numeroso, a quem não podem enfrentar. Mas assim mesmo viraram duas sombras especadas que se armam por instinto e lastimam não poder aí se conchavar; ambos conhecem que nesta entalada ninguém vai se mexer, é mal só respirar, nem vai abrir a boca por nenhum ouro do mundo, emparceirados na usança habitual de encolher e não arriscar o pescoço de jabuti ao golpe que se ignora. São amigos e compadres de pular fogueira. Aqui pendendo para o mesmo lado há um lote de anos encascados, sem um só estremecimento e na mais compartilhada lealdade. Tanto que mais dos dias, quando menos se espera, vem algum sujeito e ainda repete o gesto de esfregar um no outro o indicador de cada mão, para mais alto dizer que estes tais Zerramo e Coriolano são assim uma filipa tão aconchegada numa casca só, que em coisas de boa concórdia, e tirante a não parecença, batem até São Cosme e Damião.

Mas neste aperto engasgado de se ater à chama da própria vida, evitando que o sangue se esparrame no punhal dos bestas-feras ou num balaço dos mata-cachorros, no mesmo anel de agrura e barbaria — escapula e se livre dessa infernal enrascada quem tiver reza forte ou outros merecimentos concernidos ao salve-se-quem-puder. Porque a um desinfeliz deles dois, porventura golpeado no rolo a formigar de lâminas e estampidos, nada mais restará senão endurecer o caroço do olho, em presta e suicida arremetida, açulando assim, por este viés reverso de alguma coisa poupar-se, a famigerada matilha ao ódio virulento, para que então, mais e mais enfurecida, lhe abrevie o suplício da morte que com toda a certeza seria oficiada — se não fora essa insultuosa acometida — a mais penosa e demorada crueldade. E se por um triz ou naco de piedade, os desnaturados enfim lhe pouparem o frangalho da vida, é só para que mais se aguce e se retarde em prolongamentos o seu destino de verme perebento e aleijado, inútil na sua macheza, ou de algum outro modo entrevado, se ralando de vergonha no tempo espinhudo. A este infeliz desprecatado, morto-vivo ou vivo-morto, não cabe queixa nem cabe comento contra o parceiro felizardo que, por boa estrela ou artes pessoais, à maldita corja é capaz de engambelar, como se, em nome do confrade apanhado, cobrasse a merecida desforra. Assim pensa Zerramo, assim Coriolano, e todo o bicho acuado que arreganha as unhas pra cobrir a vida na hora de morrer. A estes dois comparsas, atribulados e mudos ante o perigo que vem de fora e se alastra na escuridão, não lhes importa que o inimigo seja mata-cachorro ou cangaceiro, pois esteja aí quem estiver, a truculência engatilhada em cima da carniça não faz diferença, que a agonia de morrer é uma só!

— Coriolano! — chama outra vez a voz de indagorinha.

E alguma coisa familiar, de fato, aqui se anuncia e se reconhece nas mãos retesadas que agora principiam a se abrandar. Devagarinho, se entreabre e recua numa nesga de vento momentânea a porta lateral. A dobradiça range um tiquinho e se aquieta na mãozinha precavida de Coriolano, que ainda teima e reluta desconfiado da picada de tremura cerzindo as sílabas da voz que o chamou. Acautela-se parado neste serviço denegrido e sem descanso de pastorar a si mesmo, vendo tocaia na fala dos amigos, e ouvindo dos bichos miúdos, cicios e piados arrepiantes, como se fossem diabólicos gemidos. As mulas se impacientam com a demora e, suadas, batem os cascos no terreiro. Coriolano aguça o olho e o tento de vigia: êta lance ruim filho da peste, esta espera arrenegada em cima do mal pior! E só depois de enxergar prolongado pelo abre-e-fecha da frincha vertical, recobra o alento de gente viva, mal descerrando os dentes no rosnar sestroso:

— É vosmecê, tio Filipe?

— Sou eu mesmo, menino.

Então... — se entreolham e se perguntam a bocas caladas os dois amigos rentes um ao outro, ainda desorientados e aturdidos do susto — esse tropel trevoso e malandado era somente o comboio de Filipe? Como é que apenas só uma dúzia de cascos se desata assim numa estrepitosa e soturna tropeada que mais parece um estouro de boiada? Coriolano aperta a cabeça e funga de certo modo ainda suspicaz, inconformado com o diabo do engano que o empapou a suores. Enquanto encosta o sarilho no fogão, e atiça o borralho para reacender a candeia, Zerramo arrasta o corpão ronceiro nas passadas vagarosas, sacode a névoa do olho quieto ruminante, abre a folha da porta e sai para o relento, ainda empunhando, precatado, o mesmo bacamarte, como se também não se fiasse direito no que ouvia, ou como se fosse um suplicante de consumada rudeza, atarantado pelos caprichos da lua. Aguarda no terreiro que Coriolano venha com a chama do fifó, examina a fecharia da arma, escancara-lhe o cão, escorva-lhe o ouvido, repõe a espoleta do melhor modo encalcada, e seguem os dois até à estrebaria. Vão adjutorar Filipe a desarrear as três mulas de sua tropinha ensinada, desde cedo encangalhadas, e a carregar os caixões para dentro do salão. Vão regidos da mesma prazerosa boa vontade de alguns anos a fio, a se favorecerem entre si nesse impressentido hábito rotineiro do melhor calor.

Mas nesta hora se mostram em demasia prevenidos, como se fossem novatos por aqui. Fariscam os ares com todos os sentidos palpitando, e apressam o passo na noite, mordidos pela ameaça que ronda esta estalagem dia a dia, a cada hora mais palpável e mais avizinhada. Logo pressentem que tio Filipe, de ordinário já distraído e calado, está agora mais ausente e mais acabrunhado, evitando encará-los peito a peito, e sem ligança pra eles, como se ali não estivessem quase prisioneiros, e visivelmente apreensivos, dispostos a ouvir qualquer notícia, mesmo injuriosa, e prontos a tomarem um só partido. Aí há segredo e coisa boa não é! Aposto que vai feder! — entreouvem-se os dois. — É certo que tio Filipe não é mais menino pra meter a mão em cumbuca de marimbondo, mas também não é um irresponsável pra botar a tropa na estrada madrugadinha, em busca de Jeremoabo, e sem mais nem menos arrepiar viagem assim como um escoteiro arrependido, sem fazer caso da sua freguesia! É de se ver o que será! Compadres desinquietos, esses! Olhe só como se acercam... como semeiam perguntas com os olhos! Querem logo pegar dentro da mão o que se passa, se inteirar das razões que embargaram a viagem rotineira de tio Filipe, e lhe puseram na face esse jeito demudado e cabisbaixo. Remiram-no de-través, e não encontram nada nas pupilas miúdas mal vistas na chama do candeeiro. De mansinho e meio arrependidos, os dois vão recuando. Com ele é assim mesmo: quanto mais se mostram interessados, mais o danado se recolhe, passeia as vistas por longe: carecem de esperar...

Tio Filipe desencabresta as mulas no oitão da estrebaria, e vem renteando a parede até alcançar a estalagem, carregando os caixões com os parceiros que, apesar de chamegarem curiosos, não se animam a abordá-lo diretamente como se também de algum modo temessem a resposta previsível, abrolhada desta condição desfavorável de passarinho que aguarda o gavião para uma morte cruenta dentre garras. Tio Filipe pendura no torno de pau o alvo coxinilho, se encaminha ao jirau da cozinha, apanha uma boa libra da carne-seca que Zerramo, vai e torna, carrega às cargas e anda mercadejando pelos caminhos. Vê-se que ganha tempo, se furta às perguntas dos amigos. Assopra as brasas mortiças, arruma sobre elas uns gravetos de jurema que dão brasas da maior quentura, atiça o fogo com o abano de pindoba, e pega a enfiar a carne num pedaço de arame. Escora-o na manilha da chaminé, e meio recomposto, enquanto aguarda que as labaredas se convertam em torrões abrasados, vai se chegando ao salão onde o sobrinho e o amigo o aguardam, se coçando no pano das redes.

— Pois é... — começa tio Filipe entre pausas e tropeços como se trouxesse a fala tolhida por algum pudor inconfessado — a estrada de Cipó-de-Leite tá estivada de mata-cachorro. É uma ruma... pra mais de uns quarenta. E tudo de trabuco atravessado no cabeçote da sela...

— Eu bem que já maldava! — se adianta Zerramo, despejando o vozeirão estentóreo e agora mais carregado. — Mas anda lá, Filipe!

— Vi o magote só de longe! E me veio aquela vertigem na barriga... — Aqui se dilui, querendo-se conclusiva, a voz algodoada do caixeiro-viajante, dizendo com os olhos que mais nada tinha pra contar, sensível ao receio do sobrinho Coriolano, ali de olho grelado, que dos três é o mais apreensivo, e o que mais tem a perder.

— Avie! Anda logo, Filipe! — torna a intervir aos socos a voz solavancada de Zerramo.

— Foi só isso! — arrisca tio Filipe, fitando o assustado sobrinho, e hesitando em contar. — Espreitei a cambada toda do Serrote do Pau Virado! Só via a poeira cobrir e a corneta estralar. Aí rumei pra trás, torei três léguas num trote puxado, e só vim esbarrar aqui! O que me valeu, abaixo de Deus, é que a tropinha é papa-fina!

— É, compadre Coriolano — atroa Zerramo, esquecido dos prenúncios de ameaça e de que melhor mesmo é cochichar —, do jeito que a coisa anda, isto aqui não custa a pegar fogo! E é já-já. Este ramo de tropeiro vai findar por estas bandas. E nós, compadre, só fechando o rancho e perdendo o negocinho. Filipe viu mais e não quer contar. Conheço este bicho! Viu, que ele tem a vista fina! Com tanta tocaia armada por aí, o freguês azula pelo primeiro atalho e... pernas pra que te quero... Ora se não é assim! Enfia a viola no saco... e adeus minhas encomendas...

Entanguido no seu canto, Coriolano se deixa pegar pela chicotada que desborda das palavras; empurra o pé na parede desrebocada, geme a rede no vaivém, emparceirada com sua melancolia. Tio Filipe torna à cozinha contrariado de ter passado ao sobrinho tamanha inquietação. Mal se domina, tremelicando de medo. Ajeita o fogo metendo as achas acesas por dentro das apagadas; estende o espeto pra chamuscar a carne-seca e o remira como se fosse um punhal, pegando as palavras de Zerramo que ali na sala continua a maçar a paciência de Coriolano com a língua solta, um alarde de franqueza puxado a trato incivil, aumentando o desarrimo que faz do sobrinho uma rês perdida e tresmalhada no seu próprio pasto de nascença:

— No pé em que anda a coisa, arrenego se isso aqui não virar um deserto! — tornam a vibrar as pancadas de Zerramo, derrubadas uma a uma a marteladas em prego. — Pra bem dizer, este lugar tá ficando um cerco vivo. É a rota do cangaço. É o meio do tiroteio, compadre! E não me adianta vosmecê vir com considerandos! Vai ficar um formigueiro: é buraco pra tudo quanto é lado. Só a gente azeitando as canelas e se largando no mundo.

Não tem outro jeito não. É certo e contado que Zé Rufino de Jeremoabo, um macaco com fama de malvadão, esbanja por aí que só torna pra Bahia levando a cabeça de Virgulino. Mas não sei não, compadre... o besta-fera é envultado, tem o corpo fechado pelo poder da reza do santo de Juazeiro. O mata-cachorro que se cuide! Vai levar é um torpedo na caixa-do-catarro! E enquanto a coisa não se resolve, aí nesse vai-não-vai, paisano como nós que não toma partido que se avie! O pau vai roncar em cima da titela. Apanha de um lado e apanha do outro, batido que nem couro de fazer torrado!

— Vá caçoando, compadre, vá caçoando... Vigia bem o que tá dizendo! Não bata e rebata nesta boca não, e repare só o castigo! — choraminga o pesar de Coriolano, assoberbado de medonhas apreensões.

Tio Filipe toma chegada até à sala e vai ficando, justo quando morre a conversa atiçada por Zerramo. Caminha até ao caixão de arear legumes, escancara-lhe a tampa pesadona que vai bater nos pés da estampa de Padre Cícero Romão Baptista, entronizada lá em cima da parede, onde as velas de cera de arapuá se empilham do gargalo das garrafas, falando da devoção dos viajantes por esse fllho do Crato, que é o Deus do vale do Cariri. Tio Filipe oferece aos amigos do seu bocado, e mastiga a pausas de boca fechada. Está faminto, desde que saiu daqui madrugadinha, jejuou o dia inteiro, mas se alimenta com delicada indiferença, como se não ligasse ao apetite, provando que os dissabores não lhe desbancaram os modos finos. A seguir, desengancha os embornais do torno de pau fincado na parede, onde aparece o envaramento que lhe lembra um tronco em sangue esfolado, despeja neles a ração de milho e vai levar às mulas esfalfadas que o esperam com as queixadas suspensas sobre as estacas do cercado, ao pé da meia-água. Aí, se demora vistoriando o lugar onde traz enterrados, num fornido e especial caixão de aroeira — madeira que a terra lambuza mas não come —, os seus antigos metais de estimação, resguardados da ladroagem que infesta estas estradas, vinda do cangaço e da volante.

Tio Filipe demora-se... Derrubado na rede, com o olho insone e a dorzinha costumeira na boca da barriga, Coriolano de orelha em pé escuta a volta do tio, empeçonhado do zinabre dos metais: bate no contramarco a porta rangedora, a tranca de pau entra nos ganchos de ferro, e as passadas esbarram na rede pendurada. Toca a girar o vento, e enche a sala o fartum agressivo de esterco de cavalo. O caixeiro-viajante por fim se deita, escutando ao lado o ronco de Zerramo, que tirante o defeito de ser destampado em demasias de adiantamento, tem um grande coração onde cabe todo mundo; e pra quem o olha bem dentro, além desses comentos que espalha sem sopesar, quando se desata a bater a língua — se mostra um bicho deveras desassombrado.

Tio Filipe, retemperado pelas massagens da idade, ganhou com as solidões o seu quinhão de bom-senso, deu mais acordo da vida... Aquele cavaleiro alheado que pingava tanto encanto e não ligava pra nada, tem se mostrado aqui um sujeito bem fraterno, ajuizado, compartilhador, embora ainda não se saiba como se comportará no ruge-ruge de algum inevitável confronto, visto que diante de qualquer quiproquó foi sempre um sujeitinho desorientado, e por isso mesmo ainda precisa ser de algum modo provado. No meio desta parelha de confrades, chega a ludibriar o medo que o avassala, se recobrindo com uma rala camada de falsa coragem, só para apaziguar o sobrinho. Tendo envelhecido desparceirado, tocando a sua tropinha pelo relento do mundo, de alma vazia, desenraizado, agora recrudesce o seu apego a Coriolano, único parente a quem se liga, derradeiro arrimo de família, e por quem de certo modo se sente responsável. Não tem dúvidas de que o infeliz, já tão apreensivo nessas derradeiras semanas eivadas de truculência e boatos, está agora mais mortificado e condoído, e por isso mesmo carecendo de algum conforto que o revigore, mesmo que seja incerto e enganoso. Também sabe que apesar de no seu canto calado, ruminando as suas inquietações, ele aguarda de olho aberto uma explicação mais assente e minuciosa de sua viagem falhada. Se não lhe contou os horrores que ouviu pelos caminhos, é também porque desaprova a rudeza de Zerramo, a quem não quis dar corda, visto que ele tem o feio costume de não tomar pé diante do que diz, e desentala de vez o seu molho de verdades, falando pelas juntas, sem tatear os desconformes que atiçam o medo nas criaturas, botam a perder uma ocasião de amigueiro entendimento; e também porque mais decente do que atormentar o sobrinho com a veracidade cruel, é arranjar-lhe, em termos de boa fala, um doce consolo pra bafejá-lo de algum entusiasmo, contra o matutar abrutado aí na rede de papo para cima, arrancando, um a um, os cabelos da pestana. Lembra-se mesmo, quanto, nos antigamentes do seu ramo de cavalariano, o sobrinho gostava de ouvi-lo maravilhado, se interessando por tudo quanto era verso, como se fosse um moleque bastante impressionável. Está aí em que deu a coisa: agora já homem madurão e parece que embatucou! Será coisa da raça deles dois, inhaca que lhes acode pelo chamado do sangue?

Tio Filipe reconhece que devido à estiagem assim demais prolongada, e aos tiroteios que devastam a redondeza, o rancho do sobrinho está no fim. Zerramo tem razão! Com tanto furto e perigo de emboscada, qual é o cidadão que se aventura a ganhar a estrada com um comboio para cima e para baixo? É positivo que nenhum quer! E ainda de sobra tem a força do governo de tal modo espalhando o medo e o terror, que muito mascate de fazenda e miudeza já pulou fora dos caminhos e virou lojista praciano. Se a coisa está assim tão desanimadora, como torcer por Coriolano, que deu a volta ao mundo e veio esbarrar aqui, agora de olho vidrado no próprio receio, já vendo a desgraça que azeda se encaminha, e que o mais tolo cristão pode dar fé? Como encaixar no suplicante algum remendo de força, se a ele mesmo, Filipe, já lhe falham o ânimo e a firmeza?

— É, Coriolano — a voz do tio, assim apenas cochichada, desmerece o encanto habitual —, desde o primeiro ano que passei por esta estrada, um tempo de muita dor a me roer, de corpo e alma tangidos no mundo pra me desobrigar da desonra que me envergonhou em Rio-das-Paridas, isto por cá endireitou muito! Você fez um rancho que é um conforto! O mais afamado de toda a região! E ainda vai ter aquela mesma freguesia! Pode me crer! Este paradeiro se acaba já, o mundo é grande e maior é Deus! — Descontente com este remoer em vão, arrodeando por longe sem triscar no fero assunto, tio Filipe enfim pula para o pior: — Por aí afora o que se escuta muito é conversa fiada. Se uns dizem que não tem saída: ou se apanha de Lampião ou dos mata-cachorros, e que tudo é uma coisa só; também há quem garanta que Virgulino só toma de quem tem posses. E depois... se você precisar sair daqui por uns tempos, em qualquer parte do mundo se toma consolo, se arranja um canto pra se meter os ossos. E pra quem já andou tanto como você, que conhece este Sergipe de fio a pavio, isso não é difícil. Saia um pouco, vá arejar. Eu mesmo um dia não me fui embora de Rio-das-Paridas, e não estou vivo nessa fornada de tanto ano?

Coriolano escuta tio Filipe, e aperta os queixos de barriga amargando, em tempo de chorar. Sair! Desalojar-se daqui e meter-se para onde, se, depois de tanta viajação, mal lhe nasce um mal vingado talinho de raiz? Acima das têmporas, a cabeça dói se partindo em muitas lascas, enquanto o roncado de Zerramo se amplia subindo uma ladeira, e depois descendo a suspirar. Está comovido com os arrodeios do tio, também perdido em delicadezas de ajudá-lo com a vozinha alagada numa corrente de medo. Só eu posso avaliar quanto lhe devo, quanto tornei infeliz a ele e a Maria Melona! Assim desembrulhando cuidados, regula ter um coração de pai. Por isso, Coriolano não quer relembrar a ele o motivo mais palpável do risco que o molesta! Sabe de certo, que tempos atrás, uma volante, comandada por um tenente desaforado, varreu lugares por onde ele passara, na vinda de Propriá, pintando o diabo a fim de encontrá-lo, achando que ele sabia da andança de Lampião. Essa sindicância me botou sal na moleira! Culpa minha mesmo, que andei estrada a estrada me dizendo unha e carne com Virgulino. Decerto me fizeram a cama, a minha triste caveira, e a volante ainda vai querer botar a coisa em pratos limpos. É pra que serviram as tais façanhas, os ditos farofeiros! Toma aí, seu besta! Quem me mandou beber água de chocalho? Antes tivesse tido o juízo mais assente. Negócio bonito, hem Coriolano? Deus o livre que o pilhassem! Até já contara isso a Zerramo e a tio Filipe, mas eles esqueceram, e na ocasião fizeram pouco-caso. Desconversaram dizendo: deixe de besteira, homem! Sobrosso mais sem jeito! Com tanto tempo corrido, e tanta gente no mundo, quem é que vai lhe conhecer? Pois é, eu é quem sei! Só eu mesmo, o suplicante perseguido, o dono de toda dor! E o diabo da cacunda, este aleijão de nascença que não sai? Como passar aos parceiros esta lasca de pau que lhe crucifica a intimidade, se apenas nele está o verme da braba devastação? E se remirando nos desgostos que colheu enquanto vira-mundo, Coriolano agrupa as últimas forças pra se agarrar a esta estalagem, soltando o cavernoso da voz pra responder a tio Filipe, num tom de luto e de estremecimento, como quem se despede e caminha para a morte:

— Vocês vão e eu fico. Não quero mais aventurar a vida! Vejam isto aqui — roda o tronco, abre os braços, olha pra cima —, é tudo que sobrou pra mim!

2

Estrompado do seu retorno corrido, em que mal se dava tempo de envergar o olho para trás, já vendo a má hora de a volante lhe pisar nos calcanhares, enfim tio Filipe se abandona ao corpo castigado e principia a ressonar; mas não Coriolano, que se enrola dentro de si mesmo, abichornado, sem encontrar nenhuma pista que minore o acerbado infortúnio. Menino e homem daqui mesmo, donde nunca devia ter me arredado, se transpuser outra vez a porteira aí defronte, que era tudo o que na mocidade mais queria, decerto vou me embaraçar e me perder outra vez, pra lá destes descampados compridos, onde só os sabichões é quem sabe viver. É certo que fui patrão de mim mesmo a vida toda, mas só Deus sabe a quanto custo! Mesmo assim não me arrependo: uma coisa é trabalhar por conta própria, bem outra é ser feitorizado a interesse alheio. Mal fugou do Aribé, moleque sem conhecimento e sem dinheiro, foi ser carregador de leite em lata de querosene, e viu a amostra de tudo quanto não presta! Decerto que a viaginha até Tanque Novo era boa, era até divertida, mas assim que tirava a cangalha da bestinha, nem dava tempo de lavar o vasilhame pra mode não azedar, e seu Tinoco já berrava ordens e esporros. Tinha lenha pra lascar, buraco de cerca pra estacar, cocho de porco pra encher de lavagem... e por aí corria o dia. E de noite então, Virgem Maria!, era mandioca pra rapar, era milho pra moer, era feijão pra catar... Um cativeiro da peste! Por isso, só em se imaginar outra vez sem este rancho, lugar que escolhera pra descansar das andanças e ficar de mororó até a hora de se finar, Coriolano se encolhe mais miúdo e se arremessa pra trás, agarrado às cavilações que o perseguem e não o largam desde que chegou para ficar, repassando na memória o que ganhou ou perdeu. Bem aqui, ainda um fedelho de catorze anos, me armei pra fugar no mundo, me indo embora de vez. Queria passar deste ermo a uma região muito falada onde corria dinheiro. Mas pressentindo no vento que ele, o filho caçula, se preparava às escondidas para arribar, a autoridade do seu velho pai, desaprovativa, doendo de ingratidão assim falou:

— Coriolano... Coriolano... O chão da terra é um cipoal entrançado que dá nó em qualquer um! E todo o rumo que se pega, esbarra numa esparrela. Se você se largar no mundo atrás de patrão, assim cacunda e chochinho... vai ser esfolado vivo... vai se esbagaçar aí na vastidão...

Essa cena desenrolada aqui no banco comprido do alpendre, sempre inolvidada aos olhos de Coriolano, se contrai. O tom cavo desse aviso paterno mais que resmungado, e a mão suspensa ramalhando nestes vazios aí defronte, como se cobrasse uma falta antecipada, por ingratidão e afoiteza cometida — na verdade, Coriolano relevava, pois sabia que tresandavam da maldita ferida que o velho trazia encavernada no peito e não sarava, arranchada de vez para o arruinar. Tudo isso porque os outros dois filhos, que há anos se largaram pelo mundo, alegando que iam remediar a pobreza alugando os braços nos roçados de cacau, que então faziam a prosperidade dos fazendeiros de Ilhéus e Itabuna — um e outro se sumiram do modo mais calado, ninguém sabe se cativos de algum coronel em rudezas mui peitudo, ou se comidos no punhal do cangaço ou da força volante, que sempre infestaram esses caminhos atravancados de pedras e crivados de emboscadas.

Por conta desse lance passado e nunca ausente, bem mais curtido em silêncio pelos dois que ficaram aqui sozinhos, do que compartilhado a tristes falas, mal aquela sentença do pai se despejou sobre a sua viagem guardada — Coriolano viu claramente, antes mesmo de pegar o sentido das palavras, que aquele gesto da mão oracular assim caindo embarcada, imitando uma asa que se quebra e deixa cair o corpo, queria mesmo era entornar o seu sonho ajuntado pouco a pouco, até ganhar a dimensão de uma surpresa desleal já preparada, que se efetivou com a fuga pelo mundo, o empreguinho desgraçado, e o paradeiro na casa do tio-avô.

Coriolano esfrega o pescoço que ficou imobilizado na borda da rede, arranca um cabelo da pestana, e se ajeita melhor, acomodando com as mãos a ardedura que volta a lhe morder na boca da barriga, já um tanto desaferrado dos perigos que tracejam no descampado lá fora. Bem que naquela ocasião podia ter ficado, atendendo ao rogo daquele que o gerara. Mas não! Fora descaridoso com o próprio pai! E partira sim, para se desobrigar dos encargos de filho de pobre que o velho aqui lhe reservava. Imaginou que se indo teria com certeza uma vida mais despachada, sem o cativeiro que merecera o pai, atochado de miúdas canseiras e aborrecimentos, pra não se falar nas mínguas que o velho passou na sortida de uma ruma de anos, já viúvo de sinha Justa, sem mulher pra rufiar pelas noites e minorar este ermo, onde, resmungão e ressentido contra o mundo por questão de sua bastardia, era um coitado sem escora de patrão, uma vez que nas regras havidas por estas bandas o suplicante, mesmo apenas pra sobreviver a farinha e rapadura, tem de entrar na lei de se acoloiar com algum grandola mandão. E deixei largado aqui esse desinfeliz! Saíra se rindo em madrugada furtiva sem nenhuma despedida, aliviado do fardo que largava para trás; ia com os sonhos viageiros que lhe apinhavam a cabeça e o tomavam na mão, levando-o a cabriolar de corpo inteiro por terras e roçados de fartura, onde poderia até encontrar os irmãos já bem arremediados, e seus próprios olhos se encandeariam com o despotismo das colheitas de cacau, que forravam o chão de ouro e coriscavam no vento a cor e o cheiro desses frutos derrubados a boas manejadas de facão. Onde andará aquela sua primeira mocidade suspirosa, com a alma em desafogo pelos plantios orvalhada?

E aqui está seco de sono e aperreado, de barriga encostada na franja da rede, recebendo o bafo dos azares como castigo que lhe é endereçado, filho malfazejo e desalmado, por ter rompido um preceito encomendado por qualquer religião. Embora, apesar das perdas e dificuldades, também tenha sido lá fora aquinhoado, e conhecido pelo mundo tanto chão, qual a recompensa que, afinal, vim a ter, a graça requerida que me serviu e ficou? Que bruta duma ratada! Só com o seu retorno e este rancho que montou aqui é que veio a arrumar a vida, por via de um ganho mais sofrível, e um pouco de sossego; mas daí então, quando tudo ia crescendo em melhorias, como se não bastasse a seca devastadora da lavoura e dos viventes, chegam os foragidos e mata-cachorros pra deixar em cada casa empapada de vergonha uma sangreira e uma viúva, que engrossa a leva de penitentes, igualados em fome e orfandade. De tal forma que só me resta o saldo lutuoso de me estrebuchar no punhal do inimigo, ou mesmo ser esfolado com a carne tremendo viva.

De qualquer modo, permanecer atrelado a este pedaço de terra, mesmo quando se matava a cavar de suas entranhas o sustento de meninote, bem que podia ser melhor do que ter partido pelo mundo para se perder, malsinado pela sentença do pai, que viera parar aqui, quando este esconso, que logo batizou de Aribé, era um esquisitão, um casco de terra ainda virgem, habitado apenas pela bicharada miúda, irmanada com os arbustos e as árvores nativas. Com todo o entusiasmo do lavrador que tira o pescoço da canga e escolhe para si mesmo o seu primeiro pedaço de chão, sem mais demora o pai foi se pegando de amores por estes ares destampados, e enfiando no roçado e na nova morada o cabedalzinho que até ali ajuntara. Sabia que a zona era pedregosa, era esvaída, era ruim, mas o dinheirinho não chegava pra uma capoeira mais prometedora, e qualquer coisa era melhor do que continuar levando esporro de patrão.

Depois de levantada esta casa de sopapo, compridona e alpendrada, feita para abrigar, com a puxada do curral, não só a família mas também os bichinhos de criação — jamais alguém, que viera com ele ou aqui nascera, trocara este lugar por nenhum outro mais avantajado, até o dia em que, desatendendo aos rogos paternais, seus dois primeiros filhos, um depois do outro, se jogaram nas estradas da Bahia em busca de se arranjarem... De forma que, desdobrada assim nessa meada dos idos, esta casa agora se enche de uma seiva sutil seja qual for, um ranço arejado de infância e de íntima acomodação familiar que me arrastam para os seus começos, a ponto de não querer mais dela me separar, a despeito de ter andado no mundo, e daquele primeiro arrojo de partir.

Essas evocações que flagelam esse suplicante, num mariposeio assim encarreirado, abrandam o seu pânico, carregando para longe o vulto dos cangaceiros; mas por outro lado, o debilitam num tal estado de ânimo, que o arrolham e o sufocam, sem lhe deixar sequer a menção de reagir. É fraquinho para aguentar um ataque dos malfeitores! É fraquinho pra deixar a visgueira desta casa e se desmantelar mais adiante! Numa outra quadra já sumida e esfarcelada, era numa visgueira de jaca dura que se debatiam, agarrados pelas canelas fininhas, os canários e os galos-de-campina, que ele ficava entretido a pastorar, longe do olho severo do velho pai, que o despachara com a encomenda de que fosse dar uma corra na solta, e botar creolina em algum casco favado dos bodes e das cabras, em cambão enforquilhados. Aí no esteio de braúna que sustenta a cumeeira do alpendre ainda reconheceu sob as escamas e roscas de ferrugem, ao reentrar aqui depois de tantos anos, o velho prego de forja em quina viva, onde pendurava o seu passarinho, refeito em canto de estalo e de corrida — e bom de chama! Ele mesmo engembrara a gaiolinha de ponteiro de bambu, com as mãozinhas jeitosas já endurecidas em calos, e a única que o pai lhe consentia, apesar de sabê-lo menino desmamado e encolhido sozinho, sem nenhuma sorte de outro divertimento. E se amainavam um pouco as bicheiras de suas cabras, o pai me queria era agarrado ao cabo da enxada, sem botar reparo na minha corcova de molecote chuchado e esmirradinho. Num rojão desgramado, suava que suava. E se de algum modo me atrasava no eito, me favorecendo a suspirar numa folguinha de menino, espiando peloco de passarinho, João Coculo crescia em cima de mim:

— Moleque feio atentado, você é minhas vergonhas! É a minha condenação! Já tá se pondo homem, e ainda não disse pra que veio ao mundo! Menino vadiadeiro! Inventador de moda! Rape o chão aqui pertinho. Ande! E não saia das minhas vistas!

E se o filho embirrava, fazendo bico amuado, o pai lhe sentava a mão no pé do ouvido: pá! A terra inteira estalava, o chapeuzinho de pindoba avoava e não raro ele caía, com a zoeira das abelhas lhe fervendo em ferroadas no casco da cabeça. Haverá lance mais triste do que ser um menino refugado?

Apertando nas mãos as fontes que lhe pesam, Coriolano vinca a testa a ouvir tio Filipe num engasgo de enforcado, e depois a estrebuchar-se, decerto saindo de um trecho de pesadelo; e logo se encaminhar nas passadinhas enluvadas em direção à cozinha, cuidando que o sobrinho dorme sossegado. E sem virar os olhos espetados no sonho mau que veio trazer ao tio algum aviso aziago, e que decerto nem ele nem Zerramo saberão, visto que o tio é um sujeito limpo, acostumado a tirar por menos alguma desgraça que se precipita — Coriolano o escuta arrastar a tampa do porrão de barro, e segue o tibungo do caneco na água friinha que tio Filipe saboreia bem devagarinho, decerto gostando do carinho que lhe refresca os gorgomilos escaldados pelo sal da carne-seca, e pela devastação dos insucessos que fizeram gorar sua viagem, a ponto de levá-lo a perder a feira de Jeremoabo, desapontando a sua freguesia. Enquanto este bom parente se enche de inquietações mesmo dormindo, sofrendo desse defeito de homem amofinado que também pega o sobrinho — o compadre Zerramo, não menos fiel e companheiro, mas de feição escandalosamente descansada, a ter disparos somente na gaitada mui ruidosa, que se conchava com a fala solavancada, apenas assopra e muda de tom enchendo a respiração, sem se dar conta de que rosna e de que ruge em tempo de papocar. Foi justo com a parelha desses dois amigos, de algum modo também infelicitados, e juntos numa rodada de anos que já vai longe, que sua vida veio a cobrar alguma melhora. É pena que logo agora... lá se vem o diabo deste entalo pior do que seiscentas estiagens! Os denegridos onde chegam é saqueando as criaturas de pé apertado em cima do pescoço tarado numa sangria. Vote! Vade retro, rebanho de satanás...

A princípio, já órfão de mãe e sem os manos parceiros, plantado neste ermo ao redor desabitado, Coriolano se confrangia em tamanha insipidez como se vivesse apertado num ovo de passarinho, embora tivesse este chão de meia légua para ao lado do pai ir cultivando, e mais este casarão acachapado que se destampa todo em cima dos caminhos. Carpia aqui ao pé do pai a sina maluca de cair nas estradas, costurado aos pesares de tão muda companhia, aproveitando de seu prato de barro o que lhe sobrava do fastio idoso, e dormindo vigiado por suas insônias. Ah!... — lamenta Coriolano — quem lhe dera tivesse tido coragem de abordar, no peito-a-peito e veramente, aquela alma já pouco rija e meio entojada, que nos últimos tempos só fazia esticar o pescoço pra a estrada, e se desatar em reclamações e implicâncias miúdas, dia e noite acorrentada ao sumiço dos filhos que não voltavam pra lhe remir a derradeira velhice, como se para isso não tivessem nascido e se criado. Vontade de se abrir em falas para ele, o pai, é coisa que deveras amiúde até lhe acudia, predisposto mesmo a relevar as injuriosas durezas com que fora tantas vezes sapecado; mas, acabrunhado e gago num rompante, mal ia se achegando a ele comovido a se doar, não havia jeito de meter uma palavra agradada em tão cerdosos cismares! Não adiantava! Ao pé daquela autoridade inabordável, que aprendera a temer a lapadas de cipó-caboclo, ele sim, seu filho caçula, só sabia mesmo se encolher e devanear em ressentimentos de cabeça baixa.

Daquele velho queixoso e penalizado, muitas vezes até por este filho malquisto, vinha a ele, Coriolano, uma confiança protetora de que se desviava lhe tangendo os pés como se fosse um estorvo, mas a quem agora, aqui dentro da rede, sentindo toda a força do passado, abre os braços para prendê-la ao peito escanzelado, de onde ela resvala numa poeira de ar, como um condão que se perde e se encanta, deixando o pobrezinho mais devastado.

Alguns anos depois da partida do primeiro filho, quando resultaram em vão as buscas de seu paradeiro, o pai desconsolado se cobriu de luto e foi secando, enfezado por qualquer coisinha, mal vendo e tolerando os outros filhos como se culpados lhe parecessem, e praguejando contra si mesmo que os não soubera criar. E nisso ficava! E nisso findava os dias! Como Coriolano era o caçula e fraquinho, daí em diante virou saco de pancada. Mal dava parte de alguma malvadeza do irmão, o velho se voltava contra ele e lhe tirava a razão. E quando esse segundo mano partiu, então, Coriolano teve a derradeira esperança de que o homem cobrasse uma melhora. Mas não: a coisa rendeu foi pra pior, o velho se passando a mais ranheta e mais canguinha! Em vez de tornar às boas em conserto de amizade, só abria a boca ardida pra ferir e repisar: moleque renegado... corninho cheio de armada... demoninho atentado... e tome-lhe mãozada queimando a banda da cara! Daí é que se adensou, entre ele e Coriolano, essa convivência mal compartilhada que, numa certa quadra, levaria o filho a querer partir de qualquer jeito, nem que fosse de pura pirraça, ou para de bom jeito se vingar. Cansara de tapar os ouvidos à sentença repulsiva que lhe sabia a fedorento vômito, todo o santo dia acusada pelo pai despeitado e casacudo, na intenção de o reter ali:

— O melhor cabedal do homem é o sossego corredio em boa pauta. Ouviu? O aconchego do pai e a terra do seu lugar.

E depois de diminuir a pancada da voz dizendo — abaixo de Deus, é certo! —, o velho, tomado da veneta, a empurrava de novo num assopro, recriminativa e áspera como se não lhe saísse da boca, mas sim de um carrascal, agravando o arremate tolamente previsível, tão besta e puído, que arranhava o silêncio num tom gasturento, e ardia na cara do filho como uma chapuletada:

— Já viu pedra que se muda criar limo? Hem, Coriolano? Não sabe que formigão bate asa é pra se perder, hem?

Ele não respondia, envenenado por essa cipoada que lhe punha nos olhos enfuriados um chamego de rebelião. É pena que só agora se dê conta — tão tardiamente — de que por mais afrontosa e urticante que aquela fala lhe martelasse a paciência, vinha semeada de um não sei quê... de uma brutalidade em moleza de aconchego, de uma sensação azougada, provocando nele, Coriolano, umas reticências incomodativas que o convidavam a serenar, lhe tirando o tento de reagir. O que seria esse governo inaparente que me prendia as queixadas e me sustava a resposta? Sei lá! Mas tanto era assim que, pegado de surpresa pela palavra do pai nas cercanias de sua fuga, tremelicou ali mesmo se deixando amolecer, afofado na sua resistência, apenas gungunando baixinho pra o pai não se azoretar, mas sem atinar ainda, como agora o faz aqui na rede enquanto escarafuncha algum socorro, que se deixara puxar por uma voz envultada martelando: pai é pai! Mas contra esse aviso dado a tempo, se aferrou a desforra de seu peito de moleque que se sentia ultrajado. E então fuguei, destraviado, cego de tudo que deixava atrás, como se a ida dos irmãos me servisse da melhor lição. E tudo deu no que deu! Antes tivesse me deixado ficar aqui na pasmaceira do Aribé, sem me importar com a vida de bode amarrado. Quem sabe se logo cedo eu não atinava em fazer a estalagem? Talvez hoje fosse outro... talvez tivesse me afazendado em boas terras por aí afora... sem essa falta de sossego aqui na rede, a me comprazer com os meus gemidos, só mesmo não correndo pra longe por não ter amparo, nem ter outro abrigo, sequer um miúdo retirinho.

3

Cerca de três léguas de boa caminhada pra cima da rala capoeira que faz divisa no fundo do Aribé, se aloja este saco de serrote que visto assim de relance em turva hora mais parece um tampão de terra derrubado de riba das alturas. No certo mesmo, não passa de um sovaco de chão carrasquento, forrado a lascas de pedra e afivelado a espinhos, muito agressivo com todo suplicante que, corrido dos cachorros, fure o cerco impenetrável, ziguezagueando entre agudas baionetas, e descambe até aqui pra se acoitar. Mas mesmo assim natureza inabitável, sem se prestar a agasalho pra o vivente mais rudimentar, é de tão lesta memória para aquele bando inteiro que se socara nestas brenhas no ano de trinta, que, mesmo nesta hora trevosa em que lá longe Coriolano amarga a própria sorte, pode ser de algum modo adivinhado pelos sobreviventes que nunca olvidaram o seu perfil de vala e de valia; e que agora outra vez acabam de chegar, acossados pela sanha da tropa volante, e descendo esta lombada em busca do antigo esconderijo.

Mais uma vez, e não por acaso, Virgulino por um triz não se encurrala, varado na rotina da mesma perseguição: um coiteiro sem nome e de má sorte, amarfanhado na reles pobreza pela soberba de um tenente qualquer, de repente se vê torturado a nó-de-peia ou tracejado a bico de punhal até desembuchar o paradeiro do rei do cangaço com sua cabroeira destemida, que embora afeito e calejado em coisas de emboscada e traição, não poucas vezes, como indagorinha, se descobre metido num cinturão de fogo e de rajadas, sem outro jeito senão sair despetalando balaços em campo raso, a torto e a direito sem pestanejar, e se jogar em cima da própria sina como quem pula a trincheira do inferno com o tiroteio queimando os calcanhares, para cruzar num só fôlego de gato o espinhaço desta caatinga a rigor intransponível, e se ralar adiante num cruza-cruza de atalhos que desemboca no arrampado da ribanceira daqui, e se desfaz na poeira da escureza, deixando a força do governo de faro perdido e sem ação.

São quatro bichos corridos, quatro viventes marcados! É só o que resta, com mais uns que ficaram no coito da chapada da Taiçoca, de um antigo rebanho amocambado pela mão da impunidade, e a quem faltou o cobro da justiça que rogou, ano a ano caçado a cruas iras e muito pente de balas. Lampião já pulou embaixo e amarra a montaria retalhada em muitos palmos de couro que no escuro não vê. Pragueja a meia-voz contra os mata-cachorros que se perderam embelecados lá detrás do entrançado de calumbi bem do preto, encordoado a ramos de serra-goela. Mais uma vez, Virgulino passa a perna nos macacos da volante como se fosse envultado! Mas esta escapulida diligente, intentada a faro fino e atrevidas manobras, nem sequer anima ou desvanece este cangaceiro enraivecido e chateado com o rebanho de cabrunquentos que lhe desandou no fogo da tocaia esta viaginha sigilosa e encoberta, quase escoteira na miúda companhia de três cabras só, e encaminhada por precisão de dinheiro, sem tenção de tirotear e sem bulir com ninguém. Terá quem acredite numa sina dessa? Hem, meu povinho? Terá? Uma viaginha tão inocente, paisana e afetiva ser rebatida assim a bala de fuzil! Não é mesmo o fim do mundo? Laia da gota-serena!

Sem dizer aonde ia, e sem nada de seus planos anunciar, Virgulino partiu do coito da Taiçoca do modo mais cabreiro e mais severo, mal disfarçando na cara amarrada o doído incômodo de deixar Maria Bonita sem o seu amparo, logo agora com a barriga bem redonda em dias de parir, moída a pesadelos de cabeça degolada e uma nuvem de tanta apreensão; embora guardada a poder de rezas, benditos, patuás e a meia dúzia de cabras valentes, já provados um rol de vezes que sabem se haver no pipoco da metralha e no apuro. Passando a largo de cidades e povoados, vinham à rédea solta os três cavaleiros mais uma dama disposta, de rota batida para Serra Negra; mas só Virgulino, e mais ninguém, sabia a razão do longo e segredoso itinerário. Por isso mesmo, apesar de contrafeito por viajar sem a mulher a quem tanto e tão cedo se acostumara, ele de quando em quando franzia a maçã do rosto e apertava o olho cego fazendo boca de riso, decerto gozando o arrepiozinho de apreensão daqueles que o seguem ao destino não mencionado, como se estivessem na iminência de algum ataque repentino e suicida. É que essa névoa de receio, chamegando de dentro das pupilas, não se casa com a despreocupação dele, Lampião, que empreendera esta viagem tão-somente para ir buscar um caixote de moedas e de cédulas em dinheiro corrente, que deixara enterrado sob a loca de um pé de mulungu, há anos atrás, em propriedade do coronel João Maria. E, tomando da ocasião, também ia pedir que lhe arranjasse uns cinco contos de réis, arrecadados ali mesmo entre os vizinhos da região, só para a boa mantença do cangaço, que gente limpa sempre compra pra pagar, e a carestia com este governo sem barbela não é sopa não, nem a cabroeira pode brigar sem boa munição e sem o passadio de algum de-comer.

Lampião está puto da vida e amorrinhado! Vinha ciente de trocar as montarias na Bahia, e de revirar, pra bem dizer, em cima do próprio rastro e numa espichada só, que deixou Maria Bonita muito aperreada com o diabo dos sonhos e das visões amortalhadas; e eis que assim num sufragante, quando tinha tudo para passar despercebido pelas estradas — aí então a macacada lhe cai em cima surdindo dos pés das moitas, e lhe tange um laço rendado a papocos de que só escapou mesmo por um mero fio; mas talvez não tenha a mesma sorte este bicho cavalar de que Lampião agora se ocupa em estancar a sangria do tamboque de carne arrancado ao pé da crina, onde falta um tufo de cabelos. E mal tira-lhe os arreios, o corpo esfalfado do ferido cambeca de lado e afrouxa das pernas até amunhecar numa assopração suspirosa de enfermo fraco e sofrido. As mãos do cangaceiro semeadoras de mortes agora se apiedam: soltam o fuzil, puxam o anel do lenço de seda de Lyon que lhe enfeita o pescoço, e fazem dele uma atadura no rombo do animal, procurando ajeitar e iludir a toques de carinho essa moribunda vidinha já bem rente ao chão.

Lampião caminha manquejando para a pedra grande, mal divisada pelo olho no foguinho aluarado, ali quase ruminante e tépida como uma vaca amojada esparrachando a barriga no sereno. Escora-se aí meio de banda, e tange os ombros para se desvencilhar dos apetrechos entrançados sobre os peitos em duas arroubas de bom peso, que nem por isso lhe tornam as pernas pouco maneiras, ou o corpo menos ágil. Arroja-se pra cima da pedra que lhe bate na capa das costelas, espicha-se de papo pra o ar, relaxa o braço direito em cima do fuzil sobre o punhal, e por fim acomoda a cabeça na rodilha das cartucheiras. Mas o trompaço que levou em infeliz esbarrada da canela direita num nó de jurema lateja e o molesta. Perna azarada da gota-serena! Desde o ano de vinte e quatro, na Serra do Catolé, quando o pé se estraçalhou a chumbo grosso, desde aí que esta bicha apanha! E nunca mais foi a mesma! Agorinha mesmo, formiga do galo da pancada até a ponta dos dedos. Virgulino remira o meio anel da lua que bate ali no olho aberto, e roça um pé no outro, até descalçar as alpercatas entrançadas a ilhós, para ajeitá-los de modo a que os calcanhares descansem sobre os embornais atochados de pentes de balas de grosso calibre. Assim passa melhor, que se abrandam os repuxões da perna escalavrada numa dormência meio amolecida.

Daí do lastro da pedra, aparentemente encalacrado e sem esperar nenhum reforço a seu favor, Lampião espia o mundo! Sabe onde estão amoitados, mas não o que fazem justo agora, os dois outros que desceram com ele até aqui: Azulão e Saitica. Devia era tê-los separado, que macho e fêmea ajuntados têm ajuda do diabo. Mas deixe estar, que o corpo se arria em descanso, e a perna se aquieta mais aliviada. Assim desapontado e remoendo a má sorte, ele, Lampião, prefere mesmo é ficar sozinho, que os cabras quando arrodeiam a gente custam muito a pernoitar, entretidos com lorotas, lamúrias, gabolices. A um pedaço de chão subindo ali mais adiante, deixou postado Arvoredo, com o fuzil apontado para a única embocama por onde se chega aqui. É uma passagem tortuosa em cima do tombador, uma coisinha de tal modo tapada pelos gravetos que se desmancha invisível e não há quem dê fé dela, a não ser este vigia cangaceiro, leal como um cachorro que se cria de novinho, e refeito neste ofício de atalhador de perigos, a ponto de enxergar, na escuta de mestre velho, o crepitar meio alado dessa ruma de bichinhos que se espalha por aí, embaraçada em talos e garranchinhos.

Lampião assim estirado sobre esta pedra que lembra um monumento tumular, numa postura imóvel que não franze a cara ante os ganidos do mundo — é um estranho rei corrido e engendrado pela penúria de seu próprio povo. Deste miradouro de onde vê o céu e a si mesmo, o olho sadio, em que as lágrimas secaram, vela severo, e entende que pode passar a noite aqui bem à vontade; mas os outros sentidos, entregues ao sobressalto da persiga, não atendem ao comando de se arriarem de vez, e se perfilam aguçados, do jeito mais cabreiro que a peleja na guerra lhes botou. Assim com um olho tapado e outro engenhoso, qual dos dois será o mais camoniano? Quem lhe teria armado essa tocaia de morte temperada tão a gosto? Decerto isso não passa de algum sujeito afracado que come do saco do cangaço, e veio dar com a língua nos dentes depois dos dedos quebrados ou das unhas arrancadas no curso da puta surra que dos macacos levou. Traído... sempre traído! E quantas vezes! Parece até que a história dos homens se apura por aí! Quanto mais graúdo e mais gabado é o nome de um coronel, mais ficam encobertas as armadilhas e patifarias que os jagunços cometem com sua permissão, de tal forma que, botando assim outros culpados pela frente, o manhoso se resguarda dos crimes que financia, e vai vivendo sem que lhe cobrem um só pingo das vilezas semeadas, cada vez mais honradão de larguezas e canduras, engordando a própria fama a desacatos de tamanha impunidade! Pelo menos foi esta a paga que sempre recebi dos grandolões, a quem servi em erro, engambelado, pensando que em nome dos leprentos cobrava merecidos desagravos de ponto de honra, quando na verdade fazia era punir sem justiça um ou outro sujeito de bom calibre e boa raça que não sabia viver de focinho varrendo o chão. Deste modo, numa burrice filha da peste, fui adubando o poderio desses monarcas treitentos, que chupam o sangue da pobreza e nunca se aquietam, achando pouco a ruma de possuídos.

Traição é bicha de olho grande! O primeiro coronel que me fez perder a crença nessa raça refalsada que se esconde atrás do dinheiro foi a serpente choca do João Nogueira. Depois foi a vez de Zé Pereira da Princesa, que se fazendo de cordato sócio, passou a mão em mais de cem contos de réis do mano Antônio Ferreira. Quando o peçonhento se sentiu com a burra cheia, e gozando a fama das escaramuças que ele, Lampião, fizera a pedido do manhoso, lhe prometendo em troca um certo indulto que restabelecia a sua liberdade de cidadão que pode entrar e sair de tudo quanto é lugar — aí então deu pra não comparecer aos encontros combinados, até levar sumiço que nem um ente encantado. E quando se viu coagido a cumprir a sua parte no trato, quebrou o corpo de banda e não pensou duas vezes, porque achava que a surpresa da traição em manobras agilizadas depressa o favorecesse. E muito probo, alardeando que ia fazer uma limpeza total, passar um pente-fino no cangaço — meteu a cabroeira em cima dos dois irmãos, prometendo um prêmio em dinheirão avultado ao mata-cachorro que lhe trouxesse o atilho das duas cabeças decepadas. E ainda por cima, na gana terrível de matar para ficar fanfando em cima do dinheiro, se aproveitou de que ele, Virgulino, vivia na ilegalidade, e então espalhou acintosamente pelas estradas sua cabroeira particular de cem bandidos, todos eles afeitos à pilhagem e adestrados na perversidade, ali cumprindo ordens severas de arrancar língua e olho, se demorando em sangrias abertas devagarinho que é para a dor embocar em cada lanho do corpo pepinado aos pedacinhos em humano sarapatel, ou em cada furo comprido desse tumor retalhado que se não fora esponjoso e em sangue não escabujasse, mais devia parecer uma casa de cupim que só tem mesmo buraquinhos e formigagem. Tudo isso, como dizia o Judas Iscariotes, pra exemplar esta raça valentona dos Ferreira! Coitado de mano Antônio, perseguido e enganado em seu dinheiro... e dos outros irmãos que também já se foram sem um só aceno de partida, sem um só gemido atravessado, brigando na mais limpa lealdade! Ah... Livino! Nome de arcanjo, morto atirado que me encheu as mãos de sangue e a vida de mais desgosto no ano de vinte e cinco! E Ezequiel, meu Deus, que homem desassombrado! Estraçalhado a balaço de fuzil bem no meio da seca de trinta e dois. Onde andará esta irmandade toda assassinada em honra do sangue e da boa camaradagem?

Enquanto espia a luinha deslizar bem vagarosa, indo pra as bandas do coito da Taiçoca, onde Maria Bonita bem pode estar arreliada e penando com a dor de ter menino, Lampião invoca os parentes decaídos em defesa do cangaço, em nome de não ser preso que nem Antônio Silvino, e mais por algum ponto de orgulho de quem já está acostumado a se ver temido, e procurado para coisas de justiça, sem render vassalagem a seu ninguém, a ponto de se sentir animado a seguir em frente, mesmo retalhado por dentro e bem sozinho, como se fora um sobrevivente condenado a punir até ao fim o sangue bravo e generoso dessa sua gente honrada e padecida, muito diferente dos grandolas impostores, que nem o coronel Petronilo, o satanás mais nojento que já pisou na Bahia. Entrou em conchavo de amizade comigo, e embolsou a dinheirama arrecadada pelo bando em muitos anos de Pernambuco, me prometendo mundos e fundos na pauta de se firmar em bom e justo meeiro em negócio de fazenda de gado a ser usufruída e desfrutada meio a meio. Da parte mais fraca de cabedais e foragida da lei, essas boas ilusões se metiam pelo olho são e se aninhavam debaixo da gaforinha. Cuidei muito dessa ideia, navegava nela de mansinho... Para um rei que não tinha de seu nem um só caco de posse em cima da terrona toda deste mundo, era enfim deveras bom se sentir assim dono de um rebanho de reses casteadas, e de uma fazendola aprumada, que lhe botavam na alma o cheiro de umas certas comodidades nunca tidas e amiúde sonhadas, mesmo o simples ato de acordar de manhã sem ser traído e caçado, e sair todo encourado para a corra rotineira nas novilhas amojadas.

Mas este fiapo de ambição que lhe tomava a cabeça em suspiros jubilosos não tardaria a ter o seu lugar na penca vergada a traidorias, uma enfieira comprida, alongada ano a ano! Pois quando se viu empossado de mais uma soberba propriedade, com escritura lavrada e carimbada apenas a seu favor, já que o nome do parceiro afugentado não podia aparecer — a jiboia gulosa deu o bote para abocanhar a presa inteira, sem medo de se entalar, e obrigou a pobre de uma viúva a pingar veneno do brabo na comida do meeiro! Mas este olho cabreiro, que agora desta pedra vela a noite, e que se vendo assim sozinho tem a malícia de dois, bem ligeiro pressentiu o estupor da hospedeira, adivinhando a peste da traição, ali mesmo confirmada a mergulhos cuidadosos de sua colher de prata que virou cor de fumaça. Descoberta a patranha, o Judas desaforado percebeu que tinha se perdido pelas mãos da viúva industriada e, sabendo que da parte do cangaço ninguém alisa as costas de traidor, desembestou em busca de asilo pra as bandas de Pernambuco, mas não sem antes avisar ao cachorro-azedo do Mané Neto o paradeiro do bando, enfim tiroteado pelas volantes na Lagoa do Mulungu. E dizer que eu, Virgulino Lampião, o brabo!, paguei a Petronilo o preção estipulado daquela cara fazenda, só pelo merecimento de meio dedalzinho de formicida-tatu no feijão envenenado! Coronel de cocô de galinha choca! Fugou bem pra longe que tinha culpa no cartório, e deixou a ruma de possuídos largada ao deus-dará. Também daí a pouco tudo pegava fogo. Toma, satanás!

Virgulino encolhe a perna direita, espicha o braço da mão que entra pelo buraco da calça, e se compraz com a dormência diluída em coceirinha que lhe sobe pelos dedos nas bordas da canela escravelada. A poeira que lhe encascora o corpo azeitado a fedorentos suores é uma argamassa que lhe empretece as ilhargas, agora desguarnecidas dos embornais. Com a outra mão, socorre também o ventre rechupado, que um baita de um carrapato rodoleiro lhe atocha uma ferroada bem no meio do couro da barriga. Mas esses incômodos que porejam da carne mordida e estrompada apenas o arranham em comichões de leveza, de tal forma que estas mãos de enfermeiro o acodem só maquinalmente, apartadas do bulício que lhe enxameia a cabeça e o põe rodando que nem fuso de tear, desadorado com o diacho desta inquietação que lhe chega de questões mal resolvidas e eventos não esperados. Na verdade, desde a quadra em que conheceu Maria Bonita, toca-lhe um dente invisível de alguma ronha miúda que lhe escarafuncha os miolos. É uma seca morrinha, uma roedura esquisita que faz das coisas pequenas um destempero medonho, de tal forma que tudo quanto era bom tem gosto do que não presta. E a gente parece que se cansa do que já tem, sem nada bem merecido pra se recompor, e um lote de ruindade pra se arrecear.

Bem que podia ter ficado no remanso da Taiçoca, a estas horas bem servido a café novo do boião dela, Santinha. Bastava ter despachado o diabo de um positivo com uma carta embaixada pra o coronel João Maria, e com mais a incumbência de me trazer o caixote da loca do mulungu... Se aprendi a ler, mesmo só por cima, não foi para botar as ordens em garranchos no papel? Mas reparando bem, essa folia de mandado nunca dá um sarado resultado, e não é a mesma coisa que se intimar o suplicante em carne e osso, ali no pé da barba, visto que cansa de negar fogo, justo em cima da hora da precisão. Aposto que não me vendo por perto, o coronelão ia logo trastejar. Ia mesmo que todos eles são muito parecidos: pulam daqui... pulam dacolá... até meter uma conversa bonita de muita choradeira e também promessa na cara do medianeiro a modo de engambelar. Racinha feita de manha pra enganar e trair! Isso mesmo, sim senhor. Ele, Virgulino, se encheu de calos tratando com esta raça desde os tempos de mocinho.

No começo desta sua vida virada, ia a todos eles com a fala bamba, complacente, se demorando em alinhavar razões de justiça, contando direitinho por que entrou no cangaço depois do pai assassinado, sem as autoridades nem ligarem para os sacanas matadores. Ia então a um coronel, a um graudão, e pedia que arrecadasse por ele, que o ajudasse a fazer justiça fora da lei, uma vez que a esmola minguada do dia a dia mal dava pra manter o pessoal. Muitos daqueles que o acompanhavam, corriam da fome ou da polícia, dizia, sem faltar com a palavra e querendo a todos convencer. E justo por me pautar assim cordeirinho e bem regulado é que o mandachuva se sentia seguro como um pé de pau, e só depois de muito chororó... me largava na mão estendida a miçanga do dinheirinho que não chegava pra meia libra de munição! Qual o quê! Como manter assim a meninada no barulho com a força volante? Daí é que peguei a dar fé de que a única garantia de avultada semente só podia vir do medo que espalhasse. De todos os caminhos experimentados, via que o mais curto e certo era brutalmente intimidar: aberturava o avarento pelo gogó, ou lhe riscava o peito a bico de punhal. Mas isso ainda era pouco pra dobrar os mais durões, recalcitrantes, amuados na retranca; que só se abriam mesmo quando o vergalho de boi ou a vaqueta de espingarda cantavam em cima do lombo até lhes comer o couro! Coronel, meu povinho, é vasilha ruim e moeda de duas caras: uma pra encomendar um servicinho, e outra pra pagar o prometido. Êta bicho mandão que gosta de lordeza e princesia! Mas se impa assim de abastança posuda é bem porque o governo só olha mesmo por ele. Pra se arrancar alguns contos de réis de um graudão desses só mesmo num cambalacho safado, ou na pancada doída que é o melhor ensinamento. E se o cangaço esconde o ódio votado a esta rica cambada, isso é apenas bom jeito pra se ir vivendo e arrumando, que a persiga é medonha!

Precisando muito mesmo desta gente espertalhona, como é que eu podia ter ficado no remanso da Taiçoca, carecendo do tal caixote atufado de dinheiro? E a quem ter tanta fiança pra tão secreta empreitada sem duvidar nem um pouco de que a encomenda viria? Negócio onde entra dinheiro é todo amaldiçoado! Quando o bicho esquenta na mão, o cão mexe no caco, amigo vira inimigo, e ninguém conhece ninguém!

Agora com o céu limpo e a luinha mais a pino e menos enesgada, a escuridão aqui embaixo se abranda em penugens de brumas, de tal forma que se percebe com mais facilidade o contorno das pequenas árvores retorcidas, que são chapéus de treva carregada, ensombrando o rosto nebuloso desse barranco gigante que se quebra amolecido num borrão acinzentado, e se alça pra respirar pela crista das pedras espontadas, onde pousa o olho amolado do capitão Virgulino, aqui ruminando arriado das alturas como um bicho no relento. Pois é, até do Padim Ciço, um santo que conversa com Deus e não rufia com mulher nenhuma, até deste!, guardo no cerno do peito, bem aqui escondido na capa destas costelas, aquela mágoa ocultada de me ter passado uma patente de capitão igual a dinheiro falso, e que até hoje só me serviu de troça e de mangação na boca do inimigo!

Naquele ano de vinte e seis, tomava um recreio nas terras de Vila Bela, espairecendo a canseira em boa folga, numa vilegiatura acalmada, fazendo avenças com o tempo, desafogado da persiga da volante e caçando um jeito de pular fora do cangaço, quando aí lhe chega um positivo com uma embaixada do Padim Ciço: pedia a ajuda valente do cangaço, na pessoa dele, Virgulino. Mas esquivo e reticente, em cima dos considerandos da boa política, o afilhado bastardo sabia o quanto valia o seu pescoço para as autoridades, e hesitou muito em atender à rogativa, perdido na fumaça das cogitações, e empacotado numa cisma desconfiadora que não abria a ninguém. Os cangaceiros mais achegados pegaram a maldar de alguma rixa secreta dele com o santo, indagavam disso e daquilo se entremetendo no assunto de viés. Aí o chefão desconversava e adiante perdia a paciência, dando um tiro na conversa, enfuriado! Quieto e sestroso, deixou que o tempo escorresse... Batia na língua que era pecado maldar do santo, mas no escondido de si mesmo só maliciava, embora professasse aos outros, com o testemunho de suas medalhas e patuás, benditos e orações, o rigor de sua linheira e rude fé. Até que um dia se decidiu: iria a Juazeiro, sim senhor, ia beijar os pés do santo, mas não sem antes providenciar severa e miúda sindicância naquela região bem protegida e armada. E então a cidade de Juazeiro passou a se encher de uns novatos mendigos de tal modo enxeridos e perguntadeiros, que destoavam dos penitentes nas romarias, e chegaram a levantar nas pessoas mais desconfiadas um vago murmúrio logo abandonado. E aí se mantiveram esmolando durante semanas.

No dia aprazado, já senhor do mapa da cidade e seus arredores, mas sem afrouxar nem um pouco a sua prevenição, Lampião deixou uma mendigagem com uns sacos compridos escorada nas esquinas, e entrou em Juazeiro com um pé na frente outro atrás, tão aclamado a repique de sino, cortejo de escola e foguetório, como se fora de nascença capitão! O danado do santo sabia, de antigo vezo, que é de humana fraqueza se sentir de algum jeito festejado. Por isso, carregando a mão em demasias, não se poupou em regar a vaidade do afilhado. Mas nem bem tinha enxugado este tal parapapá de espertalhona acolhida, num rapapé rasgado a muitas sedas, o santo se endireitou abotoando a batina e engatilhou a tacada: a ele, Virgulino Lampião, era concedida a honrosa encomenda de arrancar a cabeça do tal Prestes, com quem o governo sozinho mostrara que não podia; que ele fosse desempestar em nome de Deus a fedentina do anticristo que cuspia na religião e no país. E foi em paga da jura desse servicinho de bom patriota em santa cruzada que o Padim me passou, a modo de fiança e adiantamento, esta patente safada que envergonha o couro de meu embornal. A seguir, o despachou em severa sisudez, encarecendo que ele, Virgulino, agora do governo capitão, tinha enfim autoridade pra arrebanhar a tropa que quisesse e entrar em qualquer estado em busca do inimigo, sem nenhuma volante a o molestar, visto que aquela patente, ali lavrada em sua frente por um federal, era a anistia tantas vezes por ele suspirada, era o salvo-conduto, a carta-alforria que lhe dava o direito de continuar agindo à mão armada, e enfim agora livre e acima de qualquer perseguição. Que se fosse de uma vez com todo o bando ali abençoado, que se apressasse a honrar a liberdade e a permissão que lhe dava o seu governo, mas que saísse logo à caça pra desagravá-lo, e que lhe trouxesse num pano de saco aquela encomenda decepada do inimigo impostor — senão... o maioral se zangava e tudo tornava atrás! E ele, Padim Ciço, um miúdo servo do Senhor, lavaria as mãos como Pilatos que mais nada podia, entregando tudinho aos grandes da nação.

É deveras... um santo daquele, tão gabado pelo povo... e em vez de pedir que me endireitasse, veio foi com esta encomenda do satanás, igualzinho aos coronéis com quem tratei, que me reservavam o bocado mais fedido. E depois... ainda consta que o santo me chamou de menino doido — e ainda mais pelas costas! Isto dói, meu povinho! Bem que ainda em Juazeiro me avisou o mano Antônio: Virgulino... Virgulino... toma tento de homem! Não vá este papel ser arte ou pagadio de traição! Dito e feito! Logo-logo, desenganado e doído com toda nação de homem, desembuchei pra uma roda de gente: — cada vez mais me convenço de que o destino quer que eu viva e morra no cangaço! — como lá está num jornal do Ceará.

Enfim, botando tudo numa enfieira, posso me perguntar a modo de lição a nunca ser esquecida: qual foi a autoridade ou o coronel a quem pude confiar, ou que me deu mostras de um sofrível tratamento? Quando acabar, se fie nas criaturas! Queira negócio com autoridade! Lampião franze a testa ainda pensativo, reabre os olhos cansados e enxerga em cima o Caminho de Santiago. Arrasta a perna, desce da pedra e desafivela o cinto. Que bom poder esvaziar as tripas na hora da precisão!

4

Um jumento orneja na solidão do descampado. A burra Carmela, madrinha da miúda tropa de tio Filipe, responde em cima da bucha, soltando do cercado para os ares a volúpia contida do cio. Corre por Coriolano um arrepio de friagem. São horas! É o meado da noite. Rola a mão direita amolambada pelo peito se benzendo, acomoda a cacunda tresnoitado do sono que não vem, e se enrodilha na rede tal um feto miudinho que quer caber na mão do velho pai. Depois do seu retorno em vinte e cinco — recorda ou entressonha? — ele, Coriolano, tomou o lugar do ancião como dono desta casa acachapada que remendou com Zerramo, e passou a ser perseguido por uns certos remorsos que lhe vinham do defunto do velho intolerante com quem tivera tamanha prevenção, e a quem abandonou no fim da invalidez, deixando-o morrer à míngua, a ponto de o corpo ser encontrado já comido pelo tapuru, por efeito de sua ingratidão, e da desova de tanta varejeira engordada nas carniças que infestam isto aqui. Por conta do desatino de filho amaldiçoado, é que o pai se finara neste ermo onde não chega um só toque de sino, sem uma vela na mão, sem o cordão de São Francisco, sem sequer uma rede de levar ou um caixão de caridade, como se fora um reles bicho pagão.

Assim assediado no âmago da alma, e sem ter dinheiro sequer pra o passadio enquanto tocava meio em vão a fraca lavourinha, aí é que me dei conta de quanto era sabido nos plantios e entendedor de roçados esse meu pai quizilento e muzumbudo, que tanto me arreliava, e de quem herdei apenas os arranquinhos enfezados. É pena que não tenha puxado a ele também na boa mão para as semeaduras... A despensa desta casa, no meu tempo de menino, nunca desmereceu o trabalho dele, nem foi um oco sem nenhuma provisão. Mesmo nas secas brabas tinha rapadura e uns atilhos de milho, sua boa saca de farinha e um vasinho de feijão-de-corda corujinha ou senão caga-fulô.

Nos primeiros anos depois de sua volta, Coriolano passou dias terríveis com o compadre Zerramo, que se viu forçado a trotear de vez em quando, pendendo para o norte do estado, em busca de mantimento pra não se acabarem entanguidos pela fome! Tirar desta terra o frugal sustento, não era coisa tão fácil como imaginara este bom pernambucano. Coriolano ficara só por uns intervalinhos de tempo, enquanto o outro arranjava algum quinhão. E vinha se mantendo apenas dos grãos e das sementes que plantava meio sem jeito nos tempos invernosos, quando então pendurava no torno as alpercatas de rabicho e, esparrachando os pés no chão escorregoso, se botava para a roça porque não tinha outro jeito, que nunca gostara do diabo desse serviço machucado. E era um desespero! Comigo nada rendia! Cavacava... cavacava... e era em vão o laboro, o suor desperdiçado! O milho pendoava pequenininho, as manivas de aipim nunca vingavam! Também pudera! Se não levava nem jeito de encabar uma enxada! Mas assim mesmo, e por pura precisão, ia chegando terra aos legumes sem descanso, arremedando as boas lições do pai, e do modo que lhe pediam o sol e a chuva, que do imprevisível acerto entre esses dois entes raramente juntos é que dependia a abundância ou a míngua do milho e do feijão, da abóbora e do algodão — o tamanhinho da fartura ou o tamanhão da penúria que se espicharia no corrente do ano todo.

Zerramo ganhava o mundo, e Coriolano aqui sozinho, filho sem pai, tão carecido de amparo como na rede agora está, porque a orfandade só bole com a gente é assim ao desabrigo. Alvejado no miolo da pobreza de aleijado fraquinho, nem sequer me acudiam mais os bons tempos da botica. Tinha de me entregar todo ao próprio corpo, gastar o restinho da força, sem as enxadadas de pai a me adjutorar, pois neste deserto não aparece vivalma para o ganho, nem parceiros pra dar uma demão. Também nunca me chegou um só meeiro, nem tampouco arrendatário. Por isso, tive de me gastar no cabo da peroba, até esgotar a força, derrear os braços com as mãos em chaga viva, o queimor das pisaduras. Esta é a cota que se paga sem adiamento, pra se ir vivendo a farinha seca e um taco de rapadura, espantando a fome pra fora desse agrestão. Não é moleza a gente labutar nas quatro luas do ano todo inteirinho, e não colher o bastante pra uma só boca, em paga do suor de cada dia! Vida da peste! Servição diabrudo!

Coriolano se revira madorrento, coça a cabeça, estala o dedo como a chamar os fiapos de certos lances pra reajuntar o passado. A burra Carmela se desespera a zurrar. Tá danada! A fome dessa é de macho. E fome funda! Como, naqueles idos, não tinha outro meio pra remir a vida, pois o resto do que sabia dera em nada, e as alternativas aí eram nenhuma, a volubilidade de invernos e trovoadas punha calos nas entranhas de Coriolano, e fazia de suas noites, encompridadas como esta de hoje, ainda que por outro motivo — um vozeio de inquietações. Mesmo porque é aqui que o agreste esbarra no sertão. Zona bastarda e mestiça, meio barro meio tijolo, onde os contrários convivem entrelaçados, a tal ponto que a malva preta do sertão se entrança na faveira branca do brejo, e se esparramam de mãos dadas numa grande sombra que todo dia caminha sua boa braça e vai se alastrando e recobrindo a terra. E também onde o umbuzeiro enfezado é apenas um degrau abaixo da jaqueira que pare estes frutinhos pecos, só mesmo pra botarem na boca da gente umas saudades salivantes daquelas bichonas bem graúdas que passam por aqui carregadas de Rio-das-Paridas, tão apinhadas de bagos maduros e carnudos sob os picos, que enlambuzam estes ares da cor amarela do seu mel.

Na pisada inclemente desses dois extremos que se roçam e se entendem numa mistura indisciplinada onde as ervas do brejo ou do sertão se dão muito bem, mas a boa lavoura é que não — Coriolano arrancava os cabelos da pestana, e se ampliava em desassossego, mesmo porque não perdia de vista a incerteza dos tempos por estas bandas, onde até as cautelosas previsões da mais antiga sabedoria costumam ser negadas e rebatidas em tiradas de verdadeiro capricho. Quando as estrelas pegam a luzir esquecidas de apagar, e o vento assobia mal-assombrado, espalhando por aqui o mau agouro de mais uma seca calamitosa — repentinamente (e é pena que só raras vezes!), sem mais nem menos e sem se dar fé, o tempo se entorna num dilúvio, berrando pelos olhos dos riachos; e nesta terrona toda, assim ariúsca e saibrosa, o povo se contenta com uma safrinha de nada, enquanto o próprio sertão transborda em abundâncias, garantindo um despropósito de safra, que se não favorece o passadio do ano inteiro, de fio a pavio, é só porque o pessoal lavrador, entregue às mãos da natureza, não tem a quem vender nem onde armazenar a colheita copiosa, que daí a meses começa a bichar, comida pelo gorgulho. Lugar desvalido, este Aribé! Só medra mesmo uma relvinha dura pra beiço de jegue, e umas frutinhas do mato, lavra perdida que nenhum vivente quer. Do sertão, tem o sol e a míngua, mas não a seiva: do brejo, a mesma areia e o saibro rugoso, mas não a chuva. Natureza madrasta! Sem se falar na lagarta e na formiga. Uma praga! Qual o cristão que aguenta viver em paz numa zona desta, sem saber o dia de amanhã?

Mas penoso mesmo, hem Coriolano?, era quando o tempo demudava, convertendo em poeira os bons sinais da chuva prenunciada nas cores enubladas e nos roncos volumosos que fendem as nuvens, abrindo uma clareira inteira de promessas... de repente desmanchada nos ralos bagos grossos que, mal tocam a terra, são arrepanhados pelo bafejo de fogo. E aí surdo e durão, apesar das rezas, dos clamores, e das seis pedrinhas de sal atiradas para trás, o céu não se deixa turvar na limpidez areada que já torna, e só fica mesmo a gente zanzando de barriga vazia, na penitência da estiagem entupida de asperezas cumpridas a rigor de flagelo e de castigo. O solão se escancha em cima do mundo, parede-meia com o inferno, numa tal tremedeira de estalidos que faz o pessoal perder a fé em tudo! Parece uma caieira! Então, aí de mãos amarradas no mormaço, sem ter mesmo a que se votar, senão matutar nos ares que viram pedra e não se abrandam. Coriolano banzava dentro de casa, impaciente, abria a porta de baixo, se sentava no batente do alpendre, escorava o mondongo na pedra de amolar, batia a binga e pegava a chupar o canudo do cachimbo. O sol cru se bulia na peneiragem! A cigarra se danava a berrar o desespero nas árvores peladas! Coriolano se assava no bafio do terreirão quadrado, nuelo de mato, feria as vistas no areal salpicado de cascalho, com rebrilhos de facas e de mica. Espiava a chapada de pedras pegando fogo lá longe, em faíscas que lhe batiam nas retinas já abrasadas pelo tabuleiro destampado. Aqui mais perto, um rebanho de famintos se arrastava em molambos na estrada, essa língua em areias desenrolada. A folhagem do umbuzeiro parada numa fixa estampa de parede. Não se escutava sequer o cochicho do periquito tapa-cu. Só o carcará piava triste rachado. Sozinho, com a vida pendurada da terra esturricada, no vaivém do tempo que balança e, quando dá na veneta, pende pra a banda que bem quer. Coriolano era um lavrador como qualquer outro desta planura, vazado a muita dureza; e já agora rasgado a outro golpe que o escalavra e é maior do que aquela penúria, mesmo sem carecer mais do cabo da enxada, vivendo do rendo que lhe dá esta estalagem. Deste tamanhão... aqueles dias não acabavam nunca de passar! A lembrança disso que se foi, aliada ao atual infortúnio, azeitam-lhe as molas íntimas, e o ajudam a enxergar o oco penoso que é o mundo.

Mas essa rudeza de vida que coube a Coriolano, e que ainda agora o abate assim desfocada no fio do pensamento, foi um trecho amarulento que já pertence ao passado, embora ainda lhe acudam esses rumores importunos que se entendem com esta sua condição periclitante, enrodilhados na tortura desta noite, lhe passando o terrível desengano de que tudo é derrisório! A canseira e a indigência que sempre o agrediram não valeram a pena e findaram em vão, pois quando Deus não favorece, qualquer caminho é azarado, e o suplicante não passa de um menino enjeitado sem pai nem mãe pra ter dó.

Mas aquela quadra por gosto olvidada, tormentosa para o corpo giboso na enxada encurvado rente ao chão, já vai pra um lote de anos... lá pra os primeiros tempos em que chegou aqui com este Zerramo, de quem agora escuta o ronco de porco, num dó de peito puxado e tão espremido que chega a lhe dar um arrepio vontadoso de acordá-lo, visto que o bicho até pode morrer com esse regougo estrangulado. É assim: bastou adormecer, vira este galo goguento e sem prestança, mas de olho aberto é homem e trinta! Nesse entremeio dos idos, depois de bem acordados entre si, já de amizade revalidada no compadrio, Coriolano ouviria de Zerramo, em tom de muita reserva, que ele mudara do nome verdadeiro de João de Coné, como era bem conhecido em Limoeiro de Pernambuco, só por medo do coronel Agripino que o perseguia pra vingar a morte do irmão, um sujeitinho afoito e desaforado, que achou de arrancar os tampos da única irmã dele, João de Coné, e ainda pegou a se gabar dela que era dona gostosa, em toda roda de conversa onde chegava. Apesar de ponderativo, raciocinador, João era exigente em coisa de justiça, e correu a prestar queixa à autoridade: queria o safado casado na polícia! Deu-se então um bate-boca com cheiro de fumaça, que por pouco não termina num fecha-fecha mortal. E se não é a sua fama de turuna, o agredido tinha ficado ali mesmo engaiolado. O sacana fardadinho, com medo do emprenhador de menina, acobertado pelos parentes graúdos, tirara o corpo de banda, fazendo pouco-caso, como se nada tivesse acontecido! Sem ter a quem recorrer pra lavar a sua honra, o ofendido já não saía de casa. Desmareado com o vexame e a vergonha que liam na tampa de sua cara, João de Coné foi impando... impando... até o fel papocar; e de tanto se recruzar indo daqui e dali a remexer a cabeça, não deu com outra saída mais merecedora, senão retalhar o pai de chiqueiro a golpeadas de facão. Desta má hora em diante, diz que comeu o diabo! Jogou-se pelo relento do mundo deitando tudo pra trás, até mesmo a coitada da irmã por quem se amalucara. Fugia da desforra do tal coronel, e mais ainda do júri, de onde todo pobre que não tem um amo que o valha e peça por ele ao doutor juiz, acaba é saindo recambiado para a cadeia, onde apanhará a cipoadas de vergalho de boi, e um dia morrerá comido de formiga, sem nunca mais tornar a ver a luz do mundo.

Nesses entrementes, já virado Zerramo, por via de carregar morte nas costas, diz meu compadre que padeceu a ponto de torrar a gordurinha da pança, e deixar de ser, por algum tempo, este sujeitão agora cheio de corpo e bem fornido. Além da fome que passou e do medo que correu, mais de uma vez sentiu a inhaca da morte, quase apanhado pelos cabras do tal coronel, que todo ofendidão, diz que chegou até a se entender com o chefe do cangaço, lhe passando grossa dinheirama pra que lhe trouxesse vivo ou morto o atrevido. Esse agravo lhe serviu pra varrer da cabeça a vaga ideia de também ser cangaceiro por algum tempo, se não lhe sobrasse outra escolha pra continuar comendo o seu pirão. Mas isso já anda na roda de muito ano! E se a coisa não foi pior e ainda está vivo, acha o compadre, é porque, com a graça de Deus e já cheio de prevenição, ele farejou muito, que tinha tempo, e usou da esperteza de não se alugar em fazenda de ninguém, que patrão não tem dó de agregado e é tudo um coito só, onde um olha pelo outro, e todo mundo pune quem ofende um deles. É bem me ver uma casa de marimbondo: o suplicante que bulir com apenas um, pode esperar a ferroada da cambada inteira. Sofredor demais este compadre! Cem vezes purgou a lavagem da honra da irmã! Entre o fogo cruzado do patrão e do cangaço, que mandam e desmandam por estas bandas onde ninguém mais tem força, quem é mesmo que lhe podia valer? Do mesmo jeito, quem é que pode socorrer a gente de algum malvado que resolva invadir esta casa agora à noite? Só mesmo o bondoso Pai do Céu!

Mais adiante, autônomo à moda do tempo, Zerramo se fez cordoeiro, diz que só pela birra de não ser mandado de ninguém. Ofício desgraçado que come as mãos da gente e não dá rendo! Mas como no mundo cada nó que se ata tem sua compensação, foi mercadejando as cordinhas de sua feitura que aprendeu a negociar. E pega daqui, larga dacolá, entrando em uma feira e saindo de outra, já encontrei o danado meio refeito, com o comerciozinho ambulante, mais a parelha de seus burros que ainda pasta aqui. Logo deu na vista que era um sujeito sem pabulagem e sem patranha, com uns sinais, mais adiante avivados, de alguma cordura e também bondade, cordeados como um fio na fala grossa. E melhor do que o prometido veio a ser! Sujeito boa-praça! Mas também desabusado, se lhe machucam muito a paciência; da tranquilidade enganosa que nunca se desmancha, na hora do frigir dos ovos, pula pra fora o homem que não leva desaforos para casa, nem conhece temeridade em coisa de justiças. Ainda me alembro do seu desassombro no ano que a gente chegou aqui. Esparramou pra longe uma trinca de cara lambida que, escorada nuns ares de inocência, queria abocanhar e repartir entre si esta terrinha do Aribé, sem ligança para os direitos do dono, de escritura lavrada e carimbada. Mal correu a notícia da volta do cacundinho desprotegido, sem nenhum parente jogado neste ermo, os treitentos vieram logo pra cima de mim com fumaça de valentia, a cobiça na feição se sacudindo, em tempo de avoar dos olhos. Se não fosse o calete de Zerramo, que nem compadre ainda era, só Deus sabe o que seria! Homem pra bancar autoridade! Disse só: barulho não presta! Mas falou com tanta sustança na paciência que os gajos se amedrontaram! E logo-logo, também mandado do céu, visto que da terra nunca lhe veio nada, enfim lá chega o desaparecido tio Filipe, tangendo a sua tropinha na poeira desta estrada. E aqui está ele, tendo perdoado ao sobrinho aquela sua desastrada acusação a Maria Melona, sem jamais lhe permitir que uma só palavra de desculpa raspe as franjas do assunto. Bem que muita vez tentei desabafar, espremer essa lasca de pau do coração, mas tio Filipe três ou quatro vezes me tapou a boca com um arranco acintoso, me voltando as costas a rosnar que nem um bichinho acuado, atalhando rente a sua dor. É generoso, esse tio, mas cismadinho, é maior do que um pai bem verdadeiro, irmanado com as preocupações dele, Coriolano, enchendo o bojo desta noite carregada de aflições com o bafo que lhe vem da alma e se arroja na tragada do fumo de rolo, espalhando este cheiro saboroso da amizade que ainda vale uma insônia.

5

Ao evocar assim estes dois bons camaradas também desvalidos, que vieram esbarrar aqui neste oco de mundo por via de alguma desgraça acontecida que não puderam evitar, e que se ligam a ele, Coriolano, nesta condição desabonada de não ter padrinho nem patrão, aperta com os dedos as pálpebras comovido, empurra o pé na parede já mais fria, dá um repuxão no cabelo da pestana, e pega a remoer que, apesar de tudo quanto aprendeu com tanta viajação, só começou a abrir os olhos de verdade para a vida, justo no dia em que se deu conta de que esta casa do Aribé, assim pendida sobre a encruzilhada onde a estrada-mestra se enforquilha na curva de dois caminhos, é o ponto mais certo onde os viajantes esbarram uns nos outros, e passagem obrigatória de quem vem da Bahia por Jeremoabo, entrando em Sergipe por Cipó-de-Leite. E tão apartada fica aquela cidade deste lugarzinho mal habitado, assuntara então, que de banda a banda, todo sujeito vindo de lá ou de cá, estropiado de sede ou de cansaço, não há de passar por este tabuleiro em vão, sem fazer disto aqui o seu repouso. Mas, valha a verdade, tal entendimento só lhe acudiu com clareza, depois que calejou no costume de atender e obsequiar aos viajantes de todos os dias, aqueles que depois do "ô de casa", e do antes do "Deus lhe pague", lhe pediam que os favorecesse com uma caneca de água ou uma brasa para o cachimbo. E na pauta desse rojão surrado de repetido, chegou até a conceder rancho a um e outro tropeiro bem-parecido, que por isso ou por aquilo lhe caíam no agrado, e de algum modo o recompensavam com acenos de boa camaradagem. Daí pegou a enxergar que tinha meios de escapulir da trevosa solidão dos dias sem Filipe e sem Zerramo, e de tirar o sustento com mais leveza, longe do peso da enxada se enganchando, teimosa, nas raízes e ervas do roçado. Fora sua, e somente sua — a bitela dessa grande ideia! A única vez que na vida conferiu e acertou! Mesmo a botica em vista disso não vogava nada, uma vez que lhe fora oferecida sem o emprego de seu tino, herança de mão beijada. Este rancho não: foi obra de minha cabeça. Remodelei todo inteirinho, fiz prosperar! É pena que nessa quadra o pai já não fosse vivo! Aí ele ia ver pra que deu o seu caçula chochinho! Ia era se desenfezar do idoso encruamento, agradado da belezura daqui! E donde vinha o comando disto tudo? Só de seu filho Coriolano!

Como já dispunha da casa compridona e bem arejada, mais a puxada do curral e o cercado de pau a pique, onde corre o olho d'água marejando miudinho — não foi difícil, trabalhando em boa regra, com a ajuda de Zerramo, e também um pouco de Filipe, mexer daqui e dacolá, tocando-a a jeito agradado, como um mestre de obras de mão de esquadro e olho fino, até aprontar esta tosca estalagem, aos olhos de todos tão bem amoldada, como se fora, desde levantada, um casarão apropriado a servir de albergue aos viajantes, e de estrebaria às bestas e burras esfalfadas. Não demorou muito, e logo-logo esta pousada espaçosa, assim saindo do mato e desembocando em cima das estradas que se trifurcam, passou a ser o ponto mais certo e mais comentado de todos os passantes a trafegar por esta encruzilhada, vindo mesmo a ter, no tempo de boas colheitas, e sem cangaceiros por perto a lhe rondarem, todos os rudes cômodos lotados pelas redes que pendiam dos ganchos e do telheiro. De fato, era boa e variada a freguesia! Se sempre sonhei com um serviço mais maneiro de que o diabo da enxada, agora tinha esse de me encher as medidas! E tudo aqui nesse tempo prosperou em galopado andamento. Acabaram-se as aperturas. Enfim, me aprumei! De mal remediado, com este lanço passei a bem remido!

Recebendo a ares mais amenos o indivíduo que vem da Bahia pela caatinga espinhuda, esta sombra alongada no destampado excessivamante claro é um remanso que atrai de se deixar o queixo cair agradado, um gole de água friinha e bem assentada em cima do cuspo esturricado, um arejo gostoso como um banho de riacho. E ele, Coriolano, muito contentado nesses primeiros anos de melhoria, se tornou tão guarnecido de urbanidades, tão compenetrado e caprichoso estalajadeiro, como se não carregasse um pilão no meio das costas, e tivesse sido sempre um felizardo boticário, cioso do bom trato que se aprende na escola do comércio. Perdeu aquele mau gênio de carrancista, e desembuchou em mesuras, arredondando as arestas. Êta hospedeiro danado de jeitosinho!, comentavam alguns tangerinos mais pachorrentos e amigueiros que, sendo servidos aqui apenas uma só vez, se despediam tão agraciados, que passaram a amiudar as viagens de volta, carecidos de chegar depressa para mais se demorar na visgueira de Coriolano, e compartilhar a boa camaradagem deixada ao pé das redes, onde se espalhavam ditérios e novidades de muito calendário, sem se falar nos trechos mais suculentos de *As mil e uma noites* ou de *Os doze pares de França,* sempre arrematados por ele mesmo com um folheto de Romano: era um mimo do hospedeiro ao paladar dos fregueses, As estórias dos farofeiros, então, provocavam gaitadas de alegria que eram um conforto, injetando vida em toda a casa. Quando alguém amanhecia de veia — já era bom! A gente lavava a égua! As pilhérias enchiam a noite da melhor recreação! E ninguém se desprazia!

E Zerramo e Filipe, pois então, caixeiros-viajantes que antes moravam nas estradas sem encontrar nunca um ponto assim decente, tão achegados se fizeram a esta estalagem, que para sempre se arrancharam a modo de morada. Coriolano mesmo já andara pelo mundo e purgara os seus pecados! Fazia até pena um filho de Deus mapear toda a região não sei quantas repetidas vezes, sem ter nunca um termo de chegada, sem sequer uma raizinha do menor pezinho de pau, como se fosse um bichinho estradeiro. Com esses dois que aqui dividem com ele este perigo, e com outros que nunca mais tornaram, Coriolano veio aprendendo, enquanto melhorava de vida, que as pessoas em sadia convivência derretem em bondades a cara amarrada e ficam fortalecidas, sem a mesquinhez das horas encrencadas de quem vive só. E por demais, o bom ganho tirou-lhe o olho torcido de genista enfezado. Bem diz o povo que quem ensina é a vida, e quem bota cara feia sem nunca desenvergar é o diabo da fome.

Coriolano comprime a barriga com as mãos e se enrodilha de lado, procurando minorar a lancetada das entranhas roídas que sente como um oco azedado. Bota a candeia no prego, aviva as brasas apagadas e prepara o chá de capim-santo que vai tomar daqui a pouco com raspas de rapadura. Aguarda com paciência de desenganado a fervura da água que vem se amornando bem devagarinho. De repente, dobra-se sobre o estômago numa careta chagada, vira a bruaca de couro na colher de pau, enlambuza os beiços do mel que bochecha misturado ao cuspo, e vai engolindo aos bocadinhos a garapa que lhe adoça as repuxadas. Esta vidinha de rancheiro e cavalariço, tirante a bagaceira do cangaço agora metido nesta zona, bem que me deu um quinhão de bom regalo! Nos tempos de casa cheia, comprazido com a sua lida, chegava a rir pelos olhos dos hóspedes que apeavam, como se carecesse apenas deles para bem viver! Não só porque o proviam contra a fome, como também porque traziam para dentro de sua estalagem um mundo rumoroso de todos os calibres. E estava apaziguado! Tudo esquecera para trás. Aqueles primeiros ímpetos de arrancada no mundo se calaram. A alma antes ralada com aquela sofreguidão de passarinho de gaiola, finalmente aqui se acomodou sem nenhum custo aparente nesta mesma casa acachapada, onde em menino parecia prisioneira de tanta sequidão! O pai tinha razão! Fora um destraviado! O que valeria um infeliz como ele longe da terra do seu lugar? Já então, mesmo se lhe chegassem notícias dos irmãos vivos, não ia mais sair em seu encalço, nem que tivesse certeza de encontrá-los. Tudo ia tão bem! E se acercam esses denegridos matadores! Merecia mais paz, mais sossego. Se escarafuncha na alma alguma coisa malfeita, uma injúria imperdoável, só encontra mesmo a injustiça que fez a Maria Melona. Essa é a minha mancha, o diacho da vergonha! Mas mesmo assim, botando o bem contra o mal, e separando o bom e o ruim que engendrei, devia me caber uma sorte menos malfazeja. Não fui daqueles que maldam do semelhante, com algum intuito de se aproveitar. Ou fui? Sou um sujeito vadio? Um peso-mole encostado? Não senhor! Nunca posei de boa-vida! Nunca vivi na maciota, palitando os dentes, esperando algum milagre que trouxesse melhoria. Sequer tirei folga ou licença pra um descansinho espremido. Operoso, nunca fui um quietista! Nunca refuguei trabalho! Bracejei! Sem saber o que é preguiça, dia a noite mourejando — muita camisa suei! Ninguém me via de cara pra cima marombando na bestagem. Subi e desci como o mais pobre vivente! Uma peteca furada! Está aí! Até que acertei o passo! E olhem que sou regrado, poupador! E desmamei de novinho! Justo agora, quando me acho bem aquartelado nessa trincheira de vida, homem deveras assituado; quando tenho meios de aparecer desacabrunhado, conferido a meu tamanho, agora que é bom viver — vem o diabo e esbagaça tudo! Não é de lascar o cano?!

Enquanto Coriolano espera que o chá esfrie, a um chamado seu tio Filipe se aprochega. As canecas fumegam seguras pelas asas, e os dois parentes insones se entreolham agradecidos um do outro, com esse raríssimo sentimento do perigo meio a meio bem compartilhado. É como se tudo o que se passou entre ambos se contraísse afunilado no bojo deste penoso momento. Apesar do claro intento de se animarem entre si, endireitando o corpo baqueado e empertigando as cabeças, na verdade logo outra vez se desmantelam, traídos pela iminência do flagelo que aguardam. E como não conseguem se engambelar entre si, tornam a olhar um para o outro, desenxabidos, tão do mesmo modo compenetrados, como se tivessem juntos ensaiado uma única postura. Sabem que é terrível se defrontar com a tropa volante do governo ou com a gente perversa do cangaço, um e outro conduzidos por um governo trágico e cruel. Nessa má hora desgramada a impiedade é um bacilo que a gente pega no ar, onde as punhaladas relampejarão em afrontas insultuosas, e não há como escapar delas quebrando o corpo de lado a maliciar recusas. De nada valerá a esperteza. É tudo na mais limpa porretada!

Apesar de ainda apreensivo com as indigestas notícias derradeiras, e com a cena da estrada lhe passando pelos olhos, tio Filipe se deixa tocar pelo desamparo do sobrinho que nesta última semana trocou a voz pra gemidos e lamentos; e que agora na luz da candeia traz o olhar penso encostado na cara forrada de desânimo. De algum modo precisa apaziguar o pânico que começa a se alastrar vadiando na cara de Coriolano, pois aprendeu que o medo maior é daquele que mais tem o que perder; mas ele mesmo, Filipe, se deixa arrastar num redemunho de tanta crueza imaginada, que está desacertado. Se tivesse mais zelo no que diz, quem podia ajudar era Zerramo, que aqui ao lado ronca que nem um porco barrão. Tanto que tio Filipe alimpa a cara franzindo os beicinhos, como quem prepara algum gracejo. Mas a gravidade da feição depressa se recompõe, chamada pela má situação, e a falinha aveludada se abate sobre o prenúncio da descontração indesejada e fora de hora.

— Não há de ser nada, Coriolano, Pior foi na seca braba do ano de trinta e dois. Uma nação de tudo quanto não presta enchia aí a estrada. Metia até medo, homem! Uma laia miúda e faminta que deixava a gente arrepiada.

— É, meu tio — acode enfim Coriolano num fiozinho de voz —, mas agora o perigo é outro! O homem tem poder de fogo! Tem oração forte! Se manga até do governo!

— Bem, opinião é opinião. Tá certo. Mas torno a dizer que naquele ano foi mais amedrontador. A gente fechava esta porta aí da frente, tinha medo, ficava só espiando, o olho na fechadura. Era aquele rebanhão de gente! Menino e menina, tudo nuelo, que a molambagem de pano mal dava pra os pais tapar as vergonhas! Foi um ano temido! Muita gente morreu de fome. Zerramo conheceu um homem em Pernambuco que leiloou até a própria filha!

— Deveras, não foi ano bom não — vai se desanuviando Coriolano —, ainda me alembra o magote de penitentes que parou aqui. Vinha guiado por um decurião barbudo, chupado como um palito. Andava envergado das canelas. E só não se arriava de vez porque se escorava numa muleta de pau. Pediu água aí no alpendre, passou o caneco pra os outros e me secaram o porrão todo. Meu tio ainda se alembra disso?

— Ora se não lembro! Foi assim mesmo. E os latinórios? — se apressa a indagar tio Filipe, cutucando o outro a prosseguir.

— Disse que vinham de Canudos, onde a parentada mais antiga tinha largado o couro ao relento. Diz que por obra dos federais. Povo beato e romeiro este de Canudos... Tudo com o pescoço entupido de bentinho e patuá! E lá rumaram aí pra baixo, fedorentos, com cada cascão de terra! Tinha deles que era me ver uma escama de traíra daquelas rajadonas. E se foram com as mãos espichadas pra o céu, parece que endoidados, cantando sentinela, incelença, isso mesmo que o tio chama latinório. Tinha deles que gemia como se levasse um defunto estatelado numa rede ou num caixão de caridade. Iam pra o Ceará. Diz que ver o pano de Jesus ensopado de sangue. Iam cortar o lombo se batendo a relho pra encostar o sangue pecador no sangue inocente do Cordeiro de Deus. Tudo isso fazia pena e também metia medo. Mas olhe que nenhum buliu com a gente! Agora, cangaceiro? Mata-cachorro? Este, então, mesmo quando não chega pra matar, quem quer pegar questão com ele? Macaco aqui por estas brenhas tem mais poder do que juiz de direito.

Tio Filipe está contente de ver o parceiro assim mais amainado das aporrinhações, já metido em falas sobre a desgraça de trinta e dois. Mas, por outro lado, sabe que a pousada do sobrinho, onde encontrou algum descanso, e tão querida como se fosse de verdade sua, começou a virar um deserto sem vivalma, justo quando os raros caixeiros-viajantes trafegavam por aqui indo e voltando com as cargas apinhadas de mercadorias. É que não aparecia comprador, nem se vendia nada! O que haveria, pois, de fazer um cristão metido nesses caminhos, que são a roça miúda do cangaço, num ano de safra perdida, coalhados de retirantes, carniças e urubus? E com os derradeiros estragos que o cangaço e a volante espalharam por aí, tudo mudou pra bem pior. Se até muito morador vitalício se mandou pra longe e nunca mais vai voltar, tudo por medo de morrer, imagine só os tropeiros e tangerinos que passavam por aqui apenas de quando em quando, só pra ganhar dinheiro e tomar a freguesia dos pequenos, em nome dessas firmas graúdas que vi se estabelecendo e querem comer tudo sozinhas que nem ferida braba! Esses, azularam... e sabe-se de certo que não tornam. Apreensivo, assim pensa Filipe, também sem saber como tocar pra adiante esta vidinha velha e desgostosa, há muito triturada por Maria Melona, de quem ele nunca deixou que Coriolano fizesse a menor menção, apesar das várias tentativas do sobrinho. Dela faz tudo pra não se lembrar por causa dos soluços que no escondido lhe chegam. Mas tem de abafar o seu desgosto, que homem sisudo não pode dar mostras de apego a mulher deixada, e mesmo é bom torcer a conversa, só pelo gosto de ver o sobrinho mais serenado. Toma mais uma golada do capim-santo que esfriou e faz uma careta de menino chupando umbu azedo. Coriolano logo entende que o caldo verdão está mal adoçado, azedo que nem de fedegoso; pega da faca e escapela a rapadura em cima da caneca de tio Filipe, que toma da ocasião para tanger os ventos maus das mãozinhas do outro que ali se apalpam.

— Também o povo, quando fala de Lampião, acrescenta demais, Coriolano. Cangaceiro também é gente, também tem coração. E muita vez até se esparrama em certas bondades. Diz o povo que Jesuíno Brilhante socorria a pobreza com uma canada de moedas. E Antônio Silvino, que já chegou depois de o mundo piorar muito, cansou de dar dote a moça desencabeçada. E ainda cobrava do emprenhador, a bico de punhal, a sua vingança de rei! Teve criatura que enricou. E se diz que Lampião mesmo só bole com quem tem posses; só gosta de dinheiro avultado.

— Aí não, tio Filipe — retorna Coriolano com um tremor na voz amedrontada. — Deste Lampião, que um dia me levou pra um buraco, todo o bem que botam é poetagem! É léria de imaginamento! Na verdade é um malvadão do satanás. Raspa osso de canela a ponta de punhal. Se me pegar de novo, vou ser fritado e cozido. Pegue aí os folhetos de Ataíde, de Chico Chagas Baptista, tenho deles boas dúzias, e veja que Virgulino é muito mais perverso do que Antônio Silvino, embora aquele também não fosse nenhuma flor que se cheire! Desconte a invencionice, o que eles atocham de boniteza pra emprestar aos dois malvados bondade e boa figura — e veja só o que resta! Tô inteirado de tudo! Depois que a volante do governo lhe matou o irmão Livino, no ano de vinte e cinco, diz que o peste cego se azedou e nunca mais teve pena de nenhum vivente. Em trinta mesmo, não sei se lhe contaram, bastou se esparramar em Rio-das-Paridas o boato de sua passagem, o povo inteiro endoidou! Dizem que Dorico, aquele valentão que tio Filipe conheceu, correu todo borrado e fedido, e foi se pendurar nos pranchões do riacho da Limeira com Carlito, um molequinho esmirrado, cagando e mijando em cima da cacunda. Passou horas assim enganchado, diz que pagando promessa adiantada com medo do cão. E Gildinho Peté, que se gabava de ser arruaceirinho, meu tio se alembra?, um gordinho que andava de perna aberta que nem um porco baié? — esse abandonou até a propriedade e foi chocar a covardia lá nas Forras, pra onde tinha empurrado a rapariga, uma desinfeliz que já abortara onze vezes, por conta dos pulinhos com que o nanico, encachaçado e danado de impiedoso, lhe machucava a barriga. E tem gente que de tanto medo se avessa inteiro, arrochado pelo desespero. Dá-lhe um faniquito suicida! Seu Zuza mesmo, não aquele do bilhar, mas o outro da coletoria, um homem cordeirinho de viver em pé de santo, conhecido como igrejeiro, irmão de opa — o senhor conheceu! — um papa-missas afreguesado de tudo quanto é chamego de novena e procissão, de ombro caloso de carregar pau de andor — neste, dizem que deu a gota-serena! Num sufragante, o homem envenenou-se! Encrespou-se todo em arrepios como um jaracuçu azedado, e foi se entrincheirar com seu Manuelzinho do Salgado na rua do Tanque, concitando o pessoal a defender a cidade. Você foi lá, tio Filipe? Nem eu! E se postaram os dois ali! Sozinhos! Bichos danados! Não ficou mais ninguém! Até a polícia fechou a canela no mundo e desertou com medo do peçonhento. E o ódio de seu Zuza era um bicho vivo, uma caieira de fogo! Pegou fama! Todo o mundo sabe da história. Era homem de estirpe! Ia morrer santo e honesto, agarrado ao calete de sua casta! O povo bem o conhecia! Com ele era a Igreja e o Brasil! Com uma mão no rosário e outra no mosquetão, com aquela fitona azulada de congregado mariano cruzada por baixo da cartucheira, ele gritava que ia derrubar o primeiro que aparecesse, em nome do país e do voto da irmandade. Comigo é assim mesmo — berrava no meio da rua, empunhando uma sacola cheinha — os apurados da coletoria só saem daqui para a mão do meu governo! — E balançava a mochila apinhada de moedas, apertando com a canhota o ombro do parceiro, um zangadão reimoso que não era brincadeira... — Vamos torar no meio o primeiro que se atrever! Eu e Manuelzinho! — E beijava a medalha da fitona, e manobrava o potente mosquetão, e babava assanhado, batendo o pé e ciscando o sapato na poeira, com uma remela de raiva tremeluzindo no olho feroz azul agateado. Sujeito de bem e sem sobrosso como estes dois, mulher não pare mais! E de respeito! Ah, um homem daqueles na governadoria do Sergipe! Não havia de ter fome, nem ladrão, nem cangaceiro, não é, tio Filipe? Ah, meu Brasil de tanto estudado caloteiro! Nem valente! Tivesse muito macho como aqueles dois, o besta-fera já tinha esticado a canela!

— Pois é, Coriolano — torna tio Filipe já com o pensamento fora dali, admirado do entusiasmo do sobrinho —, mas sempre digo que o povo é quem se assanha e faz a sua parte de medo. Num desses anos, parece que em trinta e dois, Lampião esteve em Capela, Aquidabã, Dores, tudo aqui no Sergipe, e se sabe de fonte certa que não buliu com ninguém, Mas vamos dormir, homem, que nenhum de nós é quero-quero.

Coriolano balança a cabeça que sim, mas sabe que o tio não dormirá. Apenas espera que o sobrinho adormeça, pra abrir a porta e ir ao cercado vigiar os seus metais, enterrados contra a mão de visgo de algum ladrão. É a velha mania! Quando é surpreendido pelo sobrinho ou por Zerramo já com a mão na taramela, se desconcerta como um menino apanhado a malinar, e sai agarrado ao cós da calça, pra dar a entender que vai apenas fazer a precisão. E se demora aí fora em cima da cova do caixão... remexe no buraco com uma enxadinha, espia para dentro, a maginar ninguém sabe mesmo o quê. Embora muitas vezes chegue aqui o sussurro da vozinha cativosa a tirar umas trovas que falam de um outro apego mais fundo, como se a sua niquelaria não lhe dissesse respeito:

Enquanto eu negociei
vivia sempre assustado,
pois quem anda com dinheiro
é por perigos guiado,
mas nunca sofri por isso,
sofri por ser namorado.

Ah, os ressoos abafados que sobem do coração! Honra que custa uma vida! Filipe nunca remiu Maria pra fora do pensamento! Mas não podia ir a ela por obrigação de ser homem!

Ambos acabam lentamente o chá de capim-santo com que bochecham as últimas palavras, procurando engambelar a bruta apreensão; se dizem boa-noite pela segunda vez, e voltam para o pano das redes, mareados de insegurança e cativos dos possuídos: Coriolano dando a vida pelo rancho, e Filipe pelos seus caros metais. Estremecem ao escutar Zerramo caprichando no roncado pachorrento, como se pela primeira vez se dessem conta da meridiana certeza de que tudo é perecível, e às vezes muita coisa ajuntada provoca nas criaturas uma servidão mais acentuada.

6

Lampião se endireita estremunhado, arrasta os quartos no lastro amplo da pedra, se ajeitando numa posição mais aconchegada; carregados de anéis, os dedos encalcam e periciam a verruga do balaço que lhe trafega há anos na perna esquerda, numa má hora metido pelo macaco Quelé da Paraíba. Incomodado com o derradeiro trompaço abaixo da outra batata do joelho, o rei franze o couro da testa em rugas que, se não estivesse sozinho e não fosse de noite, decerto dava na vista, aí embaraçado neste serviço penoso de reajuntar, em palavras só sentidas, o seu punhado de caridosos feitos e boas intenções, puxado por secreto imperativo de ter diante de si um espelho onde possa esquadrinhar a porção de sua alma talhada a misericórdia. Acha que se merece uma certidão de benefícios, um atestado de muita direiteza. Em Mossoró mesmo, lá pelos idos de vinte e sete, mandara um positivo ao prefeito, com esgarranchada intimação em papel de timbre bem distinto, para que o avisado não tivesse considerandos a opor, retardando a sua ação, e se fiasse de uma vez em sua ordem seca e bem encaminhada: — ou desembucha quatrocentos contos de réis aí na pipoca, ou a cangaceirada começa o quebra-quebra e esbagaça a cidade, num fuzuê de bala e de punhal. — E o que foi que teve? O mal-ouvido ficou lá bem no seu! Fanfando na maciota! Teimosão! Um malcriado de costas viradas, que não deu sequer ligança à força desse recado! Decerto que exigi um dinheiro! Mas aquilo era apenas a pedida, que os treitentos não perdem a ocasião de pechinchar em cima de muita choradeira, de sorte que nenhum deles jamais pagou o primeiro preço estipulado. Forjei mais ameaça, fiz estrondosa parrança, dei carga de tiros — e nada! O irresponsável ali duro, desajuizado, ofendendo logo a mim — o rei de palavra que não podia negar fogo, assim menino destratado —, e empurrando o povo inocente de pescoço espichado para a morte. Tinha de lhe rebater o insulto, exemplar o atrevimento, cobrar caro a mangação — ou eu não era mais eu! Mas quando ferroei a montaria e levantei a cana do braço pra a avançação, meus dedos se endureceram com a palma da mão desgovernada nos ares, dando a ordem contrária: esbarrem aí!, que me cortava o coração marginal aquela gente toda retalhada se afogando em sangue. Desta investida gorada pelo calor de bom sentimento, o povo conta o que quer, cada um fazendo por mais me esculhambar. Até no papel se bota vadiagem e se estampa potoca! Está aí como me cobram vingança! Decerto que saiu desfeiteado, levando os embornais de couro, que queria estufados, completamente encolhidos e vazios. Mas dizer que correu da macacada com medo do enfrentamento, é puro comento acovardado de quem não pode lhe abater os lanços da coragem. E não se arrepende dessa retirada! O que lhe vale agora é que foi generoso na hora da matança. E a prova disso é que poupou o coronel Gurgel, refém seguro na boca da carabina, e que se foi com sua permissão, sem ter no couro um só arranhãozinho! E ainda alegam que ele, Virgulino, mata por gosto! Acusam de lá e de cá, sem nenhuma prova patente, de que corta os beiços da fulanagem, arranca-lhe os quibas, esfola e acontece. É que roubam, matam, e botam tudo pra cima dele. Corja de gente safada só presta é pra enredar! Por essas e outras é que virou mal-afamado. Tudo isso não passa de lero-lero e de conversa fiada, é tacha que me bota a macacada, calendário aleivoso de algum coronel que muito tem a perder. Por que não falam que em Limoeiro fiquei ali ao lado do vigário contra a raiva sanhuda de Sabino, cabra meu? Cadê que não espalham por aí que já dei muito donativo, ajudei obra pia, enchi cofre de igreja, a caixa das almas, dei caixão de caridade, e encomendei muita capela de missas pela alma dos defuntos cangaceiros? Por que não se conta nos livrinhos de feira que já vinguei muita honra de moça donzela? E que no Ingá abaixei o punhal que ia espetando o tenente Maurício de Barros, só porque reconheci, na cara do macaco, o homem que deu sepultura, embora rasa, a meu alvejado pai? Em vez de inventarem malvadezas que nunca fiz, esta raça de violeiro e cantador de embolada devia botar em verso era o meu lote de tanto benefício. Certo que também já matei muito, pintei e bordei em trecho de rua e de caatinga — mas tudo isso, meu povinho, pela mantença do cangaço, que é quem dá talho na cara da injustiça, pune a soberba dos grandões, e empata a gente de morrer, quer de fome, quer de bala. Decerto é minha fama que pega raiva nas criaturas que não aturam ver pobre livre e sem canga, pior ainda passando rasteira nelas. Olhe aí o invejão!

Precedida de um vago ramalhar num mexe-mexe de folha seca pisada, a garrancheira estala na boca da pedra estirada, de onde Virgulino, mesmo assim com a perna escravelada, escorrega resvalando sutil como uma sombra. E já de dedo enganchado no gatilho, com o coice do fuzil no peito bem amparado, divisa o rebanho de caititus que se amontoam assustados com o rebuliço das cartucheiras arranhando a pedra. É o diabo! Um susto assim a cada hora acaba com os nervos do vivente! De tanto me ver tiroteado dia a dia, perseguido em emboscada e correria, amiúde o faro me trai, e passo a ver inimigo até em olho-de-pau, quanto mais num magote assim rasteiro desses bichões roncadores, raça de porco-de-espinho. E eis que a fome na escuta se alvoroça, com um animal assim baita pra carnear e comer; mas o medo e a prudência o obrigam a ficar quieto e jejuar, que um tiro agora estrondado na barriga deste vale ia ecoar nas quebradas e ele começar a se perder. Tomara que Azulão e Saitica, o casal de cangaceiros ali ao pé da ladeira, tenham bom tino e saibam se calar. Era só o que me faltava! Um leprento destes gritar pela boca do trabuco e puxar até aqui a macacada! Este sobrosso, repetido quase todo santo dia, come as forças do sujeito e seca as carnes. Isto não é vida! A gente está corrida, embastilhada num sovaco brabo, quando menos dá fé, bicho miúdo se cala, o cheiro de uma sombra traceja em cima dos ares, e um marmanjo do tinhoso estufa em cima do bando! Êta coisinha mal prometida! Quantas vezes não se morreu por um triz? A essa bandidagem da molesta é mesmo bem merecido que apodreça comida pelo tapuru. Cambada de cabrunquentos!

Aí apeado da pedra por artes dos caititus, Virgulino toma da ocasião e vai até ao cavalo estrompado, alisa-lhe a crina, para a mão no tampo arrancado, e vê que o infeliz cobrou alguma melhora. Destampa a cabaça do alforje da sela, toma algumas goladas e deixa que a água fria gorgoleje e se derrame refrescando a cabeça do moribundo. Com a outra mão, apara na copa do chapéu a mesma água que vai minorar a sede do febrento. O olho são de Virgulino aqui compadecido, de repente se arma e relampeja de ódio votado à traição e coisas de injustiça. Cospe pelo canto da boca o amargor saburroso. Não sou bode pra viver pastoreado, não sou preá pra cair em esparrela! Nem veado pra morrer correndo, ou tatu pra ficar emburacado! Por isso, nunca se acostumou com olheiro fazendo sindicância em suas viagens, e não tolera essa insistência tão amiudada em sua perseguição. Uma escaramuça ou outra ainda vá lá, que o magote de mata-cachorro ganha do governo para isso! Mas por que esta gana desadorada de comê-lo logo a ele, quando há em todo canto raça bem pior?

Diante disso, mordido dos cachorros de tamanha raiva, muitas vezes espera que serenem as iras na cabeça, se forra de quieta paciência e, maneiroso, se aplica em preparar o melhor troco: corre de modo a facilitar a leitura de seu rastro e não demora a ver cumprido o ardiloso capricho. Faminto, o magote de macacos lhe fecha a canela atrás, o rastejador na frente emborcado, correndo o focinho no pó do chão. E empenhado em dar corda ao inimigo, Virgulino vai levando os esfomeados para uma capoeira tão fechada, que até grilo assunta na cachola antes de entrar. Numa volta mais adiante, o perseguido se some arrodeando por detrás, enquanto despacha um cabra pra semear a rota errada: é um galhinho quebrado, o rastro da alpercata com o bico virado para o calcanhar, uma folhinha pisada, bingas de cigarro de palha pelo chão. Mas pra tudo isso, meu povinho, é preciso paciência de jumento! Aí, quando a macacada já tomba pelas pedras, exaurida de tanta gula na batida, e então se ajunta desorientada numa moita só — eu, Virgulino Lampião, pulo em cima da rabada, decerto já sem ódio porque ganhei a partida; mas ainda desandado do diabo, dou um bote de cascavel, que não gosto do bodum dos denegridos, e a cabroeira cai em cima do inimigo com tanta fome que mais parece um magote de menino quando a gente entorna uma cuia de umbu. Era bom que sempre fosse assim toda paga de quem deve! Ah, se pudesse varrer do mundo toda traição e safada sem-vergonheira!

Lampião perde a vista nas encostas ao derredor, sem tomar pé em tanto cheiro que escorrega do mato para a pedra. Dá um tanjo na perna rebentada, e torna a se atrepar no seu trono de rei horizontal! Que rei é este que só tem de seu a bela coragem, aqui em cima da caatinga alheia, corrido como um cachorro? Reparando bem, não passa de um vingador bem miúdo, no mais fundo de seu ódio inteiramente falhado! Pois de tanta desafronta que cobrou, gana mesmo de espatifar o vivente aos pedacinhos, pode dizer que poucas vezes lhe acudiu. Eu queria mesmo, e a todo custo, era pegar o tenente Zé Lucena, o pestilento mais odioso do mundo, o regedor da morte de meu pai, este aqui sim, um santo homem acostumado à pacatez, e que nem sequer sabia empunhar arma nenhuma. E sua morte nunca foi punida até o dia de hoje! De um modo ou de outro, esse inimigo terrível nunca me sai da tenção. Todo dia me preparo pra fazer dele um picadinho, boto isca daqui e dacolá, armo arapuca e mundéu, mas o covardinho passa a vida na retranca em vergonhosa prevenção — e ele, Virgulino, tem de seguir adiante de mãos abanando a jeito de malogrado, sem coisa melhor do que azeitar em pensamento o velho ódio legendário, em cada novo dia agravado pelo apetite de se saciar no impiedoso que também chegou a enterrar vivo o reimoso cabra Quixabeira! Também muito queria passar a mão no tal do Mané Neto, o cachorro-azedo que em cima deste mundo mais o perseguiu, com a persistência do coração desarvorado em cima da paixão.

Mal Lampião atenta nesta palavra derradeira que lhe estremece as entranhas sem que ele, despreparado, dê fé da súbita chegada que nele se desfecha como um assalto, os cheiros todos da noite se amaciam na feição de uma certa mulher, a telha rachada de seu tino por onde lhe gotejam uns amolecimentos... e em cujo peito solto no relento, em muito fim de noite como este, bebera o orvalho da vida, que porejava na morena pele mal banhada; e agora tremelica aqui amorrinhado num atropelo de embaraçada saudade, enxovalhado na rota soberba de rei corrido nesta ciganagem sem teto para morar. Abana a cabeça, suspiroso, ciente de que se pegar a puxar mágoa daqui e dali, tem muito em que futucar... a coisa aí vai render, e o seu calete na guerra tão aprumado, com os espirros que sobem do coração é bem capaz de afracar... Haverá no mundo algum desinfeliz que não se rale de emendar o dia e a noite na caatinga, punido na sua vida corredia, muitas vezes em cima do seu direito; e além disso ainda acordando sempre espaventado, com a mulher da gente grudada na cabeça, se estrebuchando a servir de pasto à macacada, depois de ter na barriga o filho morto a pontapés e coice de armas? Segue assim pela estrada perdida de seus presságios, agitado com o pesadelo de que lhe cortam a cabeça, a mesma visão que também não dá descanso à pobre da Santinha.

Virgulino mete as mãos num embornal e rasga com os dedos inseguros a carne-seca preparada por Maria Bonita. Resta apenas um fiapo fibroso do mamilo, mas o paladar da boca salivante remói, deveras agradado, este gosto aconchegante que só exala, proceloso, daquilo que é repassado a plaina de amorosos cuidados. Depois que se meteu com esta mulher-suçuarana de grandes peitos de mel, e nela se aleitou com o insonhável carinho de que nunca cogitara, pegado de corpo e alma às empreitadas mais duras a que todo se votava enquanto rei do cangaço — não sabe que diacho lhe deu que pouco a pouco veio amolecendo o coração encascado a ferro de punhais, e quando deu cobro de si, numa revelação que lhe chegou enquanto se bate uma pestana, enfim se descobriu encasquetado neste apego rijo de vertiginosa estima bem cativo. Arisco e prevenido, ele, Virgulino, nunca se deixara levar por nenhum rabo de saia, e sempre semeara entre os cabras o seu exemplo: que não fossem burros a ponto de sequer se amigar, e que caparia a macete de pau todo aquele que caísse na besteira de trazer mulher pra dentro do cangaço! Nem Jesuíno Brilhante, nem Antônio Silvino, nem sinhô Pereira, nunca nenhum chefe achou bom mulher dentro do bando, pela certeza declarada de que afraca a coragem dos machos, e só faz atrapalhar na hora da fuga ou tiroteio. Mas eis que lhe aparece sua Santinha e lhe dá um bote tão bem apregado, que a ferrugem vira sangue na veia do coração. Convidada por ele mesmo, Virgulino, ao rebentar da paixão a vida inteira mantida sofreada — aí vem ela cheirando amaviosa, armada somente de afeição; no entanto soberana e poderosa, maior do que as leis do Padim Ciço e os preceitos invergáveis do cangaço. Mal ela apeara do cavalo no sovaco da caatinga, o bando inteiro a cerca de cabeça destampada, rodando os chapéus de couro nos rugosos dedos, cortejando a bem-vinda criatura com a mais respeitosa e sertaneja devoção. Já no alvoroço da chegada, todos sentem que caducam as regras até então bem cumpridas e se anula a memória dos antigos, parecendo que tudo se corrói e se entorta — ou antes melhor linheiro, se endireita. Agora, com a chama desses lábios femininos que fazem os cabras suspirar por tantos outros, os cardeiros reluzem de volúpia e chamegam nos ardores das malacachetas, em louvor ao novo tempo que se abre na fruta vermelha do mandacaru e no coro animado das cigarras; uma idade há muito tempo desejada pela saúde viril dos cangaceiros, mas que só hoje, depois de embaraçada em anos de demora, enfim é servida e regulada mercê do amor desta dona peituda e de fiança. Daqui por diante, os pracianos não tardarão a dizer que muita semente ruim irá nascer, mas o que importa, valha a verdade, é que muito macho raçudo há de vingar!

Na roda da saia dela, Virgulino bem sabe que virou outro! Embora sem desmerecer nem um só pingo a sumosa valentia que lhe vem do sangue dos Ferreira, já não tira das brigas e fuzilarias o mesmo gosto com que se regalava em outros anos. É certo que mesmo no fogo da mais cruenta peleja o bom tino e a felina destreza em hora nenhuma lhe faltaram; mas uma vez ausente da mulher, lá lhe chega o diabo do quebrantamento que o leva a se entregar a coisas finas e a fofuras de comodidades. Vontade de se dar aos versos, como aqueles de "Mulher rendeira", que esgarranchou todo alterado para sua tia Jocosa do Poço do Negro, como se lhe votasse as cordas d'alma, tanto foi o sentimento que nas palavras botou! Se está na vista dela, ferroa o olho são na boca carnudona que se abre dadivosa, a cabeça lhe roda e perde o tento, enrolado numa preguiça acariciativa... E é só sair um dia, lá lhe chega, judiadeira, a falta de seus cuidados. Com esta sua mulher, jazida de balsâmicos milagres, queria ter de tudo e não tem nada! Agora, que gasta com ela as maneiras suaves encastoadas por dentro, é que lhe dói de verdade o desamparo no meio do relento e a tropa de mulas que sempre quisera sua, tangida a capazes almocreves. A vida só presta mesmo quando a gente tem fé de arranjar um lugarzinho decente, de ajeitado sossego, e um lote de finas mercadorias pra guarnecer de verdade a mulher que se quer bem! Cadê o cavalo castanho de andadura macia e muito brando de rédeas para só ela esquipar nos arreios de primeira floreados a supimpo acabamento, sem um só vivente a persegui-la, e só ele, Virgulino, emparelhado com ela, batendo os caminhos cheirosos, largueza de sua infância? Ah! me livrar para sempre desta catinga de suor encascada a pó de terra e borra de alguma pólvora, e sair pra tomar banho com o corpo dela nas mãos, no poço fundo do riacho São Domingos, onde me banhei ainda molecote, espadanando água com a pancada dos cangapés em cima da meninada que corria em algazarra, bordejando a caatinga aninhada ao pé da serra Vermelha! Ah! Quem me dera um mundo diferente, sem cerca e sem traição, sem cancela e sem persiga! Ah! Maria Alcina, Maria de Deia, Maria Bonita, enfim Santinha, mulher desses quatro nomes tão poucos para contê-la, que se tivesse mais outros dois tantos ainda nada seria pra quem vive abarrotada do amor mais insensato e da fé mais cega, sujeita a cair matada sem nada para ganhar, a não ser a fadiga de um rojão desgramado, e um reconforto invisível pra cujo gozo não teme as setas do tiroteio e a ira da macacada.

7

Virgulino se bole sem pregar o olho a noite inteira, aqui derrubado no lastro da pedra que bem podia ser um leito, parecendo um pamonha encasquetado com essas besteiras de moleque novo que ainda não transitou com mulher, e que lhe formigam abaixo da maçaroca de cabelos, encascorados numa pomada de suor e de poeira. Está incomodado. Engancha a falta de Santinha com outras comodidades carecidas. Em vez de engendrar a escapulida que já devia ter principiado, uma vez que a noite descamba pra de manhã, parece mais é um tolão desavisado, como se chefe do cangaço nunca fora, ou desmerecedor da boa fama que tem — aqui se consumindo no meio do ermo, com este peito duro tão varado, a remoer os assucedidos que nenhum jeito mais têm, tremendo de verdade por Santinha, que ficou lá na chapada da Taiçoca com aquela barrigona bem redonda, em estado muito adiantado. Toda parição é perigosa, e nela se ajuntam as forças inimigas, no bom entender do parteiro Virgulino, calejado de penar pela mulher algumas vezes mais morta do que viva. No ano trespassado mesmo — é outra vez a memória puxando pelo coitado — Santinha achou de perder água e ter a dor de parir no coice de um tiroteio vermelho como o diabo! Dividido num repente entre o posto de chefe-de-guerra e a obrigação de marido-parteiro, esse Virgulino, embora por um só momento, desmareou-se apavorado, não tanto por dificuldade de conciliar as duas frentes de que se desincumbia na vista da cabroeira — mas porque lhe ardia nos miolos, coisa que nenhum deles adivinhava:

a paixão tumultuada que pressente a mulher se indo... e em si mesma de dor estraçalhada já não pode ajuizar ou se conter... Mas logo das fagulhas do amor iluminado, ele se recompôs ardiloso em ligeirezas, só pensando em salvar a sua amada espremida entre a dor de mulher que se despacha e a fuzilaria rebentando das mãos nojentas da tropa volante. Que os cabras abrissem fogo sem parar e ganhassem correndo um outro rumo, a fim de despistar a macacada! E com essa ordem, no mais sisudo jeito melhor dada, pôde enfim, com as próprias mãos, fazer o parto dela num meio sossego, ainda com a vantagem de não ter homem por perto a espichar o rabo do olho em busca das doces partes escondidas. Não demorou um tico de nada, e logo sai o chorinho da bitela de uma menina-mulher! Uma semana mais tarde, eu mesmo sarei o umbigo e botei bênção de batismo, que não me dou com criatura pagã. E vai Santinha, tanto se pega de amor por esta coisinha tão nova, já coradinha e bem amamentada, que ao ser arrancada de seus braços, foi um tal de cortar coração, que só se vendo a pasmaceira sofrida de não poder continuar sendo mãe! Mas lei é lei! Tinha que ser assim! O cangaço lhe empatava de criar os filhos, que eram mandados a um ou outro vigário de sabida confiança, a quem o danadinho chegava de modo escuso e sempre acompanhado de um dote para providenciais despesas da criação, passadio, e algum encaminhamento no futuro. Mas no fundo mesmo, não tinha fé na boa vontade de ninguém não. Quem é em cima deste mundo aquele que cuida, de olho agradado, de mercadoria, animal, ou gente que não lhe pertence? Todo o mundo sabe que menino renegado pelo próprio pai é filho das ervas. Está lá no livro santo! De forma que ao entregar os filhos a mãos alheias, estava sacudindo fora um pedaço de si mesmo, não cuidava do futuro deles, mas apenas livrava o cangaço de um incômodo deveras dificultoso. Ah, meu povinho, dói na alma o sujeito não poder botar no próprio filho o nome de família, por medo de vingarem no inocente a má fama que pegou devido aos tiroteios do pai! Esta menininha derradeira, dei ao vaqueiro Zé Sereno pra dona Aurora criar, mulher danada de opiniosa e de leiteira, parida com um molequinho naquela mesma semana...

Ao rememorar esses assucedidos aqui no miradouro da pedra como um rei no templo, carregando a cruz de fogo do cangaço, Virgulino se confrange moído de pegadio por esta mulher felina a quem não se farta de querer dar uma vida larga e libertária. Moço, muito moço ainda decerto é, mas desde que passou a viver ao lado dela, amiúde lhe acode a certeza de que a vida se vai por água abaixo, sem que possa arrumar para Santinha alguma coisa feita de sossego e decente pra seu calete de animosa mulher. Não que ele, Virgulino, esteja arrependido de seu rol de mortandades. Isso nunca! Pois tudo quanto fez foi por merecida vingança, e pelas regras sabidas do cangaço. Queria mesmo era deixar de viver escorraçado, mas sem perder os seus pontos de honra, e sem desmerecer a fama de rei. Nessa condição em que se engancham e se renovam todo santo dia os tiroteios, as fugas e as persigas, como não deixar que se apague a ilusão de ir pra diante, assim em si mesmo consumida? Qual a escolha que me sobra, já que não quero morrer fazendo botão que nem Antônio Silvino? E quem, senão Santinha, lhe veio assim num jeito tão confiado da mais pura fé, deixando o conforto do passado para trás, resolvida a enfrentar as privações e os perigos sem pestanejar, conformada de se acabar ao lado dele sem nada querer em troca, a não ser aquele aceno dos olhos pedintes dela, lhe mendigando um sossego serenado: vida apartada de homem com mulher, mais a roda de filhos deles dois? Quem, senão ela, lhe veio assim desprecavida pra lhe adoçar a solidão como um favo de mel na boca azeda?

Assim matutando... matutando... Virgulino já considera esta viagem gorada! Ficará para outra vez o caixote de moedas enterrado na loca do mulungu, bem como a visita de arrecadação ao coronel João Maria. Não pode deixar Santinha por mais tempo entregue à própria sorte, cutucada a ferrão de sobressaltos, sem nenhuma mão maneira pra ajudá-la a bem se despachar. Será ciúme, hem rei Virgulino? A verdade é que teme demais assim por ela, longe deste olho são de amor comprometido, sem poder acudi-la com a paixão de sua valentia. Não entende que diabo o morde, que só sabe recorrer a ela recebendo de permeio a lancetada ainda palpitante das feridas sangrentas do passado. Ela sempre se excedera em brabezas de onça façanhuda, que ele mesmo é quem a atiçava e se ria, uma vez que se acostumara a vê-la como um ente invulnerável a toda sorte de atiração. Vem daí que, em Serrinha de Catimbau, a boa estrela da mulher se esfacela em desgraça da marca da mais pior: no relampear do fogo cerrado, Santinha tomba esparralhada em cima de uma moitinha de catingueira; e ele, Lampião, é arrebatado por um calafrio anavalhado, bem maior do que todo o sofrimento que passara com a morte do próprio pai! Meante o que, empreende a retirada, com Santinha espichada numa rede a botar sangue, levada como um defunto mendigo num improvisado e espinhoso pau de carregar! E ele, o monarca encastoado a gomos de bravura pelo amor alucinado, nem o olho podia nela pegar, que os macacos lhe entupiam em cima audaciosos, fechando o cerco na serra do Ermitão. A sorte é que, já treinado em fazer sangria e sutura, pude ali mesmo lhe amarrar a veia que espirrava com um nó de imbé.

Ah, lance dos seiscentos mil diabos! — avalia suspiroso Virgulino, se virando na pedra de banda, e protegendo a perna escravelada. A macacada vinha açulada do tinhoso, querendo trincar o bando na fivela das queixadas. E emendando com esta terrível correria, eis que lhe botam o cerco de Tará, o inferno vivo onde purgou crimes e pecados! Santinha morre-que-morre no meio das balas que se cruzavam... E ele, o rei durão, só fazia escancarar o olho bem remido e velador, lutando como alguém mandado do capeta, e sangrando de amor em face da companheira que desfalecia à míngua no meio da peleja encarniçada! Enquanto isso passeia assim pela cabeça da gente, vá lá! Mas contando numa roda, ninguém acredita! Só eu, Virgulino Lampião, e mais cinco cabras, tirante os dois que carregavam Santinha, contra uma ruma de volantes e muito destacamento! Era macaco como formiga de correição... e a meia dúzia de cangaceiros lá na frente, cansada, faminta, esfrangalhada, já podia ouvir, vindo de baixo e da retaguarda, o coro de loas entoado pelo rebanhão de mata-cachorros, festejando a morte do cangaço. Correndo em busca da vida, e se antevendo estraçalhados pelas queixadas medonhas, os cabras fizeram das tripas coração, e lá se foram subindo a serra escarpada com as unhas se rasgando, carregando a desfalecida toda empapada de sangue. Quanto mais ao pé da serra a ajuntação de gente crescia numa assoada de gritos de volúpia e urros da malsinada celebração, mais aqueles homens semimortos varavam a mataria suspensos do despenhadeiro, atravessando as cornijas dos serrotes. Enfim, amoitados no pico mais alto entre as lombadas de pedras, por enquanto estavam a salvo, que nenhum macaco teria a coragem da gota-serena pra subir ali de corpo aberto, ainda mais já numa hora tão turva. Se rodasse a cara, tome-lhe um balaço na caixa da tigela!

No meio desse embeleco quase sem saída, este mesmo Lampião — que agora mede o tempo pela luinha derreada, quebrando a barra do dia e lhe passando aviso que é hora de partir — batia o queixo de rei no frio do topo da serra, tomado por um terrível estupor, bicho acuado, lambendo o sangue da fêmea que morria sem remédio de botica, nem receita de licenciado, desguarnecida até de uma coberta, enrolada em seus braços como um molambo. E a multidão embaixo rugindo no cio de chupar sangue, clamando para o alto o nome do governo. Apesar de ainda descer a noite, em Lampião esse transe doía destampado em sol feérico, o esporeando a descambar dali de peito aberto, e sair comendo os mata-cachorros na ponta do punhal! Mas essa momentosa alucinação de amor convertida em desespero foi finalmente serenada pelo ímpeto mais forte de socorrer miudamente a mulher que o fazia delirar afervorado, ali mendiga semimorta como perdiz atirada, prestes a ser abocanhada pela matilha sanguinolenta que já pegava o cheiro da ferida pelo faro. Mais uma vez pode dizer que foi a chegada da própria noite a sua salvação. Não só porque ganhou a sua trégua para recuperar o sangue-frio e não botar as coisas a perder, metendo os pés pelas mãos; como também porque com a bem-vinda escuridão, a macacada ficou detida lá embaixo no pé da serra, que não era besta de subir ali a negras horas. Sabe que montaram guarda a noite inteira. E era um rebuliço de meter medo! E quando, no outro dia, depois de muita queda e escorregos, os mais afoitos escalaram a serra gastando à toa muita munição, ficaram de boca aberta, jurando a todo mundo que outra vez Lampião se fizera encantado. Por isso que tinham visto um vultão batendo asa e avoando! Pois sim! Eu é quem sei a dureza que foi varar, depois de meia-noite, a mataria e os espinhos sem deixar rastros, descendo os mais afadigados pendurados num cipó. É um serviço da peste, abrir no peito a caatinga fechada de gravatá e macambira, com a mulher desmaiada em cima do ombro, se despachando da vida aderente ao coração!

Aqui solto ao relento, derrubado na pedra agora esfriada pelo sereno ralinho, estremece o corpo de Virgulino, antes de algum passarinho piar e se bulir. Embora a cabeça já se ocupe com o diabo da fuga a ser encaminhada, o corpo se deixa ficar mais um instante carecendo de agrado, como se não tivesse força pra se levantar antes de ser servido com as imagens suspiradas que se embocam no cerne dos sentidos: ele e Santinha no bojo daquela primeira noite calorenta, sem terem nunca um no outro se encostado. Estão a dois passos separados, e todinha ela palpita ante o olho do homem grelado de volúpia. Ele quer preveni-la de que nunca o traia, de que jamais lhe passe contrabando. Mas a boca apertada não se abre, menino sem governo, ante ela maravilhado! Já vai arriando o mando, o destrato do rigor, a se entregar adoçado como se fosse cordeiro... Ele suspende a mão num aceno chamativo, e ela se deixa encandear no brilho dos anéis, sem saber se é uma ordem, uma súplica, uma pergunta, ou um agrado. O rodado do olho são atiça a vontade dela, que vai desatando os grampos dos cabelos, e tira os pés das alpercatas, já adivinhando o seu intento, pois não há nada de secreto a encobrir. Esta nudez nascida nos extremos leva ao parceiro um súbito tremor de esganação. Zumbem os besouros e os dois se adornam juntos no lençol feito de folhas. Os desmazelos desta vida em andanças contrariada, parece que se endireitam, e o que era grão de poeira vira pingo de orvalho. Olham de lado contra um sussurro suspeito, e se descobrem protegidos a espinhos de macambira e sabres de xique-xique. Há um cheiro de frutas e raízes que se levanta dos arbustos arrancados e da folhagem amassada. De onde vem esta toada repinicada de aromas? O homem faz finca-pé nas nuvens e se arremessa no mais fundo de seu poço. Golpeiam-se na doçura suculenta dos açoites. O indicador do cangaceiro se ajusta no florido dedal da costureira. Corre um gosto de laranja de umbigo espinhada a pau de canela que dá gosto na comida. Enroscados num caracol convulsivo, geme o casal empapado de gozo e de suor, numa arrancada estalando pelo corpo. Estão unidos por esse clarume atônito, emparceirados para sempre sangue a sangue, sem saber que um dia vencerão a própria morte manada da traição: viverão nas cabeças decepadas que são troféus para os grandes da nação; viverão no gomo do pescoço arroletado, como lição pra quem seja rebelado.

8

De manhãzinha, mal o sol aponta quebrando a neblina e se alastrando nesta planura do Aribé, surdem da capoeira do fundo quatro cangaceiros terrosos e estraçalhados que se aprochegam de mansinho e em esquivança, que nem cachorro que morde de furto, de tal forma que quando Coriolano dá cobro de si, e toma pé no que se passa, se depara com o chefão de olho vazado, mal tendo tempo de gritar para os parceiros:

— Minha gente, é Lampião com bafo e tudo!

Já em cada canto da biqueira desta casa acaçapada se posta um cabra mal-amanhado, de fuzil ou clavinote nas mãos duras aperrado, matando pela raiz a tenção de alguém correr ou fugir. Mal-encarado, Virgulino se arremessa empurrando um burrão preto para dentro do alpendre, donde rosna embrutecido:

— Quantos paisanos tem aí?

— Só nós três — adianta-se Zerramo, que é o mais despachado. Mas logo Coriolano vem vindo por detrás e toma a dianteira, na tenção de respostar alguma coisa a mais antes dos parceiros, pois apesar do medo que partilha, não quer que respondam por ele, que a autoridade de dono de casa não costuma delegar a mais ninguém. Essa cadência contraria os seus preceitos. Não se aceita como um sujeito afracado, envergando as velhas regras! Nisto, vem Virgulino e o remira já picando a fala:

— Espere aí... Você não era um seleirinho? Um remendador de tudo quanto não presta?

— Era, inhô sim, meu capitão.

— Pois nunca vi um traste mais lambuzão e...

— É o material que não servia, meu capitão!

— Não me corte a palavra! Entupa-se, desaforado! — E muda a conversa apontando o chão: — E de quem é este pisoteio, esse tropel de tanto rasto?

— É muita a gente que passa por aqui — torna Zerramo, sereno dono de si, mas incomodado com a estupidez desarrazoada em cima do seu compadre, e de tal modo silabando às pancadas, que o chefe franze a cara estampando que não gostou.

— E a tropa de macaco, ninguém sabe adonde anda?

— Não se sabe. Mas corre boato que ontem teve tiroteio. E que de Jeremoabo vem descendo um reforção.

— Me vigie aí uma matutagem. Ligeiro, homem! Qualquer de-comer serve. Preciso sortir o embornal!

Apavorado, Coriolano diz inhô sim, ainda tonto do primeiro esculacho, mas sem dar mostrança de cara feia que não é nenhum doidelo. Vai embocando apressadinho, em busca da ração encomendada, seguido de Filipe e de Zerramo em cima da mesma volta, onde esbarram apreensivos, puxados pela voz dura de Virgulino que ordenadora se impõe:

— Vocês dois me ficam aqui!

Enquanto Coriolano escolhe lá dentro a melhor posta de carne-seca para meter na mochila com rapadura e farinha, atarantado por não ter sabido se despachar com a conveniência de um dono de casa aprumado, se fazendo agradador ao capitão; este lá fora apeia manquitolando da perna direita entrapada, com uma rodela de sangue pisado bem no meio da canela. Faz apoio na ponta do banco, derreia os ombros caídos e pende os quartos mais parecendo um bicho descadeirado, de feição desarranjada por algum desgosto que o arreda do mundo. Zerramo e Filipe estão ali, sentindo pela primeira vez, em carne e osso, a má figura que faz este chefão moído e tresnoitado, que nem parece um sujeito de quilate, um homem de tanta fama! Nenhum dos dois tem olho bom ou algum fiapo de simpatia pra com o desinfeliz escorraçado, sem estadeio de nenhuma vaidade, cheio de borra e maus tratos na pedra da feia cara encardida, com um lote de anéis nas garras sujas, e uns atavios estraçalhados. Ninguém enxerga nele a bela coragem de homem destemido, a audácia descontrolada em bárbara grandeza de quem enfrenta sozinho a milícia do governo. Bicho caçado a poder de muita bala ensebada de vingança e um lote de armas poderosas! Fazem é gozar o espetáculo de vê-lo assim xambouqueiro, de calça arrochando as perninhas de cambito, adernado pelas cartucheiras que não desatrela; o olho nojento repuxando a fonte descamada; cachorro diminuído, como um palhaço mangado metido nos seus andrajos. E ali mesmo os dois se decompõem alarmados diante da figura desconforme com a fama de herói. Estão paralisados pelo chiado do medo, e querem se poupar desta enrascada, que não há coisa melhor do que viver! Até Zerramo, homem de sistema, e com as suas regras reimoso, nem pensa no bacamarte azeitado, metido entre as varas do telheiro.

— Já vinha encomendado pra o rancho deste Coriolano — torna Virgulino —, mas nem liguei a pessoinha ao nome. Pra nós isto aqui não presta. É aberto demais em cima do caminho! E qual a graça de vocês dois, o osso que roem pra viver?

— Eu ajudo o compadre a ir tocando o rancho — ribombeia a palavra de Zerramo. — E lá de quando em quando, escangalho meus burrinhos. Filipe é quem vive ainda pelo mundo, que tem larga freguesia por aí. Mesmo assim, o seu rendinho não é muito. Não há nada de valor que se possa tirar dele. Coitado, não pode nem levar um pajem com a mala do mostruário. E mal Lampião aperta o canto da boca se amostrando ofendido, Zerramo já torce a fala pra enfraquecer o agravo: — É certo que por aqui não anda ladrão, o capitão mesmo dá cobro a essa raça. Também Filipe acostumou demais a andar sozinho.

Coriolano volta com a matutagem. O chefe nem sequer a olha ou faz conferimento, como se dela não carecesse, e se deixa ficar ainda um pouco, agradado de saber que Filipe negocia com metal e é homem que não se perde na rota dos caminhos. Agora mesmo — adianta — com tanto mata-cachorro entupindo a canela e fechando o cerco em cima do cangaço, careço de muita munição e de uma nova fornada de coiteiros. E no vaivém da conversa, onde só ele é ouvido, puxa pra cá, puxa pra lá, diz que já vira comentos desse Filipe cavalariano, entendedor de animal; e até se descontrai um tantinho invocando o seu passado, que ele, Virgulino, também amansara burro brabo quando o pai ainda era vivo, e trabalhara de tropeiro, servindo a Delmiro Gouveia.

— Naquele tempo — evoca fitando os longes — comboiei muito barril de aguardente e carga de rapadura. E ainda negociei com criação. Vidinha franzina! Só depois é que passei ao cangaço militante!

E se forçando um pouco para o lado de tio Filipe, alinhando assim os seus antigos quefazeres aos do outro, vai sem mais delongas lhe propondo a ser intermediador de munição, e fornecedor de anéis, punhais, de-comer, e de tudo quanto carecia na ordem do cangaço.

Pronto! E agora? Eis armada a encrenca que tio Filipe temia! Acostumado a arrodear os embaraços e as arruaças por longe, devido à mansa e recolhida natureza de quem se entrega a prejuízos pra não entrar em confronto, e convivial apenas quando tinha nas mãos as peças finas estendidas aos fregueses — tio Filipe então se desacerta aturdido, já se passando a mofino e espadanando vergonha. Num gaguejo se retrai com os ouvidos doendo da ordem enluvada que acaba de receber, e lhe rasga numa coroa de arame, que a cabeça sacode e quer cuspir, mas a boca não sabe rebater. Na frente do olho direito branquelento, que mina por debaixo da mica redonda o meio anel do nojento carnegão, tio Filipe se dobra com a mão na barriga destemperada, mas logo repuxa os beicinhos de defunto, tentando esconder a vontade de vomitar; e se endireita mirado no gume do outro olho, ali duro, ali empedrado, caloso no alvejar. Trepida das carnes o cavaleiro bem-dotado, miúdo filho de Deus, assujeitado por esta puta ameaça que transcende tudo quanto de pior imaginara. E tanto lhe é amargo o transe, a tontura das mãos e o descorado do rosto, que o chefão se sacode num incômodo, e o agride impiedoso:

— Deixe de sobrosso besta! Você é alguma mulher-dama? Hem? Mija acocado, é?

Enquanto tio Filipe perde a língua, sem governo pra qualquer resposta, o acusador vai esbravejando:

— O mundo só não se endireita devido à moleza de quem é mofino, que não procura o seu direito fora da lei safada do governo. Virgulino só mata por precisão, que traidor não é gente: cada carcaça de um pinima desses é uma cobra choca que empeçonha um rebanhão inteiro de urubu!

E vai por aí se danando arrepiado em durezas, enquanto Zerramo, por natureza mais dono de si na roda de qualquer perigo, ouve esse calendário de alma contrariada, mas de tal modo por dentro recomposto, que se penaliza do aperreio metido nos olhos de Filipe, e também do compadre Coriolano, que só sabem arquear a espinha amolentados, por efeito do diabo do medo entorpecidos, sem darem cobro de um fiapo de ação. Tem vontade de sacudi-los, destravancando a leseira que toma cada um. Vê-se que atenta com algum jeito de arrancar os parceiros dessa triste apertura, como se já estivessem esfaqueados;

mas nada de razoável lhe acode. Também arreceado, ele mesmo pondera nas cabeças decepadas de muitos valentões, no couro dos suplicantes esfolados por essas mãos terrosas entupidas de anéis. Vê a gorja do azedado que nem um couro de sapo, desfalcado da comentada jabiraca. Quase debruçado sobre ele, Zerramo, o tronco xambouqueiro e fedorento se encurva pendido das cartucheiras e das correias esticadas dos embornais, já no jeito de quem se emborca sobre um desinfeliz para uma certeira punhalada com essa língua de tamanduá, famosa pelo tamanho e pelas venenosas golpeadas.

Perante a temerosa armadura encouraçada, tio Filipe se deixa abraçar pelo terror, e pega a fazer agrado ao satanás virulento, com a tenção de pedir a ele e mais a Deus que o deixem de parte, solto na vida sem rolo e sem encrenca. É somente o quinhão que sempre pediu ao mundo! E então se rebaixa em curvaturas de urbanidade, escancarando para ele os caixões atopetados de facas enterçadas, perfumes, bornais bordados a relevos e florões, punhais, enfeites de níquel pra chapéu e cartucheira, frascos de água de cheiro, latas de brilhantina, lenços de Lyon de cores variegadas. Aí o homenageado corre o olho nas mercadorias, pega de um lenço de seda encarnado, tira do embornal um baita de um anel, e afivela a peça no pescoço, no lugar da outra que fez atadura no finado cavalo. Tio Filipe se anima, sentindo que tocou alguma fibra sensível desse sujeito malvado, e então desdobra mais lenços em seus joelhos, chaleirando tão desmanchado em agradinhos, tão precipitado em adulá-lo, como se quisesse lhe lamber as mãos, favorecido — que Zerramo franze a cara envergonhado da bajulação escandalosa; e Virgulino, que também não gosta de sem-vergonhice, arrebita a capela do olho, quizilado com a manha do safado, ali se esforçando para distraí-lo e levá-lo para longe da resposta requerida. Ah, cabrunquinho da peste!

No meio de tanto rasga-seda e tamanha louvação, tio Filipe, ali turibulário a incensar lisonjas, percebe que Virgulino se contraria, fechando o olho cego zanoio e abodegando o outro pra lhe morder a feição e o afogar num pavor atarantado. Ah, meu Deus! Não há saída pra se safar deste apuro! Habilidade verdadeira, só tinha para os cavalos, e seu bom sentido só se esmerava mesmo na guarda dos antigos metais de estimação, que estão metidos num caixão enfincado ali no canto do cercado de Coriolano, escondido de tudo quanto é ladrão. Atina e repassa, quão certeira foi a sua precaução: de outro modo estaria liquidado, uma vez que os cabras agora lhe passariam a mão em tudo que possuía. Não sabe enfrentar o perigo que o cerca, e se retorce suando frio à cata de algum embuste; nunca foi homem de despistar alguma coisa, ganhando terreno por portas travessas. Se pelo menos pudesse comover este leprento, despertar-lhe as cordas da piedade! Mas nem pra isso se presta agora, tolhido pelo desgoverno. Neste vai-não-vai, aí sem aceitar nem recusar, Filipe aperta a cara e se aquieta embuchado, tremendo que nem um cachorrinho todo pelado. E o chefão de bote armado barrando a sua frente, lhe atocha o olho duro, imperturbável como se fosse um monarca, e revertendo ao assunto vai logo selando o trato:

— Arrenego sua fraqueza da peste! Pego seu medo nos ares, mas não vou lhe dispensar da empreitada. Com a volante na minha pisada, e com tanto rastejador safado, preciso de todo mundo! Você vai me prestar um servicinho, e em paga vou lhe deixar um passe, uma fiança. É como se fosse um breve do Santo Papa! E nesta redondeza toda ninguém é besta de bulir com gente minha! Mas assente bem no sentido! Comigo ou é barro ou é tijolo! Só não tolero traição. Por causa dela, veja o que foi que topei. — E estira o beiço, amostrando a esfoladura da perna.

Zerramo assiste a tudo ali de junto de Coriolano ainda agarrado à mochila do de-comer; ouve a cantilena do amedrontador já se arreliando, e vai passando da temperança ao desassossego, de braços retesados na camisa de zuarte, resmungando em repuxos nas entranhas, mordendo a língua para se conter, governar a maluca perturbação, que não gosta nem um pouco desse tratamento judiador de Filipe, e parece mesmo não fazer segredo disso, até alardeando o cenho pragueado com um friso que cheira a insolência.

Lampião faz uma pausa, sem deixar de lado o seu mau gênio, tira a comida da mão de Coriolano sem nenhum jeito de agradecer. Mergulha a munheca por dentro da camisa abraçada pelas cartucheiras, e puxa daí alguma coisa que é uma charuteira de marroquim:

— Pegue isto aqui. — Vai empurrando na cara de tio Filipe. — Você gosta de peça fina! Agora anote! Um fulano vai lhe entregar aqui um carregamento. Vá sozinho em busca de Lagarto. Emboque por atalho e vereda, renteie o mato, a capoeira, e não me bote a cabeça na estrada-mestra. Ordem é ordem! Pode ir sofrível que gente minha vai achar você no lugar certo. De cima de algum cavalo, eu tenho quem espie o mundo! Ponha tudo isso no quengo, e não me apareça com estopada! E bote sentido!

Sem um fiapo de fala, e sem também se bulir, atônito e baratinado, tio Filipe se reduz apenas a calafrios de pânico e faniquito, com a feição se encaroçando, a jeito de quem toma um choque e se abala golpeado, saindo fora de si, a língua pegada, a corda no pescoço, descolado do juízo na cachola que se desconjunta, sem acertar com nenhuma direção, tudo pela certeza intuída de que não pode mais tirar o corpo fora: acabou para sempre a minha paz! Zerramo é quem se coça, ali paradão mas avivado, doido pra levar alguma ajuda e minorar o desconforto do parceiro que aparenta ter ido pra um outro mundo, com este olhar de vidro tão ausente, a pupila desmedulada, a cara lesa, descida. Até no pobre Coriolano, antes cioso da sua autoridade de dono de casa, e agora um trapo encolhido e amparado no corpão do outro, como se também o medo lhe chupasse o tento; até nele, passeia a ideia de interceder com alguma opinião a favor do tio; mas logo se desvanece, receoso de botar o caso a perder, que Virgulino é um bicho sem medidas, e aí está desapiedado, a meter o olho em Filipe verrumando, a querer encontrar, no seu semblante estupidificado, a resposta que ele ainda não lhe dera. E como espreita na feição desmareada algum sinal de oculta má vontade, Lampião se encrespa todo como uma cobra para o bote e, calejado em tirar de cada cabrunquento o que bem quer, já sabe o que vai fazer: precisa estampar a beleza cruel de sua força, uma vez que a única garantia de dobrar a cerviz de quem não presta, pra ser ligeiro servido, aquela que nunca falha — é dar corda ao verbo enfuriado em destruir e matar, já soletrando, de punhal na mão, os garranchos sangrentos da tortura. Salta do banco pra o meio do alpendre, grela em tio Filipe a sanguessuga do olho intumescido pelo ódio legendário, e começa a semear os caroços do terror, num aguaceiro de palavras:

— Você agora é meu fornecedor. Corto-lhe os quibas! E não me venha com lero-lero! Nem me mude de opinião, que traidor só sangrado. E bocapio falou caiu! Por aí adonde andar, costure o diabo desta boca! Senão lhe toro no meio e ainda mando a meninada mijar em riba!

Como esses desaforos não alcançam mais a tio Filipe, inerte de boca troncha, como um defunto espantalho — então Virgulino endiabra-se, e dá-lhe um grito de cuspo bem na cara: — Fala cabrunquento! — já o arremessando pra cima da parede, de onde o atroado desliza pra o chão como um molambo.

Aí Zerramo, picado por esse rolo de insolências e abusos, contrai-se dos pés até à cabeça, incha o pescoço encipoado, leva tio Filipe de arrasto pelos sovacos, carrega-o ao oitão pra apanhar seu bocado de ar, tudo assim feito com esses gestos pausados de quem ganha tempo para ponderar, visto que ainda não sabe como enfrentar essa má situação sem risco de morte e muita pancadaria. Por que cargas d'água tem de se haver outra vez com um bafafá tão malparado? A coisa está danada... já passando além da conta! Só mesmo sina! Ainda se tivesse natureza para passar por cima dessa afronta, fazer-lhe vista grossa! Precisa chamar a paciência! Se modera, Zerramo, não saia do seu normal! E atendendo a si mesmo, em doma de surda raiva, recupera o compasso lento das ações, amolga com as mãos a copa do chapéu procurando se controlar, enfia-o na cabeça retombando para trás, que precisa ter as vistas limpas, e lhe banha o rosto um sossego de arcanjo serenado. Sabe que vai entornar o caldo, que já começou a se perder neste barulho sem achamento de nada, mas vai dizer o que sente, ou senão se arrebenta como uma cabaça podre. Ainda aperta as mãos pra se dosar, e prende o arrojo em estalos na cabeça, procurando pela derradeira vez endireitar a coisa. E sem reter a fala trovejante, num solavanco sonoro silabando, vai se oferecendo ao truculento pra levar o carrego tomando a vez do parceiro:

— Capitão, no caso do momento dá-se o seguinte assim: vosmecê é homem entendido em toda sorte de medo. Pois não é? Então! Também trotejo por este mundo, rumo por qualquer estrada, mexo por dentro de muita biboca — e faço gosto em servir ao capitão. Vosmecê mande as ordens, e não me leve a mal, que não cabe agravo: mas me releve Filipe, dispense ele aí duma banda, que é coisa merecida, é um direito da idade a gente se acabar na santa paz.

Aí, neste ponto, não pode mais continuar, que o capitão se perturba, franze o olho cego branquelo de medidas cheias, que não suporta ser contrariado, nem aceita entremetimento nas suas justiças, e sai pintando os canecos, asperidão, brabeado, se despencando num ódio que nenhum cristão pode atalhar:

— E eu tenho paz?! Grandalhão de uma figa! Hem, cabra safado? E a minha marcha a luta a fome a sede a fuga a morte! Hem, cachorrão, apostemado da gota-serena, fio da cola badogue, estupor balaio do cabrunco mariano! Hem, resposte se eu tenho paz, fio do raio da cilibrina, perebento da molesta! Sou servido a lhe torar a tampa do focinho. E engula o seu abuso que a minha toada é esta!

Neste comenos, Zerramo se atordoa e trasteja sem estadeio de ação, de ideia despertencida e corpo sem se bulir como se tivesse levado uma ripada na cabeça lhe abrindo a cara e fosse dado por morto! Retém o engasgo ainda uma vez tomando calma contra o retumbo da ira em tempo de o estrangular. Apura o juízo num desengano tardonho, redoído, se desfazendo da vida e descambando para o fim. Será o tinhoso de combinação comigo, devido à morte que já carrego nas costas? Há um cheiro de despedida, de que vai largar este mundo, visto que a raiva emboca dentro da gente e não se deixa remar, de tal forma que a cachola é um reboo se despencando e já não pode esfriar, e qualquer resposta que der vai render é desgraceira. Tinha de existir um jeito de pular fora deste apuro, queria lá se meter com essa raça de Caim! Sujeitinho bruto este Lampião! Cheio de arranco! E pensar que anos atrás pensara em cair no bando! Credo-em-cruz! Isso é lá ação de comandante, de homem que zele pelo respeito! Pois, vir esbarrar aqui só pra caçar confusão! Bicho de furna! Tão andado e sem civilização! Adeus sossego, adeus vidinha de contravoltas, que ele, Zerramo, apesar de estabanado no trivial do falar, se reconhece raciocinador, pessoa baseada na frente do perigo, e só abraça um partido depois de remoer muito, mas é homem decidido e já toma suspiro para rebater. Sou uma criatura sozinha cara a cara com a morte, que o resto do que fui e do que fiz já correu pra detrás de minhas costas. E então de novo se avermelha pasmo de indignação, mas prendendo a raiva pra falar sisudo como gosta, sem trava na língua, sem dar demonstração de perturbado, passando ensinamento ao inimigo, em mangualadas de descompostura. Embica a queixada saliente regulada no rumo do odiento, num assomo tão valente e resoluto que lhe estronda as locas do peito palpitando na capa das costelas. E em vez de amunhecar e pôr o pé atrás, ante a morte que avista na cara do ultrajão engolidor de coragem, se retesa a grossa musculatura, cresce ele todo, impa a se esgalhar, membrudão, forçudo, num tamanho desregrado, com as mãos cheias de chumbo, pronto a dar a testa, que nunca negou fogo e é homem inteiro pra topar qualquer parada, mormente pra cobrar tão nojento desacato. Sobe e desce o caroço rombudo da fonte esquerda, com o sangue já doido pra espirrar. E diga lá, João do finado Coné, que vale um homem sem o seu ponto de honra? Que nem uma pulga espremida não paga a pena viver! E então sustenta a vista na cara odienta do descaridoso, finca-se aí sovelando fundo, bicando-lhe de cima com a roseta dos olhos, e num rosnar selvagem, desengasgado, arreganha a voz solavancada:

— Olhe aqui, capitão! Se a sua toada é esta, a minha cantiga é outra! Um cobrador de justiça se arrepiar assim por uma bobaginha à-toa? Esta zanga besta, essa ruma de nome feio é coisa mal prometida! Vosmecê é mesmo um cabrinha judiadeiro. É afamado! Isso nem assenta a uma chefia! Valentão covarde! Tome preceito! Tome vergonha! Tô sentindo é catinga de mulher-dama!

Diante do medonho afrontamento, Lampião para esqueixelado, besta e estarrecido de ver tanto atrevimento e valentia. Não queria matar que o bom do mundo é emendar os errados, revogar o destino da pobreza. Mas ninguém escolhe nada nessa estreitura de vida, e já está endoidecido, escumando e se lambendo pra cobrar o desrespeito, que não pegou chefia de brabeza pra aturar este baita desaforo de um ente tão emproado! E rilhando os dentes, cospe a ira pela boca encrespada: — Arreda cão dos infernos! E vai de punhal pra cima de Zerramo, que mal roça o cós da calça tateando a lambedeira de ponta apuada, destorce o corpo e apara na folha reluzente o golpe do punhal que retine e bambeia quase avoando da mão do cangaceiro, como se de pedra ela não fosse, desmentindo assim a fama da firmeza! Zerramo acerta um pontapé na esfoladura da canela, e num ganido danado, num fungado de tatu, o chefão se reapruma investindo enfurecido. Zerramo se retorce num salto de gato, para apanhar, da banda do olho cego, o vão da pá do inimigo... mas é torado no meio ainda nos ares... e se despenca num urrão desarrumado, mal remirando pelo canudo das dores sua terra Limoeiro, irmã, burras, meus amigos, cargas, feiras, o rosto do pai sumido, esfiapado em tonteira... Num disparo traiçoeiro de Azulão, o fogo lhe abriu as costas e o projetou de braços abertos na lâmina do azedo Virgulino, que ainda lhe esfuraca o corpo mais aqui e mais ali, até vascolejar o buraco do torpedo.

A um primeiro trecho de um estupor de silêncio, onde se espalha o estrebuchar de Zerramo aí desmoronado, a se desmanchar empapando de sangue os tijolos do alpendre — se segue um rebuliço, uma ligeira confusão, de onde avulta o clamor do pobre Coriolano, se medindo com a leseira de Filipe, que, num sufragante impressentido, é arrastado da altura da pedra grande do oitão para a garupa de um cabra que esporeia o cavalo, e se arranca numa correria desapoderada! Engancha-se aí com tal destreza que só é possível a um solerte cavaleiro, assim mesmo por artes do amor com o outro combinado! Azulão ainda bota o fuzil em cima deles, antes que se encubram na poeira da estrada; mas Lampião o detém, que logo adiante os pegará. Pra que desperdiçar munição assim à toa? E onde pode ir uma cachorra amontada num cavalo estropiado, com um mundiça escanchado na garupa? Enquanto os cabras se entretém com os fugitivos, Coriolano ali perdido e sozinho, escorrega como uma sombra ganhando a porta do fundo e daí a capoeira, para nunca mais aqui tornar. De forma que os três cangaceiros retomam o seu destino, e Zerramo, este compadre leal e destemido, fica aqui apodrecendo, sem um toque de sino, sem uma incelença de velório e sentinela, sem o cordão de São Francisco, até ser comido pelo tapuru, reavivando a tocha de João Coculo. Parece que é má sorte de Coriolano, é trança de seu destino, ser castigado a abandonar o corpo das criaturas queridas à desova das mesmas varejeiras.

E quem se arrisca assim a salvar o tio Filipe? É aquela guerreira, Saitica, que ia com o bando visitar um filho em Serra Negra. É a mesma arrojada Maria Melona, que também fora por um tempo Zé Queixada, perdida de nome em nome numa ruma de estradas à cata de preservar, no desamparo deste mundão emborcado, o remoído calete de animosa mulher.

Vale revê-la, assim embelezada, perfilada em cima do cavalo! Espiga-se ossuda, passa a mão na cicatriz da queixada, e avança como uma árvore varrendo deste mundo a impiedade, com a força soberba de seus ramos. Que sentimento a move neste transe endoidecido? Que exaltação lhe precipita a este estranho sacrifício de empreitada funesta? Que mão oculta lhe destina este heroísmo? Quem a maneja lhe emprestando este olhar da mocidade em fogo reanimado, esta coragem apurada de pular em precipício, rompendo do cangaço os seus preceitos de osso? Que alvoroço a faz retorcer-se a irromper suicida afervorada, desta maneira assim tão afrontosa? — Quem saberá! Mulher tirana, mas também compadecida, fêmea voraz para o moderado apetite de seu homem, mas aqui doando a própria vida a favor dele. Mulher chagada para os senhores e senhoras de lisura, mas pura como um arcanjo, sem esperteza de qualquer conveniência. Não passa de uma torna-viagem, escaldada dos homens linguarudos que a meteram numa terrível inferneira. Mas está muito bonita, neste lance perigoso arrebatada, por onde a fatalidade a encaminha, a barrufos de trágicos ardores, tudo pelo penhor de seu homem. Depois de correr o mundo e votar a vida inteira a tanto e tanto buscá-lo, só agora neste transe o encontrou!

Desvairado pela morte do amigo, e sem mais governo de coisa nenhuma, tio Filipe salta pra o cavalo atraído pela força de um ímã, o azougue arretado do amor. Vai agarrado à cintura da mulher, vagindo em cima dela os seus soluços, sem mais noção do que é ou do que faz. Mais adiante, depois de abandonar o cavalo já cansado, na hora do sol-se-pôr, restinho ralo do dia, Maria entrará com ele para a noite, já se preparando comovida, em busca de algum lugar seguro onde vai se dar a conhecer. Correra mundos... vagara pela vida abjurada... entrara no cangaço, primeiro se fazendo de homem, e só depois como mulher se dera a conhecer, quase perdendo a vida por esse afrontamento, que Virgulino, ofendidão, relutara e relutara em perdoar; matara aí uns macacos, sete vezes fora baleada — tudo por desgosto desse mundo sem Filipe, por desespero de achá-lo, ou mais depressa morrer... A rosa do olho amarelo outra vez aqui crepita, trespassada no olhar do homem seu, agora duro e vidrado! Em vão lhe dirá o que fora a sua vida agonizante... as promessas que fez, as estradas que andou, as mandingas encomendadas, tudo hipotecado em busca dele, movida pela fé de o rever! Mulher desamparada, pulando de mão em mão, carregando na barriga o filho que os dois geraram, parido em Serra Negra, pra onde ela ia visitá-lo, homem já feito, sem parecença com a mãe, mas tendo a cara do pai. E ainda de quebra, o mesmo veludinho entremeado na voz!

As mãos de Maria se enamoram a palpitar em Filipe, lhe correndo no rosto decantado. Retorcem-lhe as guias do bigode bem fininho que ela mesma tantas vezes aparara, e que se não é estar agora amaciado em algodão, diria que não pegara os estragos da idade. Nada lhe quebrou o antigo encanto! Entontece-lhe uma vontade doidela de dançar com seu amor na toada da viola de arame, se chamegando faceira e abrindo a roda da saia. Por um momento, risonha e ruidosa, ela se anima e se entende com as travessuras do tempo que lhe concede um rescaldo de mocidade a se avivar no sangue pelas veias, em amor desarvorada. Aloja-lhe a cabecinha partida na pelanca dos peitos murchos como uma mochila vazia, onde um dia ele fungara assanhado, bebendo, na cava da peitaria, o seu alento de homem. Ela fala... fala... agarra-o pelos ombros, beija-lhe nos olhos tentando afervorá-los. E o seu Filipe aí ausente, desinteirado de si, a ponto de não bulir uma só prega da pestana, nem mesmo quando Maria Melona se dá conta da própria perdição, e arqueja carpindo a crua dor, berrando o desespero na voz afolozada pelo repuxado da bochecha, onde em moça lhe sorria vadiando a pinta menineira!

Epílogo
Exemplário de Partida e de Chegada

Coriolano afaga e desafaga a mesma ida, agarrado ao diacho da mania: há de ir embora, sim senhor! Com fé em Deus, vai tocar de novo a estalagem, reavivar a bom trato a freguesia. Nunca deixou de estar de sobremão. Mas a cada dia que rola, se desmancha em borbulhas de suor frio, abafado pela indecisão. Agora, nem bem esquenta a ideia de bater as asas pra o Aribé, já vai tremelicando de cara entronchada para trás. A rigor mesmo, e de modo declarado, desde a morte de Lampião que se mantém assim, bambeando em vaivém, perna lá e perna cá, rodando na mesma volta, enganchado na ideia remoída, sem se dar trégua nem ficar parado. Uns falam, outros desmentem que Corisco está preso ou encurralado. O homem então se retalha, acorçoado, sem saber direito em quem acreditar. Regula um suplicante torado no meio, solto no vento do mundo: não está no Aribé, nem aqui em Rio-das-Paridas. Gastou-se muito nessas derradeiras semanas se aprontando pra partir, com os pés apregados em ficar. Está mais trêmulo, mais muzumbudo, mais depenado. Raleia muito depressa o cabelo já falhado, incha mais a bolsa mole, sacada derreada sob os olhos. Não há como encobrir: Coriolano está numa piora! Tão novo ainda... e já assim acabadinho! Nem dá mais ligança pra o trabalho, deixou de mão a feitura dos tamancos. Por falta do banho de gamela, ficou mais sarroso, mais sebento, borrado. Ele... que se tratara a Sabão da Costa e Água de Benjoim! Tem esquecido até de botar pó de jurema torrado na perna catinguenta que daqui a pouco vira bicheira e não vai ter quem bote creolina. E sendo um vivente sozinho, aí é que aperta o nó! Quando muda o tempo e passa a quadra da lua, a danada fica inchadona e se destempera a doer.

Derrubado pela força do passado misturada ao crivo da mangação, não é que Coriolano agora deu pra trocar o dia pela noite, como um ente desamanado no mundo, visagem das horas mortas?! Vem a manhã, vira de tarde, e ele escornado na rede, de porta fechada, remoendo a vida com fuga, sem sustância pra encaminhar um assunto positivo, numa leseira sem nervo, o juízo destornado. Mal baixa a noite, porém, o sono se arretira e no recesso da cachola ele leva uma chanfrada, sem paciência de remar as ideias, acomodá-las num jeito bem regulado. E já inquietado, defronta-se com o oco das trevas, com as sombras que não dizem nada, e então se acusa de tanta perda de tempo. Os olhos chamegam em vão na carinha enxofrada. E o pior de tudo é a cabeça formigando, querendo se ocupar de alguma coisa, passear... ir airar por aí numa nervosia desgramada em busca de alguma fé; e uma voz babujando o corpo mole sem lhe dar resposta, encostada na canela que não presta, danada pra fraquejar. Um estica-estica da peste! A natureza quer... empurra... mas na horinha encrencada, pula das brenhas uma melancolia que lhe arreda e esfarinha a coragem sem deixar rasto de nada.

O fósforo clareia os contornos da penúria e se achega à mecha da candeia. Coriolano levanta a cacunda, arranca-se da rede, enfia o chapéu, enrola a giba num pano de saco, e se vai atontado, curtir a ruindade no relento, capengando da perna adoentada. Ganha os becos arrastando a erisipela, a alma tormentosa, as passadas na piçarra ou nas areias, irmanado com o silêncio furado pelo bico dos ruídos. Passa pela rua da Praça abandonada, o anel de níquel da ponta do bordão retine na pedra-rocha da calçadinha espremida, marca a pisada de sua bambeação, até ele quebrar a esquina da esquerda e mergulhar na rua da Cabrita. Aí está a mesma casa de quatro águas, a varandinha; se achega miúdo penitente, e farejando um cheiro conhecido, encosta a mão num esteio sextavado, corre as palmas nas quinas já banidas.

Mesmo homem avulso, desparceirado, tendo chochado sem fazer filho, e já agora um ovo indez, vitalino de potência encruada — confere e atesta que este mundo é um viveiro de lembranças! Família quisera ter, se deliciava a fitar as moças alvas, tiradas a espuma de leite: ah, Aldina de Codorá! Mas montar maridança mesmo, a canseira não deixou, nem era de bom juízo abrir casa de fome. Veio rufiando apenas ao acaso, com uma ou outra mulher facilitada. E quando pegou a dar acordo de se fazer pai de uns buguelos, já tinha virado um mamoeiro macho, passado do ponto de casar. Um pé de pau peco, bichado, é isso aí! Era só a precisão que me guiava. Não me sobrou tempo pra mais nada. Também numa vida cigana tão recruzada, como é que ia ter cabeça pra pensar certo? Só desfrutou de bom mesmo uns tempinhos espremidos, poças de luz num estrião de escureza. Uns aninhos de botica, uns aninhos de estalagem — e só! Muitas vezes pernoitou nesta casinha da rua da Cabrita, agradado por tio Filipe e Maria Melona! Neste esteio ele amarrou as burras antes de partir! Onde andarão essas criaturas por este mundo afora? Alguma culpa me cabe no destino desses dois! Miudinho, mas parentão! Amigo de mão-cheia! Ele e Zerramo foram só quem encontrei!

Esses idos tanto podem com Coriolano, que ele se vai com o vento, arrastado pela noite, dando pernadas por aí em vão, prisioneiro de seu íntimo conflito, a ponta do níquel beliscando o chão. Costuma se alongar até o riacho da Limeira, onde para e se detém amalucado, espantando a chiadeira dos insetos com a pancada do cajado nos pranchões. Na rua da Praça os que não dormem sabem onde ele anda, pelos golpes que ecoam cansadinhos. Muito ou pouco as águas brilham conforme a andada da lua. Preciso ir retomar o rancho do Aribé, enquanto me resta luz nesta cabeça, que não sou nenhum caborje pra morrer na lama desse riachinho apertado. João Coculo não errava: o tempo é uma esparrela! E se me demoro pisando em falso, se não me animo ligeiro, me passa a ocasião de esquipar pra lá. Cai o sereno, a friagem aumenta, Coriolano encolhe os ossos aberturado no pano de saco, e vai tocando com vagaroso cuidado, arrastando a perna doedeira. Perde o prumo, também por força da cabeça turbulenta, e prossegue trambecando, jambengo, adernando em cima do bordão.

Mas ao invés de se cumprir a partida de Coriolano, todo santo dia refeita e alembrada — é tio Filipe quem chega de algum reino de sombra. Reaparece aqui em Rio-das-Paridas num jeito deveras espantoso, tragando pela cepa a ida do sobrinho! A este povinho de curta memória, não acode mais o encanto do antigo montador, capaz de vencer qualquer torneio, nem a maneira bizarra que selou a sua partida, ou sequer o ano certo em que se fora. As moças que suspiravam, perdidas por sua graça, já envelheceram; e os cavalos de qualidade, por ele bem traquejados, há muito levaram a breca, raspados pelo bafejo do tempo, catimbozeiro em artes de dar sumiço. Toda a cidade o sepultou.

Arrebatado do punhal de Lampião pelo amor de Maria Melona, no dia seguinte, já em terras da Bahia, Filipe caiu na mão da força volante, que o amarrou a nó-de--porco a dois passos da mulher desarvorada, que a gritos, coices e dentadas, serviu de pasto a todo um batalhão, estuprada ante seus olhos vidrados, para depois ser retalhada a facadas, oferecida de bandeja aos urubus. Logo ela, a criatura mais direita e mais honrada deste mundo! Recambiado a Salvador, onde lhe foram renovadas as mais cruentas torturas para que levasse a tropa ao coito de Lampião, enfim Filipe fui dado como doidelo, um peste inutilizado, e devolvido ao chão de Jeremoabo.

Saíra daqui cavaleiro afamado e homem ainda moderno. Desde então errara sumido no oco do mundo, sem chegar dele uma notícia... um triste recado... nada... nada... A gente daqui mal sabia dos seus anos no Aribé, assim mesmo apenas pelos retalhos que Coriolano alarmara, ainda muito assustado. E o pessoal desta terra, tatu de morada certa, sedentário em demasias, está acostumado a ver as criaturas apodrecerem é aos pedaços: num ano a capela do olho descamba, no outro a espinha entorta, em mais outro a alegria fica cansada. E Filipe, desmentindo esta certeza bem assentada, veio dar com os costados aqui, para onde nunca mais tinha tornado, numa aparição esbagaçada de vez. Um cangalho depenado! No corrente deste tempo todo, só mesmo vendo no corpo de formigueiro tanta chaga e tanto estrago, é que se avalia o que passou. Onde terá perdido os dentes, a realeza, o viço da face aguda e a pele branca lavada — que virou esta feição assim furrabaienta de barriga de tatu?

Chegou numa tal indigência, com a cabeça em algodão tão fofa e variada, e encaixilhado numa cena móvel tão pungente que, durante três dias de esquisito vaguear de rua em rua, foi muito olhado de perto e tido por toda a gente na conta de um forasteiro desgarrado, em moleza de juízo. Chegou tão demudado e irreconhecível, na ridícula peça que o destino lhe pregou, que Chico Gabiru, aquele mesmo a quem um dia ele pedira, de coração apertado, que fosse atrás de Maria Melona com uma encomenda de medianeiro, foi a primeira criatura que muito assombrada o reconheceu, mas assim mesmo diz ele que só pelo jeito realengo do andar; e de tão impressionado, estatelou-se num engasgo que se desfez assim para os passantes:

— O mundo não presta! Filipe agora é um cavaco podre!

Decerto não é mais este o mundo do cavaleiro Filipe! Assim abestalhado, de tutano amolecido na cachola, parece ter perdido o faro para as reações mais rudimentares e sinaladoras do rebanho humano. Nem sequer liga ao destempero das criaturas que lhe atiram troças, como se ele nunca tivesse sido um sujeito admirado, mas apenas um cabrinha besta destinado à mangação! O corpo ossificado, afeito às mordidas do relento, e que antes já era frágil e franzino, levou algum chupão pra balançar assim solto na fatiota descorada, cujo paletó servido, esfarrapado nos cotovelos, lhe engole as mãos. Empertiga-se um pouco, ajeita a gravata puída, mas grã-fina, a se esfarrapar sobre o peito escanzelado entre os suspensórios bambos de palhaço. E agora as mãos, ali a tremelicar no gogó abotoado, se deixam contemplar nos dedos de sapo magro, carregados de anéis. Tão longe anda Filipe na sua mula de sonho porfiosa, que até nesse insuspeitável pormenor desmerece a sensata sabedoria de seus concidadãos, pois no seu caso, aí estão os anéis: e os dedos, pra as cucuias lá se foram...

O andar é vagaroso mas sem nada de vulgar! O olho triste enternece! A carroça pesa, atopetada de caldeirões furados, molambos, canecos de folha de flandre e mais outros cacarecos, de tal modo que os rodeiros afundam nas areias. Filipe se retesa fazendo finca-pé no bico dos sapatos de cromo costurados a duas cores, esbodegados e a meia-sola, mas talhados a bem fino. Estufa o peito que não tem, geme nos azeites a carroça de um fueiro só. Corre solto o vento da tarde, levanta-lhe os fiapos da gravata, abana as abas do paletó. E então, de relance, pendendo da cintura num chaveiro alatonado, aparece, reconhecido pelo cabo marchetado, o delgado canivete de Senhorinho, o alfageme. Filipe segue trafegando... dá mais um passo... oscila e cambaleia... os bagulhos trepidam e chocalham ao menor tombo. Só o fueiro permanece a prumo! É uma árvore depenada, um mourão de cancela desparceirado, um esteio sem espigão ou cumeeira, uma memória de casa desabada. Filipe se endireita... e mesmo nesta condição de animal de carga malzelado, tem, de fato, como esses velhos cavalos raceados, uma flama de garbo no andar!

A peregrinação continua... Filipe para de porta em porta oferecendo alfinetes, agulhas, grampos de cabelo, espelhinhos e outras reles miudezas. Mas por temor, asco, remorso, ou qualquer outro insultuoso motivo de aversão — nesta rua da Praça ninguém lhe compra nada! Como que ofendidas e pegadas de surpresa, as menininhas de seu tempo, que são essas senhoras a quem a mercadoria poderia interessar, se esquivam embaraçadas, como se de repente esbarrassem numa indecência qualquer. Criaturas que se dizem distintas, apreciando viver no algodoado, não há quem encare, sob a remela desses olhos miúdos que se dilataram, uma lágrima de mel que incomoda e agrava como um sopapo em cima do pau da venta.

Aliás, nem se sabe se Filipe, assim infancioso, ainda conhece algum dinheiro, a parentada, ou alguma coisa qualquer. Pois quando Coriolano, chamado por Chico Gabiru, corre a confirmar se era ele mesmo, ou engano de sua caduquice, sente um estrondo nas entranhas, como se fosse culpado de ver o seu parente mais achegado metido nessa camisa de onze varas.

— É tio Filipe, sim senhor! Se desgraçou mais neste ano e tanto do que no resto do tempo!

Coriolano abre o peito, e na vista de todo mundo se desata a chorar! O desinfeliz do tio o remira assim arredio e meio de banda, mas demorando os doces olhos no seu estupor, como se o sobrinho fosse alguma simples transparência que eles varassem em celerada lucidez, transportados a um buraco perdido no meio do tempo. Que irá por dentro de Filipe, ao fitá-lo assim desvaziado, como quem arrenega o diabo desse mundo? Quem saberá! Desprende-se de seu hálito, como se lhe subisse do mais fundo da alma, uma murraça de azinhavre que molesta como a ferida do sobrinho a que ali se mistura. E caladão, do modo mais indiferente, estende a Coriolano um envelope de alfinetes — ah! aqueles dedos de sapo magro! Dá-lhe o parente todo o apuradinho que tinha no bolso. E em resposta, ele apenas assopra sobre o seu remorso algum retalho de frase gungunada... ajeita a gaiola do passarinho atrepada nos bagulhos... e se vai entre doce e soberano, desapagado deste mundo na sua postura ausente de fantasma, sem sequer dar mostras de reconhecer o sobrinho, e como se não tivesse recebido nada!

Ao vê-lo chegar assim tão andrajoso e miserável, depois de ter sido quase um rei, todo mundo assunta na sentença de Chico Gabiru, esse sabido homem e velho ferreiro, cuja bigorna antes trabalhara para esse antigo cavalariano:

— O mundo é um lugar malsão! Filipe errou vendendo seu pastinho e vindo parar neste diabo! Destino, minha gente, ninguém governa! Nem é coisa que se empurre com as mãos. Filipe nasceu foi cavaleiro!

Daqui a horas, no soturno caminhar da noite, este trágico palhaço, último sobrevivente do circo falido que o rejeitou, deixará que os viventes se recolham e os ruídos se apaguem, para se ater e se doar ao estranho ritual de órfão, que enfim o destruiu e o mantém atado à vida — a única fortuna que do mundo dos homens lhe sobrou! Assim arretirado da vista das pessoas, e valido pelas trevas, ele ganha um jeito tão natural e bem arranjado, uns movimentos tão precisos e do melhor modo engatados que não há quem conteste o seu juízo normal! Mas é pressentir o cheiro ou a pisada de alguma criatura, se desfecha mudando de estado, e já se desmantela abilolado. Parece um bicho espantado que foi chifrado de morte, e renega a vida no rebanho. Está sozinho. Rola com as mãos o rodeiro da carroça, e sobe com ela a calçada do talho de carne verde, onde costuma pernoitar. Ainda sem perder a postura realenga, aguça a doçura dos olhos agora ávidos, já se preparando meio antecipado, e esquadrinha os arredores, sondando a forma das sombras. Caminha até o oitão: arria as calças e se desvazia. Sapeca um tapa no grilo que o incomoda. Volta à carroça, e minado pelos reveses na sua antiga finura, enfim se mostra desmazelado, e come com as mãos o resto que catou fuçando nas lixeiras; vai de língua arroletando os dedos para chupar as migalhas entocadas no aro dos anéis. Enquanto mastiga, demora-se varrendo a praça com as pupilas, e coça o corpo, desinquieto — parece um bicho sestroso e esfomeado na hora de papar a sua presa, atento a tudo e enlambuzado na gosma do instinto. Esfrega o braço na boca, fecha a mochila da comida e se compenetra todo respirando fundo.

É a hora da ventura e do perigo! A vez de se perder e se ganhar! Filipe afrouxa o laço da gravata para se deliciar mais à vontade. Abaixa-se e põe no chão o calo dos joelhos rapados de bode velho. Puxa o fundo falso da carroça, destampa o seu segredo e traz, no tabuleiro das mãos tremidas, o gavetão onde guarda, enfrentando os caprichos do mundo — os seus metais de antiga estimação! Embora assim estrompado e na pior penúria, voltou para arrancá-los da cova do Aribé, e jamais negociou sequer uma fivela daquelas separadas e antigas, trazendo tudo atravancado em oculto subsolo, com medo de que lhe cobiçassem as preciosidades de sua ardente mania.

Vai contando peça a peça com os dedos magros que se aveludam em carinhos, meninão maravilhado! Passam por suas mãos esporas de carranca, trancelins, relógio de cadeia e outras peças que tais. O retinto do olho, da cor de um certo cavalo, reluz pegado de amor a elas, entrando pelas escamas de azinhavre. Saindo dos cacos atrepados na carroça, avulta nos ares a silhueta do fueiro que mais parece uma espiga despescoçada de algum sujeito decepado no pé da queixada, um esqueleto de corpo chupado de uma perna só, escravelada, que se alonga apenas na espinha. Atados a correia de vaqueta, decerto sobra de alguma boa sela de cordão rodado que se esbagaçou, Filipe pendura nesse fueiro viúvo da carroça os antigos estribos de alpaca, que pendem e trapejam, tal irreconhecível bandeira de algum país destroçado. Um país que também Coriolano, Lampião e Zerramo tomariam como o seu. Ninguém acredita que um dia relampejaram!

Filipe se arreda um pouco e toma distância — solene e cerimonioso — só para contemplá-los em sua beleza resguardada! O olhar chameja agradado, e alumia o zinabre que empana e raja de verde o rutilante metal que agasalhava os pés do rei dos montadores! E que agora, também de sina igual e bem cumprida, se rende ao fosco verde-louro e mareado. Só Filipe, vassalo da própria sorte, vara o tempo em seu cavalo garanhão e raçoeiro, e enxerga neles as tiras do melhor brilho!

Este livro foi impresso
pela Geo Gráfica para a
Editora Objetiva em
julho de 2012.